AF327659

Del Agua y del Viento

Montserrat Escolá

Reservados todos los derechos. No se permite la reproducción total o parcial de esta obra, ni su incorporación a un sistema informático, ni su transmisión en cualquier forma o por cualquier medio (electrónico, mecánico, fotocopia, grabación u otros) sin autorización previa y por escrito de los titulares del copyright. La infracción de dichos derechos puede constituir un delito contra la propiedad intelectual.

Ibukku es una editorial de autopublicación. El contenido de esta obra es responsabilidad del autor y no refleja necesariamente las opiniones de la casa editora.

Del Agua y del Viento
Publicado por Ibukku
www.ibukku.com
Diseño y maquetación: Índigo Estudio Gráfico
Copyright © 2018 Monserrat Escolá
ISBN Paperback: 978-1-64086-285-2
ISBN eBook: 978-1-64086-286-9
Library of Congress Control Number: 2018966484

ÍNDICE

1. Tormenta en la selva

La tarde comenzaba a caer lentamente en la impenetrable selva del mundo Maya, un fuerte olor a lluvia invadía el entorno, una nube negra había teñido de color gris la pequeña aldea y la joven y bella Amayté (Rostro del Cielo) llevaba ya seis horas de parto y aunque se trataba de su tercer alumbramiento, en su vientre tenía dos, sí, dos criaturas que no acababan, ni siquiera, de asomar la cabeza, los dolores eran terribles, sudaba y se desangraba dando lastimeros gritos de dolor, su suegra y la partera le daban masajes en el vientre para acomodar y estimular el descenso de esos dos nuevos seres, Amayté se sujetaba con fuerza del fino y resistente tronco que su marido había acomodado cuidadosamente entre los travesaños de la parte alta de su choza fabricada de adobe y con techo de hojas de palmas, mientras que sus bronceados y pequeños pies descansaban sobre una cama de algodón brujo cubierto con una manta bellamente tejida de algodón peinado.

Las vecinas de la pequeña aldea ayudaban en esos aciagos momentos ocupándose en cuidar y atender a sus dos pequeños varones de uno y dos años de edad.

–¡Otro sorbo de Chocolate, Amayté! te dará fuerza y te tranquilizara, hija, anda otro traguito, no, no le hemos puesto chile, para que no te cause irritación –decía con dulzura la comadrona.

Mientras, en un rincón de la choza, su suegra Etzeme (Granate) y el esposo de la joven madre Sayab (Manantial), quemaban incienso de la tierra y oraban frente a un incensario de barro dedicado a la Diosa Ixchel.

Amayté (Rostro del Cielo), como casi todas la mujeres jóvenes y embarazadas de su pueblo, cumplió con el ritual establecido, había ido en una peregrinación que le llevo varios días a pie por aquellos viejos caminos del Mayab hasta el templo de la Diosa Ixchel, protectora de las mujeres durante el proceso de parto, y aunque ella no era una mujer rica, si había podido, gracias al trabajo duro de su esposo, llevar varias ofrendas de oro y jade a la Diosa.

Pero ahora sudaba y gritaba con terribles dolores, necesitaba que La Diosa Ixchel hiciera su trabajo, no quería más chocolate caliente diluido en agua con especies, bebida sólo permitida a los sacerdotes y nobles, y que tenia enorme utilidad en la medicina, pero lo tomaba mansamente, sólo quería salir de ese terrible trance, extenuada, se sentía desfallecer y pensaba que la culpa era de ella misma por haber quemado incienso y orar con fervor tantas y tan repetidas veces a Chaac, Dios de la Fertilidad, quien finalmente escuchó sus ruegos y la había bendecido con dos seres en su vientre... complicando las cosas y que ahora, en estos aciagos momentos, tenía mucho miedo y no podía parir.

Poco a poco se fue acrecentando el olor a lluvia y pronto el agua llegó con furia acompañada por truenos lejanos nacidos en lo profundo de la selva y que venían hacia la aldea, cada vez se escuchaban más cercanos y más fuertes, por lo que ella entendió que se trataba del propio Dios Chaac, poderoso y benévolo quien venía en su ayuda y se sintió amparada, segura y protegida por tan magnánimo Dios y entonces, todo se sucedió a la misma vez que la comadrona metió la mano, la suegra empujó su vientre hacia abajo, el relámpago cayó en una palmera al frente de su choza incendiándola al momento y ella sacó un grito desgarrador desde lo más profundo de su alma y en ese preciso momento pudo sentir a la primera criatura que salía de sus entrañas y que la comadrona cachó diestramente en el aire.

–!Es una niña! gritó y luego de darle una palmada en la espalda y oír el grito de llegada a la vida, la entregó a la abuela Etzeme (Granate) que la esperaba emocionada para limpiarla y cobijarla mientras Amayté y la partera se preparaban para recibir a la próxima criatura

–Otro trago de chocolate, Amayté, para renovar las fuerzas y la serenidaddijo la comadrona

–No, prefiero agua… contestó casi en un suspiro

El esposo que permanecía petrificado en una esquinita de la choza corrió a traerle el agua que él mismo fuera a buscar el día anterior, al Manantial Sagrado para todos los usos necesarios durante el parto, después de darlo a beber cariñosamente a su mujer se dispuso a arreglar las hojas de palma que cubrían sus cabezas y que el viento y la lluvia movían a su antojo.

El estrepitoso retumbar de los rayos pareció disminuir su fuerza por un rato, Amayté oraba, apretando con ambas manos sudorosas el tronco que la sostenía y pedía a Chaac y a Ixchel que volvieran en su ayuda y que sacaran a la otra criatura que llevaba dentro, casi como un suspiro musitaba, rogaba y recordaba a los Dioses todas las veces que ella había ido al Cenote Sagrado a depositar ofrendas, desde pedazos de jade, mazorcas de maíz de los cuatro colores y finalmente hasta un faisán vivo... y ahora era cuando más los necesitaba... Como única respuesta solo se escuchaba la lluvia rítmica y pertinaz; el esposo puso más copal en el incensario dedicado Ixchel, se postro un rato delante de la caprichosa Diosa, no podía abandonarlos en este momento.

Amayté gimió con las pocas fuerzas que le quedaban:

—Chaac, por favor, no te olvides de mí ayúdame, ayúdame....

En ese momento otra secuencia de rayos volvía a salir del corazón de la selva, entonces ella supo que los Dioses la había escuchado y volvían nuevamente para ayudarla, y así fue como en otro majestuoso y radiante relámpago, ella tuvo la fuerza de expulsar a su otra hija. Amayté se desvaneció mientras musitaba una plegaria agradeciendo a Chaac y a Ixchel por su ayuda

— ¡Es otra niña! —dijo con alegría Etzeme, su suegra

Comenzaba a caer el manto de la noche en la aldea de Pisté, la lluvia había cesado, el viento soplaba con furia y poco a poco se fue colando en la choza, un rayito de luz de luna, a los pocos minutos el cielo estrellado y sereno anunciaba el fin de la tormenta, y el retiro de los Dioses a sus moradas.

La comadrona, luego de entregar la segunda criatura a la abuela, salió a paso apresurado de la choza, afuera, sentado en cuclillas dormitaba Ich-Chi'iich ("ojo de pájaro") esperando por ella.

—Recuerden darle caldo de faisán y dejar que duerma, dijo al despedirse.

Sayab (Manantial) el marido de Amayté salió corriendo para recordarle que se llevara el pago por sus servicios, era un saco de cacao, un costal de algodón, un faisán vivo y un costal de maíz blanco.

—Sólo llevaremos el algodón y el cacao, es de noche y debemos llegar a Chichen Itzá lo antes posible porque tenemos a otra mujer de parto, mañana vendrá Ich-Chi"iich a recoger el faisán y el maíz.

—Gracias amiga y que los Dioses te colmen de bienes— respondió Sayab volviendo a entrar en su choza

2. Es una Niña

Saliendo de Pisté la selva volvía a tomar posesión absoluta de la tierra, pero

Ajal (Despertar) la comadrona y su ayudante conocían los atrechos y veredas de esos antiguos caminos del Mayab, llamados Sackbe (caminos de piedras blancas), los recorrían con muchísima frecuencia, ya que no había muchas parteras por aquellos pueblos.

Ajal era una mujer perteneciente a la nobleza de Chichen Itzá, había sido educada en el arte de la medicina y dedicaba su vida a ayudar a las mujeres en esos aciagos momentos.

Quince años atrás una mujer de otra ciudad lejana había ido al Cenote Sagrado de Chichen Itzá a depositar su ofrenda, y justo en ese lugar le llego la hora del parto, alguien había ido a solicitar la ayuda de Ajal, que llego corriendo a asistir a la joven madre en el momento del trance, pero la mujer, luego de varias horas de parto murió, Ajal, diestramente ayudo al niño a nacer, y como nunca supieron el nombre ni la procedencia de la pobre mujer, Ajal se quedo con la criatura a quien puso por nombre Ich-Chi'iich (Ojo de Pájaro), lo crió como a un hijo que la ayudaba y acompañaba todo el tiempo.

Mientras atravesaban la indomable selva por una vereda conocida y alumbrada por los rayos de la luna llena, Ajal pensaba que esa misma noche se cumplían nueve lunas del embarazo de su propia hija y a estos pensamientos aceleraba el paso, pero una angustia venia atormentándola desde hacía varios días, primero había soñado que dos esqueletos tejían afanosamente en el telar, y luego, dos noches después, el incensario de barro en el que ardía el copal ofrendado a Ixchel, se había roto espontáneamente en mil pedazos, ambas señales de mal augurio. Ante estas malas premoniciones, Ajal había redoblado las ofrendas en el Cenote Sagrado y las oraciones frente a los incensarios de los Dioses, pero ahora con el corazón estrujado y el pecho acelerado, apretaba el paso y volvía una y otra vez a invocar a los Dioses para que ayudaran a su hija.

La hija de Ajal, bella y noble princesa llamada Sa'hamal P'ija (Rocío de la Mañana) comenzaba a sentir terribles dolores en su vientre cuando su madre y comadrona Ajal llego al palacio donde ella se encontraba. En el palacio, hecho de piedra con adobe y construido muy cerca de la Sagrada casa Colorada, existía, de muchos siglos atrás un aposento que tenía un tronco fuerte y delgado apostado entre los travesaños del techo hecho de piedra, en ese lugar habían dado a luz docenas de mujeres nobles habitantes de la real casona ubicada en las inmediaciones de la Sagrada Ciudad de Chichen Itzá.

Las paredes de aquella espaciosa habitación estaban ricamente decoradas con enormes pinturas de los Dioses que tenían que ver con el parto, la Diosa Ixchel coronada por la Luna, el Dios Chaac pintado en medio de la lluvia, los rayos y el trueno, pero que también representaba la fertilidad, ambos Dioses tenían frente a su esplendoroso dibujo unos enormes incensarios de oro donde, en esos momentos, ardía gran cantidad de incienso de la tierra.

Los menudos y delicados pies de la princesa descansaban sobre una cama de algodón cubierto por una bella manta de algodón tejido y hermosamente bordada. En esos momentos la princesa estaba tendida sobre la cama de algodón.

Antes de entrar Ajal (Despertar) a la habitación, se arrodilló frente a los dos incensarios que custodiaban la entrada a la cámara de los partos, el del Dios Chaac y el de la Diosa Ixchel. Estuvo unos minutos orando con toda la fuerza de su alma, luego dijo:

—Ich-Chi'iich (Ojo de Pájaro), ve a nuestra casa y en mi aposento busca el incensario del Dios Itzmaná, el que tiene las cuatro caras, luego lo llenas de copal y lo pones en medio de estos dos. Necesitaremos de la fuerza de nuestro Gran Dios, Custodio del Sol y Maestro de la Medicina para ayudar a Sa'hamal P'ija.

Encomendada a todos los Dioses necesarios, y fingiendo serenidad se presento ante su hija, en esta extraordinaria ocasión, para ayudarla a parir.

Afuera la noche clara y despejada continuaba su camino iluminada por la hermosa luna llena y sólo alterada por el canto dulzón de las cigarras, uno que otro arrullo de las palomas y a lo lejos el canto de un búho.

–Que bueno madre, que bueno verte, has estado fuera de la ciudad todo el día, no sabíamos dónde estabas, ¿Quien te dijo que ya me comenzaron los dolores?

–Nadie, hija, hoy se cumple la novena luna, la criatura debe estar cerca de nacer, pero lo importante es que tu estés apacible, sosegada, vamos a prepararte un buen chocolate con agua y especias, pero sin chile para que no te irrite y te de fortaleza para pujar– a una señal suya una de las sirvientas que había en la habitación salió corriendo a traer el encargo.

Ajal (Despertar) pidió a otra de las sirvientas que le cortara hilachos de manta, y que pusieran a tibiar agua que se había traído previamente del Manantial Sagrado para esta especial ocasión, y encargó a otra doncella que le trajera aguardiente.

El marido de Sa'hamal P'ija, el príncipe Kitam Ka'ax (Jabalí de Monte) entró precipitadamente a la habitación y fue directamente a besar a su esposa.

–Ajal ¿Como ves esto?–Preguntó preocupado

–Como se ve siempre y en todos los casos–contestó secamente, ocultando la profunda preocupación que la había embargado desde el día en que el incensario de Ixchel se había roto en mil pedazos, era, sin duda un mal augurio, aunque era de todos sabido que Ixchel era una diosa caprichosa y voluble, rencorosa y terrible. Por eso, esta noche Ajal había decidido invocar al Gran Señor Itzmaná, Dios del Día y de la Noche, Dios Justo y Sabio, inventor de la Medicina, arte en el que ella misma había sido entrenada desde muy joven.

En ese momento llego la doncella con el aguardiente, Ajal echo un buche en su boca y lo bebió, luego salió del aposento con la botella de aguardiente, afuera estaba

Ich-Chi'ich que ya había cumplido el encargo y encendía el copal depositado dentro del incensario, Ajal echó otro buche de aguardiente en su boca y después de beberlo se postró frente al incensario, puso su cabeza en el piso y comenzó a orar con toda la fuerza de su alma, imitada en todo por su ayudante y alumno.

Volvió al aposento de su hija que estaba tendida en el lecho de algodón, los dolores eran esporádicos pero intensos, Ajal puso aguardiente en sus manos y comenzó a frotar fuertemente el vientre de Sa'hamal P'ija, logro palpar que la criatura estaba atravesada, no pudo evitar un hondo suspiro y pidió otro trago de aguardiente.

–Sa'hamal, hija mía, toma tu chocolate, te dará fuerza y serenidad, – la muchacha se incorporó ligeramente desde su lecho y dio varios sorbos a su chocolate caliente.

–Kitam Ka'ax, (Jabalí del Monte) necesitare de tu ayuda, la criatura viene atravesada.

– ¿Que debo hacer?

–Debemos enderezar la criatura, poniendo la cabeza abajo– y mientras hablaba, actuaba –Así, con fuerza, mira toca la cabeza.... ahora dale vuelta, trata de seguir bajándola, así,… muy bien,… así.

Sa'hamal P'ija, gritaba de dolor y el marido alejaba sus manos del vientre

–No debes dejarte influir por los gritos de tu mujer, es necesario, es urgente que la criatura se enderece, por el bien de las dos, este proceso podría llevar muchas horas, nos turnaremos, pero la criatura debe salvarse. Te vendría bien un trago de aguardiente.

Las horas pasaban, la luna casi terminaba su recorrido de la noche, los gritos de Sahumar se oían por toda la ciudad, Ajal y Kitam Ka'ax sudaban, sorbían aguardiente y se turnaban tanto en el trabajo de parto como en las oraciones frente a los tres incensarios, las sirvientas oraban y velaban que el copal siguiera ardiendo.

Ajal, agotada y desesperada, pidió a Ich-Chi'iih que le trajera un guajolote, cuando el ayudante volvió con el encargo Ajal salió del palacio con el guajolote y un cuchillo de obsidiana en la mano, la ciudad dormía todavía, no había nadie por ahí, caminó hasta la explanada que conducía al Pozo Sagrado de los sacrificios pasó frente al palacio de Kukuxclan (Serpiente emplumada), y desde el primer escalón le pidió ayuda, siguió caminando y al pasar frente a la plataforma de Venus decidió subir los peldaños hasta el promontorio, ahí pidió nuevamente a la Diosa que ayudara a su hija, que no permitiera que muriera, era todo lo que tenía en la vida, su única hija, hermosa, fresca y dócil como el mismo roció de la mañana.

Continuó su camino hasta el Pozo Sagrado, entonces la desesperación comenzó a apoderarse de ella, se paro en la orilla del pozo, elevo el guajolote en señal de ofrenda y suplico:

—Itzmaná, Dios justo y sabio, salva a mi hija, sálvala y a la criatura que lleva en las entrañas, tú que eres el creador de la medicina ayúdame, ayúdame, dirige tu mirada hacia nosotros, te ofrezco la sangre fresca de este guajolote. —Diciendo y cortando el pescuezo del ave, entonces vertió la sangre en el Pozo Sagrado, arrojando también los despojos del ave en el mismo pozo.

Estuvo postrada frente al Pozo Sagrado de los Sacrificios por unos minutos mientras el llanto que apretaba su pecho salía libremente. En ese momento pudo ver en el horizonte el primer rayo del sol que salía, era el propio Itzmana que contestaba a sus súplicas, cerró los ojos y escucho una voz interior que le decía: "tu hija será salvada mas la criatura no"

Se levantó como un rayo, y salió corriendo nuevamente al palacio, ya la ciudad comenzaba a despertar, los mercaderes caminaban en fila rumbo al mercado cargando sus mercaderías en sacos de algodón con sogas que los sujetaban en su frente y caían a sus espaldas.

Caminaban los habitantes de la ciudad y de otras ciudades vecinas, por todas partes, mientras que el sol iba subiendo matizándolo todo con un hermoso color rojo. Los gritos de su hija se escuchaban hasta el castillo de Kukuxclan.

Corrió hasta el aposento, Sa'hamal estaba casi desfallecida, Kitam, sudando y extenuado seguía afanado en voltear a su criatura. Ajal pidió a la doncella que lavara sus manos con aguardiente, luego tomo otro trago y se acercó a su hija

–Sa'hamal, hija mía, está cerca el momento en que pase todo este suplicio, el propio Dios Itzmaná me lo ha confirmado.

Metió la mano dentro de las entrañas de Sa'amal y jalo a la criatura hacia afuera. La madre exhalo el último grito que las exiguas fuerzas le permitieron y Ajal saco a la criatura.

–Es una niña, dijo

Kitam Ka'ax (Jabalí del Monte), joven valiente y temerario lloraba como un niño.

–Laven a la princesa con agua caliente del Manantial Sagrado y pongan en sus heridas emplastos de las hojas que Ich-Chi'iich ha estado amortiguando en el comal, denle un caldo de faisán y luego déjenla dormir –ordenó Ajal.

Tomó a la criatura como le correspondía en su papel de abuela y se la llevó a otra habitación preparada expresamente para recibir al nuevo miembro de la Familia Real. En seguida pudo darse cuenta que la niña no viviría mucho, tenia vasta experiencia como partera, ya hacía mucho tiempo que por aquellos contornos ella era la única comadrona, había ayudado a parir a cientos de mujeres de su noble y vieja raza Maya. Ató el cordón umbilical, lavó cuidadosamente a su nieta con agua traída expresamente del Manantial Sagrado y puso una peque-ña y redonda piedra de jade verde en el ombligo, sujetado con el fajero, esta piedra mágica le infundiría vida. La respiración de la criatura era irregular, dificultosa, el llanto débil casi sin vida, comenzó a ponerse de color oscuro, Ajal le dio masaje, le trato de infundir energía vital a través de su propia respiración, pero la criaturita expiró a pesar de todos los intentos por rete-ner su alma en este mundo de los vivos.

Ajal, apretaba todavía con fuerza a la criatura sin vida con-tra su pecho y derramaba copiosas lágrimas, debía pensar rápi-damente lo que iba a hacer, si en el palacio se enteraban que su hija no podía dar descendencia saludable al príncipe, la confi-narían a una esquina del palacio y entonces Kitam Ka'ax (Jabalí del Monte) debía por fuerza buscar otra mujer que le asegurara la continuidad de la dinastía familiar.

Pensó en lo afortunada que era Amayté (Rostro del Cielo), con aquellas dos criaturas saludables y hermosas, los Dioses no eran justos con ella, ella que solo había ayudado a las mujeres de su pueblo, a cambio de lo que pudieran pagar, incluso a cambio de nada si la madre era demasiado pobre, solo le llenaba la satisfacción de ayudar a las nuevas generaciones, unas a parir y otras a llegar a este su mundo encantado rodeado por la selva exuberante, misteriosa e inexpugnable.

Envolvió a la criatura en un paño de manta, salió del palacio, y llamó a Ich-Chi'iich. Tomó una terrible decisión y debía actuar rápidamente.

El sol estaba ya sobre los montes, los pájaros cantaban creando una alegre algarabía, la ciudad se llenaba de campesinos, comerciantes, mujeres y niños.

Ajal y su ayudante caminaban rápidamente, casi corrían y tomaron el camino rumbo a la aldea de Pisté. El sol estaba alto pero las gotas de rocío aun no se habían evaporado.

Ajal caminaba apretando a la criatura contra su pecho adolorido por la enorme pena de pensar que aquella niña, fruto de la sangre de su hija y por lo tanto de la suya propia no podría jamás disfrutar de la hermosura de la selva, del maravilloso canto de las aves, del perfume y la belleza de las flores, de la alegría y el temor que podían propiciar los diferentes animales que convivían en su entorno. De las ceremonias sagradas, de los maravillosos conocimientos que su pueblo guardaba celosamente, de las fiestas del pueblo, era una enorme pena que no pudiese quedarse con ella. Pero los Dioses así lo habían dispuesto. Ella no podía ayudar a su nieta pero si a su hija, y lo haría, no importaban las consecuencias, después de todo Amayté tenía dos niñas, no la dejaría sin ninguna, y a su hija le daría la felicidad de ser madre y continuar al lado de su marido al que tanto amaba.

Al llegar cerca de la choza de Amayté le dijo a su ayudante:

—Vas a pedir al marido de Amayté que en lugar del saco de maíz me de dos faisanes vivos en pago por mis servicios, el entonces tendrá que ir al corral a buscarlos, observaras quien está en la choza y luego me lo dices.

El joven entro en la choza donde se encontraba la recién parida durmiendo y a su lado en otro colchón de algodón dormían plácidamente las dos criaturas, el marido estaba en la milpa trabajando, el joven fue hasta la milpa y pidió al marido lo acordado, el hombre salió presuroso al corral, mientras Ich-Chi'iich hacía señales a Ajal de que podía entrar a la choza, y con asombrosa rapidez, Ajal puso a su nieta el huipil blanco y el culero de una de las niñas y la acostó al lado de su hermanita, envolvió a la gemela en el mismo paño donde traía el inocente cadáver y salió corriendo de la choza.

Ich-Chi'iich se quedo caminando por los alrededores de la choza silbando tranquilamente una melodía cuando el marido de Amayté llego corriendo con los dos faisanes.

—Da las gracias a Ajal y que los Dioses la colmen de salud y vida.

El joven se perdió en la selva, siguiendo la vereda que conducía a la Ciudad Sagrada de Chichen Itzá.

3. No es mi Hija

Cuando Amayté despertó se dio cuenta de la desgracia, dio un grito desesperado y el marido que trabajaba su milpa, dejo caer los palos de labranza y corrió al lado de su mujer.

– ¡Está muerta!.... ¡pero no es mi hija!

– ¿Que dices mujer?

– ¡Que esta no es mi hija!

–No entiendo

–Esta muerta y no es mía

–Pero, ¿de quién es? –preguntó el marido desesperado

–No lo se

–Alguien ha venido mientras yo dormía

–No, nadie... es decir si vino el ayudante de Ajal a buscar dos faisanes como parte del pago por sus servicios, pero no entró a la choza se quedo esperando fuera mientras yo fui al corral. Y yo lo vi internarse en la selva con los dos faisanes.

–¡Pero está muerta, está muerta! Y no es mía gritaba y lloraba desesperada

Ante los gritos, las vecinas llegaron y Etzeme (Granate) su suegra también, las dudas comenzaron a flotar en el ambiente: Amayté estaba trastornada por el dolor... las niñas no eran idénticas...sin embargo eran muy parecidas...¿quien podía haber cambiado a la criatura?... la muerte de los recién nacidos eran cosa bastante común... nadie había venido a la aldea... excepto el ayudante de la comadrona, pero lo habían visto internarse en la selva llevando únicamente los dos faisanes vivos en ambas manos... la abuela de las niñas no podía sostener que la niña muerta no fuera su nieta... ni siquiera el mismo padre de las niñas estaba convencido de que no fuera su hija... La voluntad de los Dioses era esa y había que acatarla...

Amayté continuaba llorando pero convencida de que esa no era su hija.

Se hicieron los arreglos para el funeral de la niña, aun no tenía nombre, los nombres los ponían los Sacerdotes o Chamanes y eran de acuerdo a la posición de las estrellas y las constelaciones en el momento del nacimiento de cada criatura.

En esos días los sacerdotes de Chichen Itzá estaban lejos, en concilios con los sacerdotes de otros pueblos del desparramado conglomerado Maya. Por lo que se consulto con los ancianos de Pisté los que decidieron por unanimidad llevar a la niña al convento de las monjas para que ellas le pusieran un nombre y luego ofrecer el cuerpo sin vida de la criatura como ofrenda de su pequeña aldea a Los Dioses en el Cenote Sagrado de la aledaña y Sagrada Ciudad de Chichen Itzá.

El padre de la criatura y los ancianos de la aldea se dispusieron a hacer los arreglos para llevar el inocente cadáver a la ciudad. Mientras la pobre Amayté permaneció en su choza, llorando y sumida en una profunda tristeza con su criatura recién nacida y sus dos pequeños hijos varones.

4. Es Un Secreto

Ajal (Despertar) llego corriendo a la habitación que había sido preparada con anticipación para recibir a la recién nacida, que en esos momentos despertaba y comenzaba a gemir dulcemente, detrás de ellas llego el príncipe Kitam Ka'ax (Jabalí del Monte)

– ¿Dónde has estado Ajal? Te hemos buscado por toda la casa y fuera de ella.

–Lleve a mi nieta a presentarla a los Dioses, ellos nos han ayudado.

–Si, ellos nos han ayudado y vamos a celebrar una gran fiesta en su honor, yo llegué a pensar que Sa'hamal P'ija se me moría.

–Yo también lo pensé, pero El Dios Itzmana le ha permitido seguir entre nosotros y además nos ha regalado esta bendición– beso tiernamente a su nieta y la entrego a su padre quien la beso emocionado y no pudo contener algunas lágrimas de felicidad. –Llevémosla a su madre que tiene que comenzar a amamantarla y apenas si ha podido verla.

Cuando Sa'hamal P'ija vio a su hija no pudo contener el llanto de felicidad, la niña lloraba y la madre comenzaba a darle alimento de sus propios pechos.

Ajal, extenuada como estaba, se despidió de la Real Familia, salió de la habitación y una de las sirvientas de la casa, llamada Akyaabel (Viento de Lluvia) vieja compañera de juegos infantiles de Ajal, la llamó diciendo:

–Ajal, debías comer algo caliente, llevas muchas horas de trabajo sin probar alimento

–Tienes razón, estoy muy hambrienta, muy cansada, muy triste, muy apesadumbrada

–Ven, debes comenzar por comer unos tamalitos y un atole caliente, luego a darte un baño y a descansar, anda ven a la cocina, ahí tengo a tu ayudante comiendo, ya que también está muy agotado.

Ajal entró en la amplia cocina, comió tamales y bebió atole, había gran movimiento a esa hora en aquella parte de la casa, algunas mujeres tostaban maíz en un comal para preparar pinole, otras molían maíz en el metate para hacer la masa de las tortillas, otras mujeres asaban chiles mientras que las ollas de barro hervían frijoles o faisanes, y mas allá estaban las mujeres señoras que amasaban la harina e iban formando las redonditas tortillas, pero todos los que por ahí pasaban solo hablaban de la bella criatura que habían mandado los dioses, la nueva Princesa, era nieta del gran Halach-Uinik, Supremo Sacerdote, Chaman y Gobernante de la Sagrada Ciudad, hija del príncipe Kitam Ka'ax (Jabalí del Monte) y futuro Halach – Uinik.

Ich-Chi'ich, y Ajal estaban tan agotados física y emocionalmente que no hacían ninguna exclamación, comían lentamente y sonreían a todo lo que los sirvientes comentaban en la cocina del palacio que servía de morada para la familia del gobernante de la ciudad.

Luego de comer Ajal y su ayudante se fueron a descansar a su choza de adobe y techo de palmas construídas muy cerca del palacio de la familia real. Ya a solas en su hogar Ajal hablo así:

–Hijo, nadie debe saber nunca, por ningún motivo la verdadera identidad de la princesa

–Lo sé Ajal, es un secreto entre tú y yo

–Era necesario hacerlo, de lo contrario Sa'hamal seria confinada a una habitación y el príncipe volvería a casarse para tener descendencia, por otro lado, Amayté se queda con una hija y la nuestra vivirá mejor que su niña ya que será princesa y reina algún día.

–No te preocupes Ajal, moriré con el secreto. Tu eres mi madre, sé que me recibiste al nacer cuando mi verdadera madre murió, me has dado amor y muchos conocimientos y en cuanto a Sa'hamal P'ija, ha sido una buena hermana que me ha querido y protegido durante toda mi vida y a quien quiero sobre todas las cosas. Jamás diré lo que hoy ha pasado, llevaré el secreto a la tumba. Puedes estar tranquila, Ajal.

5. El Convento de las Monjas

Mientras tanto el marido de Amayté y los principales de su aldea llegaron hasta el Convento de las Monjas, mujeres Sacerdotisas que se encargaban de vigilar y atender el Fuego Sagrado en ofrenda perpetua dedicada a los Dioses Bienhechores de la ciudad y del pueblo.

El grupo proveniente de la aldea de Pisté llego hasta donde comenzaban las escalinatas del templo, el anciano de más alta jerarquía subió los escalones que conducían a la parte alta del santuario donde fue recibido por una de las sacerdotisas. El abuelo explico el motivo de su visita, la monja escucho atentamente, luego le pidió que esperara mientras ella entraba al convento a dialogar con las demás religiosas.

Después de un rato apareció la misma prelada quien dio la orden de que el grupo completo subiera hasta el templo, así lo hicieron y entonces fueron conducidos a través de amplios y bellos pasillos cuyas paredes estaban decoradas y dibujadas con pinturas de los Dioses del pueblo, además de pasajes de la historia antigua del pueblo Maya, estos dibujos estaban realzados con incrustaciones de conchas marinas, plumas de pájaros, piedras de jade y de obsidiana y otras piedras preciosas. Por todos lados se encontraban incensarios de oro y de plata con copal encendido, y el ambiente se estremecía por el sonido de unas flautas tocando dulces y celestiales melodías.

El humilde cortejo caminaba absorto de la belleza que contemplaba, hasta que finalmente llegaron a un bello jardín interior lleno de flores y arboles, en cuyo centro había un enorme pebetero de oro donde ardía ininterrumpidamente el Fuego Sagrado, estaban todos embelesados contemplando el crepitar de las llamas cuando de pronto, el ambiente quedo envuelto en una fresca fragancia de flores, luego se escucho un angelical coro de voces femeninas que cantaban acompañadas de una dulce melodía, y fue entonces cuando desde el fondo de un largo pasillo apareció un magnifico grupo de majestuosas mujeres vestidas, todas de blanco huipil, en la cabeza lucían unos diminutos penachos de plumas de diversos pájaros y piedras de jade entretejidas, en las manos llevaban un ramo de flores frescas de diversos colores y variedades mientras que sus pies calzaban sencillas sandalias de paja, venían todas cantando un hermoso y alegre himno de amor, de esperanza y de vida que tocó el corazón de los visitantes.

Llegaron las monjas hasta el enorme pebetero del fuego, lo rodearon, elevaron sus manos al cielo y permanecieron así, cantando por unos minutos, luego se arrodillaron y con el ramo de flores entre sus dos manos, frente a su pecho, sus miradas vueltas al cielo y se quedaron así como petrificadas y en completo silencio por un espacio de tiempo difícil de calcular.

La Sacerdotisa que parecía ser la principal, tomo en sus manos el cuerpo sin vida de la niña, se acerco a una fuente que había a pocos pasos y llenando un pequeño cuenco de agua dijo, a la vez que mojaba la cabecita del cuerpo inerte:

—"Los Dioses te llevaron a su lado antes de que pudieras paladear las delicias de esta tierra, antes que tus ojos se embelesaran con los colores y las bellezas del bosque y del cielo, antes de que pudieras disfrutar del canto de las aves y del dulce rozar del viento en tus mejillas. Los Dioses te llevaron antes de todo eso porque ellos te necesitan en el otro lado de la vida. Hace falta tu llanto, tu risa y tu voz para alegrar la Morada Divina. Pero antes de depositar tu pequeño e indefenso cuerpo a los pies de nuestro Gran Señor Itzmaná debemos ponerte un nombre con el que serás llamada a la presencia Divina".

Todas aquellas mujeres se postraron con la cabeza en el piso, menos la principal que se quedo elevando el cuerpecito a lo alto por unos minutos que parecieron eternos. Finalmente una de las mujeres se levanto del piso y fue a decir algo al oído de la principal, luego de lo cual continuó diciendo:

—Tu nombre será: Péepem (mariposa), y como tal, te transformaras en una bella y celestial criatura que, desde el mundo invisible, cuidará y abogará por nuestro pueblo.

Entonces las sacerdotisas se levantaron del piso, tomaron sus ramos de flores, y danzaron alrededor del pebetero, siguiendo la música de fondo que interpretaban otras sacerdotisas más jóvenes, con flautas, tamboras y cascabeles, luego rodearon todas a la Sacerdotisa Principal que tenía en sus manos el pequeño cuerpo exánime, continuaron con una lenta danza acompañada de un himno triste y solemne. Así permanecieron por muchos minutos hasta que finalmente salieron en procesión hasta el otro Cenote pequeño pero también considerado Sagrado que había muy cerca del convento, el cortejo iba seguido por los habitantes de la aldea de Pisté. Al llegar al pequeño Cenote, la monja Principal se paró frente a la enorme boca, amarró una gran piedra de jade a los pies de la pequeña, las demás monjas rodearon a la abadesa mientras que la música no cesaba ni tampoco los dulces y solemnes cantos, entonces, a una señal el cuerpecito fue elevado por los aires al mismo tiempo que todos los ramos de flores que cayeron a la misma vez dentro de Sagrado Cenote que vorazmente, se lo trago todo de una sola vez.

Permanecieron por un largo rato cantando bellos himnos, luego volvieron a formarse de dos en dos y regresaron cantando sin parar al templo del Sagrado Fuego.

Los aldeanos humildes encabezados por Sayab, resignados y conformes, en una extraña mezcla de tristeza y alegría, pero definitivamente cautivos en un misterioso y poderoso sortilegio, volvieron caminando pensativos a su aldea.

Al día siguiente tuvo que volver Sayab (Manantial) a la ciudad de Chichen Itzá pues era menester entrevistarse con uno de los sacerdotes "Vigilantes de los Días" para establecer con claridad en que día habían nacido sus gemelas y saber si el día era bueno o malo. En el templo donde se encontraban los vigilantes de los días estaba también el príncipe Kitam Ka'ax (Jabalí del Monte) quien realizaba el mismo encargo, salió cada uno de los jóvenes padres, al igual que algunos otros que se encontraban ahí, con un pedazo de papel de árbol con el nombre del día y el año del nacimiento de sus hijos, necesario para el día del bautizo.

6. Día de Bautizos

El Halach-Uinik de la Ciudad Sagrada de Chichen Itzá, el gran y poderoso Gobernante, Sacerdote y Chaman, entró a la ciudad al atardecer del día 11 del Kakin

13 Ahau según el calendario Maya, acompañado de una gran comitiva en la que venían también otros sacerdotes de diferentes rangos. Llegaban a pie, único medio de transporte por aquellos días, desde Mayapan, ciudad grande y próspera donde se realizaban también muchos estudios astronómicos al igual que en Chichen Itzá. Los sacerdotes de estas y otras grandes ciudades se reunían esporádicamente para compartir, comparar, intercambiar, estudiar y discutir los conocimientos científicos, las observaciones de los astros celestes, los dos calendarios que regían su vida y otros temas como la ira y el amor de los diferente Dioses de su desparramado pueblo.

Cuando el Halach-Uinik llego a su palacio recibió la gran noticia de la llegada de su nieta, hija de su hijo mayor y por lo tanto princesa y probable reina de la Sagrada Ciudad.

Los heraldos de palacio que también llegaron con la comitiva, salieron por toda la ciudad a anunciar el nacimiento de la nueva princesa y precedidos por el dulce y ronco lamento del caracol convocaron también a todos los niños y niñas nacidos en aquellos días, a la ancestral ceremonia que consistía en consultar con los Dioses y los Astros el nombre que debía llevar cada uno de los recién nacidos. La fecha convenida se pautó para la próxima luna llena que tendría lugar en ocho días más. La convocatoria se regó por todos los pueblos y aldeas.

Durante los días que precedían a tan importante ceremonia, los Sacerdote y el Halach-Uinic, debían estar totalmente en ayuno, oración y abstinencia, requerimientos básicos para lograr comunicación con los ejércitos celestes y así poder interpretar más acertadamente los designios y nombres que debían llevar por el resto de sus vidas cada uno de los infantes recién llegados a la comunidad del pueblo Maya.

Muy temprano antes del amanecer del día indicado para la ceremonia se presentaron ocho parejas con sus hijos recién nacidos, venían de las aldeas aledañas, cercanas en espacio pero alejadas debido a la espesura de la selva, ataviados con sus mejores huipiles, las niñas, mientras que los varoncitos lucían impecables y regios calzones y mantos. Pero todos los ropajes levaban entretejidos pequeñas piedras semi-preciosas y diminutas plumas de pájaros. Los padres de los recién nacidos también exhibían sus mejores ropajes, pulseras y collares, de oro los ricos y de conchas de mar los más pobres. Aquel día en particular había cinco niños y tres niñas entre las que estaban la hija de Amayté y la de Sa'hamal Pi'ja.

La gran plazoleta que se extendía frente a la Gran Pirámide de el Castillo se vio de pronto inundada por tal cantidad personas que esperaban atentos, ansiosos y emocionados, con el único anhelo de ser participes silenciosos de tan conmovedora y ancestral ceremonia.

Cuando el sol se elevaba detrás de la montaña se apostaron las ocho parejas con sus respectivos críos frente al primer escalón de la gran pirámide, esperando la señal.

Al poco rato aparecieron en la plataforma de la parte alta de la pirámide los heraldos del Gran Halach-Unic, haciendo gemir los caracoles, mientras otros sacerdotes encendían los pebeteros de copal que se encontraban en las escalinatas más altas de la pirámide, en ese momento aparecieron también en lo alto de la pirámide un grupo de músicos, vestidos todos de manto y calzón blanco, con hermosos y coloridos penachos de guacamaya, tocando sus flautas, tambores y sonajas, luego se presentaron un grupo de jóvenes mujeres interpretando una solemne y parsimoniosa danza con la que pretendían llamar la atención de los Dioses para que el nombre de cada criatura fuera el correcto, ya que de lo contrario, el recién nacido sufriría durante el resto de su vida los problemas de identidad debido a la equivocación en la selección del nombre. Por lo tanto había que pedir y rogar que los Sacerdotes y el Halach-Uinik entendieran muy bien el mensaje de los Dioses.

Las bailarinas bajaron las escalinatas con solemnidad moviéndose cadenciosamente al ritmo de la música y fueron acompañando a las parejas, una a una, en el ascenso a la gran pirámide. Una vez arriba tenían que entrar en uno de los templos y esperar mientras observaban las paredes interiores decoradas con maravillosos dibujos que contaban la historia del nacimiento del hombre, el cual había sido creado por la Diosa Madre "Na", quien había tomado las cuatro variedades de maíz para crearlo. Otras pinturas representaban a la Diosa Tierra "Na" con su hija la Diosa "Ha" (agua). Había pebeteros de oro, plata y bella cerámica donde ardía el sagrado copal. Los jóvenes padres estaban silenciosos, contemplando impresionados la historia del hombre y de su propio pueblo representado por aquellos maravillosos dibujos, en ese sagrado salón que era como una antesala a lo profundo de los misterios de la vida.

Era inevitable que Amayté que hasta entonces estaba bastante tranquila, sintiera un vuelco en el corazón y la invadiera una extraña angustia cuando vio a la niña de Sa'hamal P'ija.

–Se parece tanto a la mía pensó en voz alta.– Aún cuando la de ella iba modestamente vestida, muy diferente de la otra que era una princesa y ya ostentaba huipil bordado de plumas de pájaro entrelazados con oro y pequeñitas piedras preciosas, además de cadenas finísimas de oro en los bracitos y en los tobillos.

–Sa'hamal, la escucho y pensó que todos los niños recién nacidos se parecían pero que la de ella era definitivamente la más hermosa.

El marido de Amayté le dijo en voz muy baja:

–Todos los recién nacidos se parecen mucho, y aunque la pequeña princesa esta ricamente vestida, yo te aseguro que la nuestra es más bella.

La sonrisa de Amayté era superficial, sentía el pecho oprimido y unas inmensas ganas de llorar.

Una a una fueron pasando las parejas a otro pequeño aposento donde había un sacerdote con un mapa grande y preguntaba a los padres el día y la hora exacta del nacimiento del bebe, luego la pareja pasaba a otra estancia donde un escriba frente a un códice apuntaba los datos de niño, de los padres, de los abuelos y del tótem o animal protector de cada familia. Era importante señalar los sucesos de la naturaleza en el momento del nacimiento, tales como el canto de algún pájaro, el vuelo de una mariposa, el viento, la lluvia, el sol, la aparición de una estrella o la forma de la luna, según cada caso además, por supuesto del pedazo de corteza de árbol donde aparecía debidamente marcado el día del nacimiento de la criatura y el pronóstico (bueno o malo) del día que los vigilantes de los días se encargaban de darle al padre luego del nacimiento de la criatura.

Cuando llego el turno a Amayté, esta no pudo controlar el llanto, ni articular palabra, entonces entró al aposento uno de los Sacerdotes quien extrañado ante una madre triste pregunto el motivo, y el padre tuvo que contar sobre la muerte de la hermanita de la criatura que llevaban en brazos.

Para el pueblo Maya, los gemelos representaban bendiciones, tanto para la familia como para la aldea y el pueblo, ya que sus Dioses principales eran gemelos.

–Es un hecho muy negativo que la hermana gemela haya muerto, pero ¿como pudo suceder?– pregunto el sacerdote.

–No sabemos, simplemente apareció muerta al poco rato de haber nacido, pero es muy frecuente la muerte de niños a esa edad. Dijo Sayab (Manantial).

–Si, es frecuente.

La madre no pudo decir palabra, solo un amargo llanto inundaba su alma

–Pero mujer, alégrate de tener a esa niña entre tus brazos, los Dioses han querido que no te quedaras sin ninguna, y hoy es el gran día de darle nombre a tu hija –dijo el Sacerdote tratando de animarla.

Cuando todas las familias hubieron pasado por estos salones entonces tuvieron que esperar nuevamente en el Salón del Nacimiento de los Hombres ya que el Gobernante o Halach-Uinik y los sacerdotes, en una ceremonia solemne y privada dentro del templo se habían preparado luego de varios días de ayuno, meditación y oración, pasaban por un trance que les ocasionaba el consumo de hongos alucinógenos, sangraban sus orejas como ofrenda a los Dioses y meditaban sobre los datos recopilados de cada uno de los recién nacidos.

Mientras tanto el público esperaba abajo entretenido con los cantos, las danzas y la música que interpretaban los artistas.

Al cabo de un largo rato los heraldos reales volvieron a sonar las caracolas, entonces aparecieron nuevamente en lo alto de la pirámide aquellas hermosas mujeres danzarinas interpretando una rápida y alegre danza, llevaban en sus brazos y piernas sonoros cascabeles y en las manos mazorcas de maíz de los cuatro colores. Al terminar la danza sagrada se acomodaron en una media luna al rededor de una piedra incrustada al frente de la explanada superior y que hacía las veces de mesa, la misma que servía para los sacrificios humanos, pero que en esta ocasión se utilizaría para rociar con agua traída expresamente desde el Manantial Sagrado a los recién nacidos y ponerles el nombre que les acompañaría hasta su último día de su transitar por este mundo.

Las danzarinas quedaron como paralizadas en un trance mirando al cielo con las mazorcas de maíz extendidas hacia lo alto, los músicos tocaron una solemne y regia música mientras que del fondo del templo salieron dos sacerdotes llevando cantaros de agua en las manos, detrás de ellos venia el escriba con los códices y al final, regio, impresionante, solemne, con un enorme penacho de plumas de Quetzal, brazaletes y collares de oro, una capa bordada con plumas de pájaros de variados colores con oro y piedras preciosas entretejidas a la finísima tela, caminaba lenta y majestuosamente el Halach-Uinik de Chichen-Itzá.

Fueron llamando una a una a las parejas con sus críos, el Halach-Uinic iba diciendo el nombre con el que había venido a este mundo y con el cual cargaría hasta el final de su vida, al tiempo que el nombre era pronunciado, los sacerdotes se encargaban de meter al infante dentro de una vasija de barro y rociar un poco de agua sobre su cabeza, mientras que el escriba iba anotando todo lo sucedido en su código de hojas de amate.

El turno de Amayté y Sa'hamal fue el último, el Gran Sacerdote no se encontraba cómodo con los nombres de esas dos criaturas, una de ellas era su nieta, y él pensaba que quizá por esa razón no podía ser objetivo y entender los dictados de los Dioses, pero con la criatura de Amayté le pasaba lo mismo.

Ya se había dado nombre a todos los infantes, solo faltaban las niñas de Amayté y de Sa'hamal, pero el Halach-Uinic estuvo un rato meditando antes de llamar a la próxima, todo el pueblo apostado abajo esperaba en solemne silencio al igual que todos los que estaban cerca del Gobernante, al cabo de un rato de meditación pidió que se presentaran las dos niñas a la vez, eso solamente se hacía en el caso de los gemelos. A todos les extraño esta orden, incluso al propio Halach-Uinic quien solamente se dejaba llevar por su intuición y su voz interior.

Las mujeres encargadas de poner las vasijas de barro tuvieron que poner las dos juntas sobre la enorme piedra rectangular, cada una de las parejas con sus niñas se aposto en una de las esquinas frente al cántaro de barro. Y el sumo sacerdote en el medio de las dos familias.

Entonces con los ojos cerrados, los brazos elevados a los cielos, mostrando una gran concentración y con un solemne tono de voz, el Gran Sacerdote dijo:

—Los Dioses hablan con extrañeza, quieren que estas criaturas lleven nombres que las unan, y las acerquen, no entiendo el porqué, solo sé que esta es la voluntad de ellos.

Hizo una señal a Amayté para que acercara a la criatura y rociándola con agua del Manantial Sagrado continúa diciendo:

—Tu nombre es Nicté Ha (Flor del Agua), dulce y mansa pero prendida firmemente a la tierra, darás cobijo y seguridad a los que te rodean.

Luego hizo una señal a su hijo y a Sa'hamal P'ija para que se acercaran y rociando con agua a la criatura dijo:

—Tu nombre es Nicté Lik (Flor del Viento) tempestuosa, alegre, decidida e inteligente, volaras tan alto como el viento para el bien de tu pueblo y de tu gente.

El mismo Sacerdote no entendía lo que él mismo acababa de decir. Todas esas palabras habían salido de su boca dictadas por los Dioses del pueblo Maya.

La ceremonia terminó con la aparición nuevamente de los músicos, los danzantes continuaron con su arte, la gente aplaudió y los Sacerdote junto al Halach-Uinic se retiraron al interior del templo.

Las familias bajaron los escalones de la gran pirámide felices porque sus vástagos tenían ya un nombre dictado por los Dioses a través de su Gran Sacerdote, Gobernante y Chaman.

Abajo de la pirámide, la gente de su pueblo los abrazaba, besaba y repetía los nombres dados a los niños. Al despedirse las parejas, Amayté no pudo evitar acercarse a Nicté Lik y darle un beso en la frente.

Por lo general cada familia tenía alguna sencilla celebración en su hogar, pero Sa'hamal P'ija princesa al fin tenía preparada una gran fiesta ya que su hija era una princesa y probablemente futura reina. Decidió invitar a Amayté y a toda su familia a palacio, lo cual fue recibido con agrado ya que esta y su esposo no tenía nada especial para la ocasión, porque ella pensaba que por un lado celebraba y por otro lado sus sentimientos eran motivo de duelo.

En la gran explanada que se extendía frente a la pirámide del castillo se llevaría a cabo una fiesta para todo el pueblo, donde abundaría toda clase de alimentos como chocolate, tamales, tortillas, aguacates, miel y hasta se preparo un jabalí asado para la gran ocasión, pero Sa'hamal y sus invitados celebraron la fiesta dentro del Palacio Real. Amayté (Rostro del Cielo) y su familia llegaron al palacio y quedaron admirados del lujo y la belleza que había en él, pasaron al patio interior y disfrutaron del grupo de danzantes y músicos que amenizaba la fiesta, ellos eran muy humildes y al principio se intimidaron, pero Kitam Ka'ax (Jabalí del Monte) y Sa'hamal P'ija (Rocío de la Mañana) estuvieron muy amables y contentos, era maravilloso que sus hijas se parecieran tanto y además habían quedado unidas por sus nombres, eso era el designio de los Dioses y había que acatarlo con alegría.

Ajal (despertar) estaba entre los invitados y se paseaba entre todos saludando, preguntando, riendo, mandando saludos, conocía a casi todas las madres, ella era uno de los médicos de la ciudad y una de las pocas parteras de aquellos caminos. Cuando vio a Amayté sintió un vuelco en el estomago, sin embargo se acerco a ella y a su hija

– ¿Como te encuentras Amayté?

–Bien, muy bien

– ¿Y la criatura?

–Muy bien también, no sé si está enterada de que mi otra gemela falleció

–Si lo supe pero… ¿cómo fue?.. ¡Parecía tan saludable!

–No lo sé…todavía me cuesta creerlo – y sus ojos se llenaron de lágrimas. Ella no se atrevería jamás a decir lo que pensaba, ni siquiera a su marido, pero había una voz interna que le decía que aquella niña muerta no era su hija.

–Son los designios de los Dioses hija, pero tienes una hermosa hija que será tu compañía y tu alegría– Luego de estas palabras y de darle un beso a la recién nacida, Ajal continuó su camino saludando a los invitados.

Además de su hija Amayté tenía a sus dos pequeños varones, en cambio Sa'hamal P'ija solo se quedaría con su única hija.

La fiesta transcurrió como correspondía a celebración del bautizo del nuevo miembro de La Real Familia, la princesa Nicté Lik (Flor del Viento) sería probablemente reina de su pueblo algún día, además era nieta del Halach Uinic.

Amayté y su familia se despidieron pronto porque tenían que caminar un buen tramo a través de la espesa selva para llegar a su aldea y se veían nubes negras en el cielo anunciando lluvia. Al despedirse de la princesa Sa'hamal P'ija y de su marido, ésta le dijo a Amayté:

–Los Dioses han querido unir nuestros destinos y el de nuestras hijas, quisiera que fuéramos amigas y pudiéramos visitarnos, yo nunca te había visto ni sé dónde vives.

–Vivimos en Pisté, Ajal sabe dónde, ella me ha ayudado en dos de mis tres partos.

–¿En dos?

–Si, en los últimos dos.

–Entonces, ¿ella te ayudo en el parto de tu hija?

–Si, de mis dos hijas

–¿De tus dos hijas?

–Si eran gemelas,… pero la otra murió

– ¿Al nacer?

–No, al poco tiempo–diciendo esto sus ojos volvieron a llenarse de lágrimas.

–Ya mujer, ya– le dijo su marido– no debemos hablar más de eso, solo nos entristece y nos cohíbe de celebrar la maravillosa vida de nuestros tres hijos, los Dioses decidieron llevarse a nuestra hija, pero nos dejaron a otra y a nuestros dos varones, ¡debemos dar gracias!

–Quiero volver a verlos– repitió Sa'hamal P'ija– y acompañó a la humilde familia, con sus varios invitados, hasta la puerta misma del palacio.

Afuera el pueblo celebraba en grande, con música y una bebida espirituosa reservada sólo para ocasiones especiales llamada balché.

7. Xcaret (Pequeña Caleta)

La educación de los niños Mayas estaba fundamentaba en las creencias religiosas, cuando nacían se analizaba el futuro del niño o niña según el horóscopo interpretado por el Sumo Sacerdote, antes de cumplir los nueve años jugaban al aire libre con otros pequeños del vecindario, a menudo, los juegos consistían en imitar a los adultos en sus diferentes trabajos, siembra, recolección, pesca, artesanía, astronomía, medicina, pero una vez cumplidos los nueve años ayudaban directamente a los adultos en todas las tareas diarias y así cuando llegaban a la pre-adolescencia, alrededor de los doce años ingresaban en la escuela, de la que había dos clase, para nobles y para plebeyos, esta ultima acentuaba la formación militar en los varones y la formación artesanal en las mujeres. En sus ratos libres se insertaba al adolescente en el mundo del trabajo que ellos escogían, como ayudantes de los mayores para que pudieran ir aprendiendo el oficio de su predilección o de su destino, según el caso.

Ajal (Despertar), por ejemplo, había sido hija de un Bacab, hombre principal perteneciente a la nobleza y que tenían derechos y concesiones especiales. Ella desde muy pequeña se había inclinado por el estudio de la medicina y una vez llegada a la adolescencia se le permitió estar cerca de los médicos del pueblo Maya y cuando estuvo preparada y madura, se le permitió acceso a los antiguos y sagrados manuscritos que celosamente se guardaban en el palacio de las ciencias.

El tiempo no se detenía y seguían transcurriendo los días, los meses y los años desde el bautizo de las pequeñas, la familias volvieron a insertarse en las labores de su diario vivir. El esposo de Amayté, cultivaba en su milpa maíz, frijol, chile, tomate, aguacate, piña, amaranto y mamey además tenía producción de miel de abeja y también algunos animales de corral como el faisán. Se pasaba el día entero trabajando, y generalmente el día de mercado iba a Chichen-Itzá a mercadear sus productos e intercambiarlos por pescado, obsidiana para fabricar cuchillos, algodón para que su esposa tejiera las prendas de uso familiar, y algunas veces, cuando tenía buenas ventas, conseguía alguna pulsera o collar de oro incrustado de piedras preciosas para llevar a su joven y bella esposa.

Mientras que Amayté (Rostro del Cielo), además de cuidar y atender a sus hijos, lavaba la ropa en uno de los ríos subterráneos cercanos a Pisté, molía el maíz para hacer tortillas, cocinaba, y por las tardes tejía las prendas de su familia, sencillos huipiles para las mujeres y el patí (calzón) para los varones. En cuanto a su suegra, Etzeme (Granate) quien tenía su choza a unos cuantos metros de la de ella, se dedicaba a confeccionar vasijas, ollas, jarros, platos de barro, y aparte de suplir las necesidades de su familia también las intercambiaba durante el día de mercado en la ciudad. Amayté no tenía más familia cerca, ella era de Xcaret (pequeña caleta), un lugar muy retirado, hacia el lado del sol naciente, este lugar quedaba a la orilla del inmenso mar azul, y su padre era pescador. El padre de Amayté y el padre de su esposo Sayab se habían conocido en la juventud en una de las tantas excursiones a la intrincada selva maya, que hacían anualmente los hombres jóvenes para cazar jabalíes. Surgió una buena amistad entre ellos y más adelante entre las esposas de éstos, y aunque la distancia entre las familias era de tres días caminando, no importaba, era divertido visitarse una vez al año, y además la familia de Amayté aprovechaba la amistad para visitar los lugares sagrados de la gran ciudad, mientras que la familia de su esposo, el próximo año podía recrearse y disfrutar del azul e inmenso mar. Fue en aquella época mientras Amayté y su esposo eran muy pequeñitos cuando quedó sellado su compromiso de matrimonio.

Y el momento pautado llegó, cuando los jóvenes cumplieron 16 años, con tan buena suerte que Amayté era realmente muy hermosa, digna esposa de cualquier príncipe, y el novio era también un apuesto y gallardo joven, lo que ayudó a que entre ellos se encendiera la chispa del verdadero amor. La ceremonia de bodas se realizo en Xcaret, pueblo de la novia, hasta donde llegaron unos cuantos familiares y amigos del novio, caminado a pie durante tres días por el Sacbe (camino de piedra blanca) que separaba los poblados. Y así finalmente, luego de la ceremonia realizada por un sacerdote en el templo de Ixchel, y celebrada la fiesta en la humilde casa de la novia a orillas del mar, quedaba sellado el compromiso y la unión de ambas familias para la eternidad. Luego de la boda, el novio se quedo a vivir bajo las ordenes de suegro, según estipulaban las leyes del pueblo Maya, por un periodo de tiempo, que en su caso, fue de dos años luego de los cuales el joven estaba libre del compromiso protocolario y entonces decidió volver a Pisté ya que definitivamente le gustaba más sembrar y criar animales que pescar, y las leyes Mayas decían que una vez cumplido un lapso de tiempo razonable, el varón podía decidir a donde llevar a su familia y el oficio que adoptaría para mantenerla. Así que Amayté, con un niño recién nacido y con lágrimas en los ojos, cruzó el Sacbe (camino de piedra blanca) que separaba por tres días de camino, a su hermosa ciudad arrullada por las olas del mar para instalarse definitivamente en Pisté, una comunidad eminentemente agrícola donde vivía toda la familia de su esposo. Les tenían reservado un pedazo de tierra cultivable y una casa de piedra con techo de paja tejida que constaba de cuatro habitaciones o aposentos que los tíos y hermanos del joven habían construido para su joven familia

Los padres de Amayté venían a Pisté cada tres o cuatro meses para vender sus productos durante uno de los días de mercado en Chichen-Itzá. Atravesaban a pie la espesa selva Maya siempre por uno de los muchos sacbes o caminos de piedra blanca que conectaban a todas las comunidades del disperso pueblo Maya. El padre traía pescado conservado en sal, y su madre mercadeaba los artículos de algodón y yute que ella misma fabricaba, y aunque había otras ciudades, más cercanas donde podrían intercambiar sus mercancías, hacían el sacrificio de viajar hasta allá para pernoctar en casa de Amayté y poder disfrutar algunos días de sus pequeños nietos.

8. Día de Mercado

Mientras tanto en el palacio habitaba la familia real comandada por el gran y poderoso Halach Uinic quien tenía dos hijos varones Kitam Ka'ax (Jabalí del Monte) esposo de Sa'hamal P'ija (Rocío de la Mañana) y el segundo hijo era Chak Mo'ol

(Garra de tigre) que estaba casado con Tsuutsuy Sak (Paloma Blanca) quien era tan hermosa como su cuñada Sa'hamal P'ija y de la misma elevada clase social, pero no tenía el corazón bondadoso y noble de la hija de Ajal. El palacio donde habitaban era muy espacioso, contando cada familia con sus propios aposentos bastante independientes y privados y unos sirvientes personales para cada familia, sin embargo compartían los jardines interiores, un pequeño cenote (rio subterráneo), la cocina, y el comedor, y claro está que la real familia contaba con un ejército de sirvientes y soldados comunes para todos, que estaban dedicados a protegerles y servirles, el palacio quedaba en las afueras de la Sagrada Ciudad de Chichen –Itzá.

Un año antes de que naciera Nicté Lik (Flor del viento) Tsuutsuy Sak (Paloma Blanca) había tenido un hermoso hijo Yaxkin (Sol Nuevo) y aunque Sa'hamal P'ija y Kitam Ka'ax se habían casado tres años antes, no vinieron a tener descendencia hasta un año después que Chak Mo'ol y su esposa.

Sa'hamal P'ija estaba tan feliz con su hermosa hija que nada le importaban los cálculos egoístas y premeditados de Tsuutsuy Sak (paloma blanca) quien pretendía que su hijo llegara algún día ser el poderoso Halach Uinic de Chiche-Itzá. Y por supuesto que el nacimiento de Nicté Lik había sido para ella un duro golpe porque ahora su hijo quedaba por detrás de la pequeña, ya que ella era hija del primogénito.

Pero por momento Sa'hamal P'ija era inmensamente feliz con su hija y con su esposo, Kitam Ka'ax hijo mayor del gobernante, joven apuesto, fuerte, varonil, valiente, cariñoso, diligente e inteligente y que la adoraba, a ella y a su hermosa Nicté Lik

(Flor del Viento), y quien seria, lo más probable el próximo Halach Uinic aunque no tuviese un hijo varón.

Por las tardes Sa'amal P'ija sacaba a su pequeña hija al jardín interior del palacio para ayudarla a dar sus primeros pasos e irle enseñando los nombres de las flores y los pájaros que habitaban en el jardín, la pequeña se sentía especialmente atraída por las hermosas y coloridas guacamayas que visitaban el jardín. El palacio se encontraba a una corta distancia de la gran ciudad por un costado, pero por el otro se extendía poderosa, fabulosa y misteriosa la inconmensurable y espesa selva tropical. Casi todas las tardes llegaba también hasta el jardín interior Tsuutsuy Sak (Paloma Blanca) con su pequeño Yaxkin (Sol Nuevo), y así fueron aprendiendo ambos príncipes, únicos nietos y descendientes del poderoso Halach Uinic, las primeras palabras y los primeros juegos infantiles, protegidos en todo momento por sus dedicadas y nobles madres.

Ajal (Despertar), siempre que podía se reunía por las tardes, en el jardín interior del palacio, con su hija y su nieta, y así Sa'hamal P'ija se enteraba de los acontecimientos del diario vivir de las personas que habitaban dentro y fuera de la ciudad de Chichen-Itzá.

–Mañana es día de mercado, hija, ¿quieres ir conmigo?– preguntó Ajal, – desde que nació Nicté Lik (Flor del Agua) no sales para nada del palacio, vamos a llevar a la niña al mercado, ya tiene dos años, será un buena experiencia para ella.

–Madre, yo soy tan feliz desde que los Dioses me dieron a mi hija, que no tengo deseos ni de salir, solo hago las cosas que ella puede hacer, y camino por los sitios por donde ella pueda estar sin peligro, ya ves que camina muy bien.

–Si, hija, pero ya es hora de que la saques a conocer el mundo, esta siempre encerrada en el castillo

–Que es muy grande y espacioso, además este jardín interior está lleno de veredas, animales y escondites que a ella le fascinan y aun no le cansan, pero está bien, iré contigo al día de mercado mañana, quizá vea algo que me guste, y tienes razón, para mi pequeña será una aventura.

—Te buscaré cuando el sol esté en la copa de ese árbol.

Y dando un beso a su pequeña nieta, Ajal se retiró del palacio.

Al día siguiente Ajal llego puntual a buscar a su hija y a su nieta, las dos vestían un hermoso huipil blanco, bordado con pequeñas conchas de mar y ambas dividían sus negros cabellos en dos trenzas cuidadosamente tejidas, por supuesto que las de la pequeña Nicte Lik eran diminutas.

Caminaron por espacio de treinta minutos hasta el mercado, en realidad el camino se hacía en un lapso de tiempo mucho menor, pero la pequeña princesa venia caminando por sus propios pies y la madre, la abuela, una nana y un soldado caminaban a su mismo ritmo.

Llegaron al mercado mucho antes de que el sol estuviera en el cenit, y ya estaba atiborrado de personas que venían de los cuatro puntos cardinales a mercadear sus productos, normalmente venían en parejas, y mientras uno de ellos cuidaba la mercancía extendida en el piso sobre una manta de algodón blanco, el otro buscaba entre los mercaderes los artículos que necesitaba para su consumo. Por aquellos días el grano de cacao se utilizaba como moneda, así pues la familia real y las clases dominantes pagan con esto, pero los demás podían hacer el trueque que más les conviniera.

La pequeña princesa Nicté Lik llamaba la atención de todos los que la veían, no solo por el elegante bordado de su huipil, digno solo de las clases dominantes, sino por su donaire, gran belleza y especial sonrisa, caminaba de la mano de su madre en algunos tramos, y de la mano de su abuela en otros. Ajal era conocida por casi todas las personas que se cruzaban en su camino.

Ese día estaban en el mercado los padres y el esposo de Amayté mercadeando sus productos, cuando escucharon el revuelo que armaba la pequeña princesa en su primer paseo por el mercado de la gran ciudad. Fue muy impresionante para ellos ver a la princesita ya que el parecido con la pequeña Nicté Ha era increíblemente asombroso. Se quedaron muy sorprendidos, la madre de Amayté sin decir palabra le obsequio un bello pañuelo bordado, Sa'hamal P'ija dejo que su nena lo aceptara, al igual que muchos otros pequeños objetos que la gente le regalaba, y agradeciendo el regalo tomo a la princesita en brazos y se dio media vuelta. La mujer, sin embargo quedo muy asombrada por el gran parecido. Ajal reconoció al joven, lo saludo y notó el asombro de sus suegros al ver a la princesa.

–Menos mal que Amayté no vino hoy con nosotros, –dijo el joven.

– ¿Por qué?– Preguntó la suegra.

–Porque ella cree que…. en fin no me hagan caso.

– ¿Qué es lo que ella cree?– Preguntó el suegro.

–Bueno pues es que la princesa nació el mismo día de que nacieron nuestras hijas y bueno, nada, son cosas de Amayté.

– ¿Qué cosas?

–Que el parecido de la pequeña princesa con mi Nicte Há, cuando las bautizamos era asombroso, pero ahora es más marcado aun, son prácticamente idénticas, si mi mujer la ve en seguida piensa que la princesa es su hija también, ella nunca ha aceptado que nuestra pequeña muriera de forma tan misteriosa, en fin no me hagan caso.

La conversación se corto por la gran actividad de trueque que había en el mercado

9. Preparativos para la Gran Ceremonia

El pueblo Maya se preparaba para la época de siembra, fecha muy importante para ellos dado que se alimentaban básicamente de lo que cultivaban. Era muy importante que los Dioses aprobaran y bendijeran sus semillas para que la siembra y luego la cosecha fuera todo un éxito. Para pedir la benevolencia de los Señores del Cielo, preparaban una ceremonia en la que participaba todo el pueblo. Varios días antes las monjas del templo se habían encargado de buscar a todas las niñas, niños y adolescentes de los pueblos aledaños a Chichen-Itzá, llevaban un minucioso registro de sus nombres, edades y lugar de vivienda que anotaban en un gran libro hecho de hojas de papel amate.

Las citaban por las tardes durante cuatro diferentes días a la semana para ensayar su participación en la sagrada ceremonia.

Mientras que los sacerdotes del pueblo hacían lo mismo con los varones además de encargarse de los adornos y en fin de todos los preparativos para la gran ceremonia.

La danza era una parte muy importante de las ceremonias por lo que a todos los varones y a todas las mujeres se les enseñaban bailes particulares para diferentes ocasiones y no era común que bailaran juntos ni en las mismas ceremonias, de hecho la mayoría de las celebraciones y rituales las practicaban y presenciaban solo los varones. Pero en el caso de la ceremonia de la siembra, intervenían todos, de todas las edades, lo mismo que en la ceremonia de la recolección.

Nicté Ha y Nicté Lik ya tenían cuatro años, edad en que las niñas tanto como los varones podían participar en la gran celebración, y eran llamados también a practicar su papel antes del día señalado.

Un día antes de la gran celebración, por la tarde se encontraban reunidas las princesas Sa'hamal P'ija (Roció de la Mañana) y Tsuutsuy Sak (Paloma Blanca) en el jardín interior del palacio, mirando a sus hijos jugar y Ajal llego para charlar un rato con ellas.

–¿Tienen todo preparado para mañana? –Pregunto Ajal a las jóvenes princesas.–

–Si, todo preparado, mi pequeño Yaxkin está muy emocionado porque este es el segundo año en que participa, y se siente muy orgulloso.

–Mi pequeña Nicté Lik (Flor del Viento), participará por primera vez, pero ha puesto mucho interés en sus prácticas y sabe que es un acontecimiento muy importante.

–Será una gran experiencia para ellos – contestó Ajal (Despertar), sonriendo– bueno, hoy hay que dormir temprano porque debemos estar en la ciudad sagrada mucho antes de que Ixchel, Diosa de la luna termine su recorrido celestial.

–Si, hoy hay que ir a dormir temprano – respondió Tsuutsuy Sak.

Pero a unos cuantos kilómetros de allí también Amayté preparaba a su menuda familia para la gran celebración, sus hijos, Iqui Balam (Tigre de la Luna) de 6 años, Ikal Noom (Alma de Perdiz) de 5 años y su pequeña Nicté Ha (Flor del Agua) de 4 años, todos estaban emocionados por la gran celebración, para la pequeña, era la primera vez que la dejaban participar, por lo que sus hermanos se sentían con el deber de orientarla.

–Es como un juego– decía Iqui Balam, con la solemnidad del hermano mayor, versado en esos asuntos – yo seré una águila, y también Ikal Noom y nuestro padre– debemos salir volando para que los Dioses nos vean, para llamar su atención, por eso nuestra madre nos ha hecho ese hermoso disfraz de águila, y nuestro padre ha conseguido de los artesanos en el mercado una cabeza con pico de madera y unas alas para cada uno de nosotros.

Ikal Noom, escuchaba atónito, el año anterior había hecho el papel de águila, pero era muy pequeño y apenas se acordaba de los acontecimientos, lo que había quedado bien grabado en su memoria era la fiesta que seguía a la celebración, el mercado con comida y golosinas, y los juegos en los que había participado con muchos otros niños que conoció ese día tan importante.

–Como tú eres solo una mujer – siguió Iqui Balam, iras por otro lado con nuestra madre, y llevarás flores en la cabeza y una canasta con mazorcas secas en las manos.

Para la bella y graciosa Nicté Ha (Flor del Agua) era lo más importante que le había ocurrido hasta ese momento, en que contaba con 4 años, había ido a practicar tres veces y sabía muy bien lo que tenía que hacer. Pero dado la cantidad enorme de personas que participaban en la ceremonia, las prácticas se hacían en pequeños grupos, era solamente durante el gran día, cuando se reuniría todo el elenco para celebrar con solemnidad el gran ritual, ya que todo el pueblo se jugaba el éxito o fracaso de la próxima época de siembra.

Amayté escuchaba a sus hijos sentada en una piedra debajo de un árbol frente a su humilde casita, mientras bordaba las diminutas y multicolores florecitas que debía llevar el huipil de su hija, ya que era la primera vez que participaba en la ceremonia, el huipil que Amayté usaría ya lo había bordado con pájaros de colores, y mientras tanto los niños hablaban y jugaban alrededor de ella.

10. Ceremonia Sagrada de la Siembra

Por fin llego el día de la gran ceremonia, antes del amanecer, aún a oscuras, cuando el sol todavía no comenzaba a asomar su rubia cabellera por el firmamento, se veían venir a pie por los cuatro puntos cardinales a hombres, mujeres y niños vestiditas ellas con su huipil blanco bordado de flores, pájaros o grecas de colores y sus negras cabelleras bellamente tejidas en dos trenzas rematadas con cintas multicolores, y a los varones con su calzón y capa de algodón blanco. Era un espectáculo alucinante pues los rayos de la luna que aun estaban en el firmamento le imprimían a todo ese pueblo vestido de blanco, unos hermosos tonos plateados.

Cada uno iba a ocupar el lugar de inicio que habían practicado y que los más viejos conocían de memoria por los muchos años de venir realizando esta importante celebración.

El eje central de la ceremonia se llevaría a cabo principalmente frente al gran Castillo y alrededor del Templo de Venus. Todas las mujeres se dirigían al lugar de las Mil Columnas mientras que los varones se repartían, los más viejos se dirigían al Muro de los Cráneos, los jóvenes y niños a la Plataforma de las Águilas, y los guerreros iniciaban su papel desde el mismo Templo de los Guerreros.

Toda aquella muchedumbre permanecía en un absoluto silencio, en profunda reverencia, observando atentamente a la diosa Ixchel señora de la luna que se encontraba completamente llena y redonda dando los últimos pasos de esa maravillosa noche.

Solamente se podían escuchar lo trinos de los pájaros mañaneros anunciando que las tinieblas de la noche se desvanecerían en breve, que Ixchel se retiraba en su modalidad de diosa de la luna, dando paso al Dios Itzmaná, señor de los cielos, del día y de la noche, hijo del gran Hunab Kú (Dios Creador).

Cuando el primer rayo de sol atravesó la minúscula ventana del Caracol, Observatorio astronómico del pueblo, y cruzó rápido como saeta hasta alcanzar un punto determinado y claramente marcado por los astrónomos mayas, entonces y solo entonces se escucho el ronquido de cien caracolas a la vez, con su triste y melancólico sonido, y cien timbales más anunciando el comienzo de tan importante ceremonia.

El Halach Uinik, poderoso gobernante de la sagrada ciudad de Chichen-Itzá (altar de la sabiduría) y todo su sequito formado por los Ah K'in May (Sumos Sacerdotes), el

Ah Com (Sacrificador), el Chilam (Profeta), y varios ayudantes (Cha' Ako'Ob) que entre ellos se encontraban los dos hijos varones del gobernante, Kitam Ka'ax (Jabalí del Monte) y Chak Mo'ol (Garra de Tigre), esplendorosamente vestidos y ataviados con toda sute de plumas de pájaros, oro y piedras preciosas. Todos ellos llevaban siete días en lo alto de la gran pirámide-templo entre ayunos, oraciones, consumo de plantas alucinógenas y la arcaica costumbre de auto-sacrificio en los que punzaban sus orejas, lenguas y otras partes de su cuerpo con espinas de maguey, y la sangre recolectada la ponían en tiras de papel amate que durante la gran ceremonia serian quemadas. El profeta o adivino tenia la encomienda de buscar el pronóstico de la época de siembra que se avecinaba. Los sacerdotes intentaban por todos los medios comunicarse con los Dioses para captar alguna señal.

Toda las escalinatas, de la gran pirámide estaban adornadas con antorchas de fuego y copal ardiendo. Cuando las caracolas, las flautas, las sonajas y los timbales comenzaron a tocar, el gobernante y todo su sequito salieron del templo en lo alto de la gran pirámide y se acomodaron de manera que el pueblo pudiera verlos, y ellos a su pueblo, el gran sacerdote se erguía imponente en el centro de la comitiva.

Las caracolas, los timbales, las sonajas y las flautas de los músicos que se encontraban en la parte baja de la pirámide cambiaron la melodía por algo un poco más rápido y alegre, esa era la señal esperada por el pueblo para comenzar el ritual.

Los primeros en salir fueron los guerreros con sus instrumentos beligerantes y llevando delante de ellos la figura en piedra de Kukulcán (Dios de la guerra y de los Vientos), dieron una vuelta por la plazoleta central y se acomodaron en hileras frente al muro de los cráneos.

Entonces los músicos comenzaron a entonar otra melodía, esta vez ya sin la solemne caracola, y desde el templo de las mil columnas salieron las mujeres más viejas de la comunidad Maya, entre las que se encontraban Ajal, Etzeme, Bamoa y Akyaabel, con sonajas en los pies y en las manos interpretando una hermosa y antigua danza, al terminar su interpretación fueron a formar un semicírculo frente a la gran pirámide. Entonces uno de los sumos sacerdotes en lo alto de la gran pirámide, vestido con una hermosa capa de piel de venado y un penacho de plumas de pájaros, dijo, mientras esparcía copal en un envase de oro:

–Viento del Norte, Viento del Sur, espanten a los Dioses malévolos de nuestras milpas, no permitan que se acerquen a ellas.–

Luego se escuchó el ronquido sordo de las caracolas.

–Viento del Este, Viento del Oeste, traigan buenos augurios a nuestras siembras.

Las caracolas volvieron a roncar

En seguida los músicos interpretaron una melodía diferente y aparecieron los hombres más viejos de la comunidad llevando en las manos una flauta la que tocaban en una alegre y rítmica melodía mientras caminaban alrededor de la plazoleta, al terminar su marcha fueron a formar hileras frente al templo de los guerreros.

Otro de los sacerdotes, con el envase de oro y copal se dirigió así al cielo:

–Hunab Ku, poderoso Señor y Deidad única ayuda a este tu pueblo, aparta a los dioses malignos de nuestras tierras

Las caracolas roncaron solemnes.

Los músicos cambiaron la melodía, esta vez acompañados de los sonidos de las flautas de los hombres viejos y de los cascabeles de las mujeres viejas. Entonces se desprendió otro mazo de hermosas y jóvenes mujeres del templo de las mil columnas, eran las más jóvenes y hermosas mujeres del pueblo, entre las que se encontraban Tsuutsuy Sak, Chacté, Amayté y Sa'hama P'ija, que se acercaban interpretando una alegre y rápida danza en la que debían dar muchas vueltas y saltos con enorme rapidez. Realizaron su danza en la gran plazoleta y al terminar fueron a formar hileras alrededor del templo de Venus.

Otro de los sacerdotes volvió a tomar la palabra mientras encendía otro pebetero de oro con incienso de la tierra:

–Chac, Dios de la Lluvia, los Truenos, los Rayos y de los Cuatro Puntos Cardinales, ayuda a este tu pueblo, trayendo el agua suficiente y necesaria para que nuestras milpas crezcan fuertes y el viento benévolo desde los cuatro puntos cardinales nos proteja y nos ayude para que podamos lograr una buena cosecha.

Las caracolas roncaron nuevamente

Llegaba el turno de los caballeros jóvenes y junto con los niños, disfrazados de águilas salieron danzando mientras blandían sus alas de paja como si fueran águilas y daban muchas vueltas, mientras los músicos, los viejos y las mujeres viejas interpretaban la música que ellos marcaban con sus pies. Luego de su debut pasaron a ocupar el sitio premeditado dentro de la gran plazoleta.

Ahora llegaba el turno del Gran Gobernante de Chichen Itzá, quien se acerco al frente, en lo alto de la gran pirámide. Tenía una capa hecha de muchas plumas de pájaros multicolores y un majestuoso penacho de oro y plumas de quetzal, llevaba collares y brazaletes de oro y jade, y en las manos elevaba al cielo un faisán, en ofrenda a los Dioses. Y dijo así:

–Itzmaná, Dios de los Cielos, del Conocimiento, del Día, de la Noche y representado como nuestro maravilloso Sol, también Inventor de la Escritura y Padre de la Medicina. Ixchel, Esposa de Itzmaná, Diosa de la Luna, Protectora de las Parturientas, Creadora del Telar…. ¡¡reciban esta ofrenda de mi pueblo y mírenlo con benevolencia, no permitan que las plagas y los vientos malignos nos ataquen!!

Las caracolas roncaron, el joven faisán fue amarrado a una gran piedra de jade verde, el gran Señor y Gobernante descendió por las escalinatas y al llegar a la parte de abajo, los músicos y todo el pueblo tocaron una dulce melodía y entonces las niñas más pequeñas del pueblo maya salieron del templo de las mil columnas, según habían practicado y con unos cestos de paja en las manos que contenían mazorcas de maíz blanco, amarillo, rojo y negro que simbolizaba y determinaba los rumbos cósmicos por los que se llevaría a cabo la próxima cosecha y entre caminando y danzando, aquellas pequeñas e inocentes criaturas, lo más tierno y preciado del pueblo Maya, formaron dos hileras que acompañaron al gobernante hasta el pozo de los sacrificios (Cenote Sagrado) para entregar el faisán como ofrenda a los Dioses Benévolos y luego las pequeñitas arrojarían también dentro del cenote las mazorcas para así congraciarse con los dioses.

Entre cantos y música regreso el gobernante a lo alto de la gran pirámide mientras las niñas permanecían formadas en hileras en la parte baja de la pirámide. Todo el pueblo maya entono hermosas y dulces canciones dedicadas a los Señores del cielo, ellos estaban seguros que esas melodías junto con todo el ritual que habían llevado a cabo eran agradables a sus Dioses y permitirían abundante cosecha.

El gobernante y todo su sequito volvieron a entrar en los aposentos que estaban en lo alto de la pirámide, el pueblo se desparramo y se dirigió al mercado donde tenían preparada una gran fiesta que auspiciaba el Halach Uinic su glorioso y bondadoso gobernante.

Los músicos fueron directamente al área del mercado y comenzaron a tocar alegres melodías, se habían preparado muchos alimentos, había atole, tamales, tortillas, frijoles, carne de venado cocida bajo la tierra (Pibil), Carne de Jabalí asada, chocolate, frutas, miel, todo en abundancia y hasta Balche (licor maya) para los adultos que quisieran.

Por supuesto que la clase social alta tenía una gran celebración en el palacio real del Halach Uinic, con los mismos alimentos pero solamente para los nobles del pueblo.

Pero sucedió que cuando las pequeñas llegaron al templo de las mil columnas, vestiditas especialmente para la ocasión llevando su canastita de paja en las manos, su huipil bordado y sus cabellos trenzados delicada y graciosamente en dos trenza, eran entregadas a las Sacerdotisas quienes estaban encargadas de la organización total de la gran ceremonia y de la seguridad de las criaturas, entonces se encontraron frente a frente Nicté Ha (Flor del Agua) y Nicté Lik (Flor del Viento), en seguida se produjo, tan rápido y fulminante como un rayo, una empatía profunda y extraña que duraría por el resto de la vida de las niñas, comenzaron a reír y a hablar como si se conocieran de siempre, intercambiaron mazorcas para balancear el número de los diferentes colores, y cuando las Sacerdotisas trataron de acomodarlas en el lugar donde debían estar se negaron rotundamente y decidieron que irían las dos juntas, una al lado de la otra.

Como Nicté Lik (Flor del Viento) era princesa, encabezaría el desfile, mientras que a Nicté Ha (Flor del Agua) le correspondía un lugar casi hasta atrás, después de todas las niñas de la nobleza, pero la pequeña princesa hizo un berrinche tal que hubo que complacerla o de lo contrario tendrían problemas con las pequeñas participantes, pues en esa ocasión también descubrieron el poder de liderato que tenía la princesita.

Pero también sucedió en esos mismos instantes que las sacerdotisas descubrieron el gran parecido que existía entre las dos pequeñas y nuevas amiguitas, era verdaderamente asombroso el parecido, en los grandes, expresivos y pícaros ojos, la diminuta boca, la nariz recta, que no se parecía en nada al prototipo de la nariz maya. Pero la sonrisa y la voz también eran iguales, parecían dos gotas idénticas de rocío.

Al terminar la ceremonia, las madres de las pequeñas aparecieron en seguida, Sa'hamal P'ija tomo de la mano a su hija y pretendió caminar hacia el gran palacio donde ellas vivían y donde se llevaría a cabo la celebración de la clase social dominante, pero la pequeña se negó rotundamente a ir al palacio, ella quería que su madre conociera a su nueva amiguita y quería ir a jugar con ella al mercado como iban casi todas las personas. La princesa accedió a complacer a su hija por un rato, y tomadas de la mano caminaron entre la gente hasta llegar al mercado donde se encontraron con la gran fiesta, que el Halach Uinic patrocinaba, acomodados en enormes mesas había toda clase de frutas, cazuelas de barro llenas de carne de venado y de perdiz al pibil (cocinada debajo de la tierra), miel, tamales, atole, chocolate y una gran variedad de frutas además de todo el balché que quisieran tomar, mientras los músicos alegraban con su repiquetear haciendo que la gente del pueblo danzara feliz y contenta mientras los pequeños correteaban por todos lados.

Nicté Lik diviso a lo lejos a su amiga sentada en el piso, debajo de la refrescante sombra de un árbol, acompañada de toda su familia comiendo las exquisiteces con que celebraban.

Cuando Sa'hamal P'ija y Nicté Lik se aceraron se hizo un silencio por parte de la familia de Amayté, Sayab, Etzeme y los padres de ella que habían venido desde su pueblo para celebrar tan importante ocasión, todos incluyendo a la princesa Sa'hamal P'ija (Rocío de la Mañana) quedaron atónitos al descubrir que las amiguitas eran impresionantemente idénticas, después de unos minutos de silencio y cuando ya las dos pequeñas compartían un delicioso tamal entre risas y gritos, la princesa miró a Amayté quien permaneció muda por unos segundos sintiendo un suave y dulce calor en el corazón y mirando atentamente a Nicté Lik, "si,–pensó,– es mi hija, lo sé porque el corazón no se equivoca, pero ella es feliz, además nadie me lo creería, ni el propio Sayab"

S'hamal P'ija dijo entonces: –Es extraordinario el parecido de nuestras hijas, ¡oh pero si tú eres la misma del día del bautizo! A nuestras hijas las bautizaron juntas, ahora entiendo la afinidad inmediata que han tenido.

–¡Siéntese alteza, entre nosotros!– dijo Sayab, levantándose de la piedra en que estaba descansando y cediéndola a la princesa.

Sa'hamal P'ija al mirar a su hija tan contenta, riendo y charlando con su nueva amiguita, accedió a sentarse y compartir un rato con la humilde familia. En seguida le acercaron platos de barro con carne de venado y un jarrito con balché

–He preguntado en varias ocasiones a mi madre por ustedes, nunca olvido el día del bautizo de nuestras hijas, pero Ajal me dice que hace mucho tiempo que no va por Pisté– dijo Sa'hamal entre bocado y sorbo.

–Es verdad, no la he vuelto a ver desde que nacieron mis hijas – contestó secamente Amayté.

–Parece que en estos tiempos no hay mujeres parturientas por nuestra aldea –dijo Etzeme (Granate), –sin embargo yo he visto a Ajal (Despertar) algunas veces en el mercado y no me ha dicho nada.

–¿Mi madre sabe que usted es abuela de Nicté Ha (Flor del Agua)?

–Por supuesto, nos conocemos desde nuestra primera infancia, cuando nadábamos en los frescos y cristalinos Cenotes durante los días de calor y cuando oíamos las maravillosas historias que contaba la anciana Sacerdotisa, tía de Ajal que vivía en el mismo palacio que ella. Mi madre era alfarera, igual que yo, y fabricaba todos los envases de cerámica y barro que se usaban en el palacio de los padres de Ajal.

– ¿Ustedes Vivian en el mismo palacio que mi madre?

–No, pero nuestra choza estaba a corta distancia del palacio, separada solo por un pequeño bosquecito.

Para entonces los hermanitos de Nicté Ha se había unido a las niñas y dos o tres pequeños más que correteaban a una iguana que otro niño traía amarrada del cuello, gritaban y corrían detrás del asustado animal. En ese momento llego Ajal (Despertar) y mirando todo el cuadro que tenía por delante dijo:

–Sa'hamal P'ija, el príncipe, tu esposo esta buscándote a ti y a tu hija, estaba comenzando a preocuparse.

–Madre, ¿no vas a saludar a mis amigos?

–¡Hola Ajal!– repitieron casi al unísono Sayab y Etzeme

–Me alegra mucho verlos, no nos veíamos desde el nacimiento de su hija

–De mis hijas – contestó Amayté

–Es verdad, de tus hijas – dijo secamente Ajal –pero Sa'hamal, vamos que nos esperan – ¿Dónde está mi nieta? – preguntó mientras trataba de encontrar a la niña entre el enjambre de niños que corrían detrás de la iguana.

A un grito de Ajal, Nicté Lik se separo del grupo y vino corriendo, risueña y sudorosa con la mejilla ardiendo de alegría y detrás de ella Nicté Ha.

–Abuela, ella es mi amiguita, se llama Nicté Ha (Flor del Agua).

–Hola Nicté Ha –dijo muy secamente Ajal –pero es hora de ir al palacio, tu padre y tu abuelo te esperan.

Sa'hamal P'ija se levanto, y dijo a Amayté:

–Me gustaría que vinieras a palacio y que nuestras hijas se vieran con frecuencia, ven a visitarnos cuando quieras.

Se despidieron y las tres mujeres se retiraron por entre medio de la gente que bailaba y cantaba, mientras los niños correteaban por doquier.

Mientras caminaban Ajal dijo a su hija:

–Hija, no es conveniente que tengas amistad con esa familia, tú perteneces a la nobleza y ellos son solo campesinos

–Madre, te desconozco, tú me enseñaste otra cosa, siempre has ayudado a todas las mujeres de nuestro pueblo a parir, no importándote nunca su clase social o económica, me extraña que ahora tengas ese reparo, tus amigas de la infancia son gente sencilla, nunca te he conocido una amiga perteneciente a la nobleza

–Mi caso es diferente, Sa'hamal, yo estudié medicina y me debo a mi pueblo, pero tú eres una princesa y tu hija quizás llegue a ser reina de nuestra noble y sabia ciudad.

–Con más razón, madre, quiero que Nicté Lik (Flor del Viento) conozca bien a su pueblo, que pueda entender las necesidades y aspiraciones de todos, nuestra ciudad ha sido bendecida por los Dioses y hemos vivido muchos Kakin (periodos de 20 años) en paz y armonía, gracias a las armónicas relaciones entre el pueblo y nuestro Halach Uinic y su predecesor. Pero una de las claves para lograrla esta armonía ha sido el profundo conocimiento que tiene de su pueblo, y que con esmero se han ocupado de cultivar.

—Al final harás lo que tú quieras pero insisto en que no me gusta esa gente

—¿Te parecen malas personas?

—Oh, no, al contrario, son padres ejemplares, laboriosos, respetuosos de las leyes y de las tradiciones.

—¿Y entonces, madre? las niñas tienen un parecido asombroso, claro que mi pequeña es más hermosa y graciosa, pero tú has visto la afinidad que tienen, recuerda que las bautizaron juntas, además no creo que yo pueda darle una hermanita, además tu misma sabes la importancia de tener amigas y amigos de la infancia, son los que nunca te fallan, como los hermanos.

La conversación se corto porque llegaron a palacio donde Kitam Ka'ax (Jabalí del Monte) las recibió con alegría levantando por los aires a su pequeña hija.

11. Atardecer del Solsticio de Verano

A los pocos días de la fiesta para ofrendar a los Dioses, tenía lugar otra ceremonia igualmente importante, donde todos, nobles, príncipes, sacerdotes y pueblo en general eran sólo espectadores. En esta celebración podrían comprobar si efectivamente los Dioses contestaron favorablemente a las peticiones del viejo Pueblo Maya. Era el atardecer del solsticio de verano. Todo el pueblo se encontraba esperando tranquilamente a varios metros de distancia de la pirámide del Castillo, también la nobleza y los sacerdotes estaban abajo y afuera de la pirámide. En un sitio reservado para ellos. Todos guardaban un silencio estremecedor, todos, incluso los pequeños. Solo se escuchaban los cantos de los pájaros entremezclados con unos sutiles tambores marcando los minutos que corrían lentamente.

De pronto, los tambores callaron, la Serpiente Emplumada apareció repentinamente en lo alto de la pirámide, y comenzó a bajar paulatina pero ininterrumpidamente por todos y cada uno de los escalones de la gran pirámide hasta alcanzar la tierra, signo inequívoco de que daba su bendición a la tierra Maya y la próxima cosecha seria extraordinaria, los vientos malévolos no podrían lograr sus negros deseos. El poder de la Serpiente emplumada era superior a todo. Luego de que la serpiente recorriera un pequeño trecho del suelo, todo el pueblo lanzó un grito de triunfo, se abrazaban, se besaban, y la música comenzó a sonar sin parar hasta antes del anochecer.

No había duda, los Dioses habían respondido favorablemente a su pedido, la ceremonia en que participo todo el pueblo había sido del agrado de ellos y ahora la Serpiente Emplumada lo acababa de confirmar. La fiesta no podía durar mucho tiempo ya que todos debían ir a sus chozas para comenzar al día siguiente la siembra.

12. Pisté, pequeño Poblado

El pequeño poblado de Pisté, donde Amayté (Rostro del Cielo) y Sayab (Manantial) tenían su milpa, estaba rodeado por la impenetrable selva tropical, a la que sus habitantes robaban palmo a palmo pedazos de terreno para sembrar, era una tierra muy fértil y tenía muchos Cenotes o manantiales subterráneos que la hacían propicia para vivir, aun cuando era calurosa, indomable y muy propensa a tormentas tropicales.

Muy cerca de la casa de Sayab, Vivian los hermanos de éste con sus familias pero más próximo a su casa vivía su madre Etzeme (Granate) quien era una gran alfarera, había heredado este arte a través de varias generaciones, tenía muy cerca de su choza un horno bajo la tierra donde cocía sus piezas de barro, que consistían principalmente de pebeteros para sahumerios, cantaros para el agua, jarros pequeños, platos, cazuelas para preparar alimentos, y en fin todos los utensilios de uso diario utilizados por cualquier familia Maya.

A las afueras de Pisté, sobre una bella loma que dominaba el paisaje total, había una casa, que era la mejor vivienda, la más espaciosa del poblado y de varios poblados a la redonda y poseía también la milpa mas grande, con el mayor numero de faisanes y guajolotes (pavos) era propiedad de una siniestra y maligna mujer llamada Bamoa (Espiga), quien tenía una hija K'uyche (Amapola) y un hijo varón Lejem Chaak (Relámpago), disfrutaba del servicio varios sirvientes y labradores. Su hijo era comerciante y se pasaba la vida viajando de un lugar a otro por los caminos blancos del Mayab, llevando y trayendo mercancías, lo que los hacía todavía más ricos, e influyentes, pues los comerciantes eran la clase más encumbrada e influyente del pueblo Maya.

Bamoa (Espiga), quedo viuda muy joven, decían las malas lenguas que había envenenado a su marido porque el amaba a otra mujer y había sido obligado, de acuerdo a la tradición Maya a casarse con la mujer que sus padrea escogieron para él en su infancia. Ella nunca volvió a casarse, se dedico a incrementar su fortuna y no se tocaba el corazón cuando tenía que quedarse con las milpas de algún labrador que empeñaba su tierra en las terribles sequias o a causa de alguna enfermedad en la familia que le obligaban a endeudarse con Bamoa. También solía tratar de comprar por precios irrisorios las propiedades de las viudas jóvenes que no tenían hijos grandes que las ayudaran a arrepechar los problemas, y muchas veces acababan de sirvientas de ella.

Se decía que Bamoa tenía comunicación y apoyo con los Dioses malignos del pueblo Maya que la protegían y ayudaban a salir airosa de todas sus fechorías, a cambio de crueles sacrificios en su honor. Detrás de su casa había una cueva donde se aseguraba que practicaba sus ritos macabros, y nadie se atrevía entrar en esa cueva salvo la misma Bamoa.

Esta terrible y temida mujer tenía una gran revancha con Etzeme (Granate) porque en su juventud llegaron a acariciar la idea de casar a Sayab (Manantial) con K'uyche (Amapola), pero antes de que hubiera un compromiso formal, los padres de Sayab lo habían comprometido con Amayté en tierra extranjera. Bamoa odiaba con frenesí, tanto a Etzemé como a Amayté, ya que habían dejado a su pobre hija sin pareja para el resto de su vida y más triste todavía era el hecho de que K'uyche (Amapola), vivía enamorada desde la infancia de Sayab, quien ni siquiera la miraba, pues solo tenía ojos y vida para su hermosa esposa. En cuanto a su amado hijo Lejem Chaca (Relámpago), había perdido a su prometida antes de casarse, ya que ella tenía una extraña enfermedad que le ocasionaba terribles ataques que la tiraban al piso y le llenaban de espuma la boca, se creía que esa enfermedad era una maldición de los Dioses, y un día en uno de esos ataques, estrello su cabeza contra una piedra y murió en el acto. Y ella, la rica, hermosa y poderosa Bamoa no tenia siquiera esperanzas de tener nietos o nietas que perpetraran su poder, además de tener que soportar la tristeza y el amor sin corresponder de su hija por el ingrato de Sayab.

Por las tardes, luego de los trabajos rutinarios del hogar, Amayté, se acercaba a la choza de su suegra con sus tres pequeños hijos, y mientras Etzeme moldeaba con sus manos una nueva vasija de barro, los pequeños corrían tras alguna pequeña iguana, y la pequeña Nicté Ha (Flor de Agua) se embelesaba por el trabajo de su abuela. Amayté aprovechaba ese tiempo para tejer en su telar de cintura la ropa, las mantas, los artículos de algodón que utilizaba su familia, ella había heredado los conocimientos y las destrezas de su madre, pero por supuesto nunca podían olvidarse de que el arte del tejido en telar había sido un hermoso y útil regalo que la diosa Ixchel había obsequiado a las mujeres del pueblo Maya.

Desde lo alto de su loma Bamoa (Espiga) miraba todas las tardes la apacible y feliz vida que llevaba Etzeme (Granate). Se preguntaba por qué ella, fiel servidora de sus Dioses, que no les fallaba cuando se trataba de sacrificios y oraciones, no podía decir que era feliz, aunque pensándolo bien, por lo menos tenia mas tierra, sirvientes, animales, y no tenía que realizar los trabajos de su diario vivir con sus propias manos.

Era la época de quema de milpas cuando había que pegar fuego al hierbajo para que sirviera de abono antes de volver a depositar la sagrada semilla en el seno fecundo de la indómita y benévola madre tierra, el aire olía a humo, y el cielo claro de siempre se veía invadido de fumarolas negras. Sayab (Manantial), también quemaba su milpa, él solito trabajaba su tierra, sus hijos eran aún muy pequeños para ayudarlo, pero ya pronto, muy pronto, su primogénito Iqui Balam (Tigre de la Luna) cumpliría nueve años, edad que la tradición Maya marcaba para que los pequeños comenzaran a ayudar a sus padres en las faenas diarias.

Sayab, terminaba de quemar su milpa, debía esperar que las últimas llamas se consumieran totalmente, se sentía cansado y hambriento después de un día completo de arduo trabajo, buscó la fresca sombra de un árbol y fue a sentarse debajo para comer los taquitos de frijoles con chile que Amayté le preparaba diariamente y se los empacaba en un itacate de percal. Desde la loma de Bamoa podía verse al hombre comiendo tranquilamente mientras esperaba que el fuego se extinguiera por completo, K'uyche (Amapola) lo contemplaba con melancolía, cuanto amaba ella a ese hombre, el debió ser su marido, pero Amayté se había interpuesto en su camino, destruyendo su vida para siempre. Mientras meditaba en eso sintió de pronto unos enormes deseos de ir a su encuentro y sentarse con él ahí bajo la sombra de aquel frondoso árbol a charlar y sentirse cerca de él.

Llego K'uyche por detrás y le tapó los ojos, de momento el no podía adivinar de quien eran las tersas y perfumadas manos que le cubrían los ojos. Ella se sentó al lado de Sayab quien le ofreció de su comida.

– No, gracias.

–Tu te lo pierdes, mis tacos están exquisitos.

– ¿Preparados por tu adorada esposa?

–Si, claro, ¿quién más me prepara mi comida?

–Yo podría preparártela si quisieras.

–Yo creo que tú no sabes cocinar, nunca has tenido que hacerlo, has vivido rodeada de sirvientas desde tu infancia, perteneces a una clase social superior.

–No he tenido que hacerlo pero lo haría si fuera necesario, y tú pudiste pertenecer a mi clase social, solo que tu padre tuvo mal tino y te comprometió con esa extranjera.

–Hemos hablado de eso antes, K'uyche, los Dioses no quisieron que nuestras vidas caminaran juntas por estos caminos.

–Los Dioses nos tenían reservada una vida en común, pero hubo un error y tú tuviste que casarte con Amayté, y yo te hubiera hecho más feliz.

Mientras decía esto, pegaba su cara cerca de la de Sayab, en verdad que era hermosa, quizá tan hermosa como Amayté, y al ser una mujer rica vestía con huipiles bellamente bordados, llena de pulseras y brazaletes de oro, oliendo a deliciosos y trastornadores perfumes, con su piel tersa y brillante debido a los aceites a que tenía acceso. Sin darse cuenta fue envolviéndose en ese perfume dulzón y apasionante de K'uyche y cuando vino a ver estaban besándose apasionadamente y buscando un claro en el espeso bosque que quedaba a sus espaldas donde no pudieran ser vistos por nadie. Por fin después de tantos intentos e insinuaciones, Sayab (Manantial) cayó presa de las redes de K'uyche (Amapola) y se amaron hasta que oscureció totalmente, y alumbrados por la luna volvieron a la milpa que había terminado de consumir totalmente el fuego.

Se separaron y caminaron cada uno hacia su casa, K'uyche no podía disimular su alegría, mientras que Sayab sentía un enorme y pesado remordimiento, pues amaba profundamente a su mujer.

Cuando llegó a su casa encontró a Amayté sentada en el piso frente al comal moldeando con las manos las tortillas de maíz, mientras en otra olla de barro se cocía maíz cacahuacintle para hacer pozole. Al joven marido le costó trabajo mirar de frente a su esposa, y con pretexto de estar lleno de tizne se fue a dar un baño al Cenote que tenían cerca de su casa. Amayté no sospecho nada aun cuando le extraño que su marido llegara tan tarde, y no la besara como era su costumbre, y siguió cantando dulcemente una vieja melodía mientras amasaba sus tortillas.

13. Ritual del Canancol

Después de la quema de la milpa, cada uno de los campesinos debía contratar a un hechicero del culto agrícola para que le hiciera su "Canancol" o muñeco-sirviente protector de la milpa. Llego el día en que tocaba el turno a la milpa de Sayab, la noche anterior Amayté había hecho una bebida de maíz molido en metate y endulzada con miel llamada Sakab y también había preparado pozole para la celebración .

El hechicero estaba muy ocupado por esa época porque los campesinos que no tenían hijos o familiares que pudieran ayudarles en el trabajo diario de su milpa, como era el caso de Sayab, necesitaban de un guardián que la protegiera de los ladrones o intrusos y el Canancol era eso precisamente un guardián que llevaba la propia sangre de su amo. El ritual debía llevarse a cabo en las primeras horas del atardecer. Para ese tipo de rituales, los campesinos invitaban a algunas personas allegadas a ellos, pero no a niños ya que en una parte del ritual debían consumir balché y casi siempre se llegaba a la embriaguez, Sayab (Manantial) como casi todos los agricultores del poblado, invito a Bamoa (Espiga), nadie la quería pero tenían miedo de echársela como enemiga, además del temor que siempre tenían de poder necesitar de algún préstamo de urgencia de la rica y ambiciosa mujer, ella por lo general no solía asistir a ese tipo de celebraciones aún cuando siempre recibía una invitación, pero en este caso, tratándose de Sayab (Manantial) y de Amayté (Rostro del Cielo), decidió ir al ritual del Canancol.

Un día antes Sayab (Manantial) había medido su milpa, localizando el justo medio y había trazado una entrada a la milpa por el poniente, justo por donde entraron aquella tarde, él, Amayté, el hechicero, sus hermanos, algunos vecinos y amigos y para sorpresa de todos llego también Bamoa (Espiga) y su hija K'uyche (Amapola).

Etzeme (Granate) no asistió al ritual en medio de la milpa porque se quedo cuidando a sus nietos, pero terminada la actividad todos irían a celebrar a casa de Amayté (Rostro del Cielo).

El hechicero, parado justo el medio de la milpa, ordenó a los concurrentes a que formaran un círculo, el encantador se paro en el mismo medio y comenzó su ritual, llevaba un muñeco hecho con la cera de nueve colmenas, ahí termino de fabricarlo, poniéndole los ojos con dos frijoles negros, los dientes con granos de maíz y las uñas de las manos y de los pies las hizo con frijoles blancos, y por ultimo lo vistió con hojas de mazorca de maíz.

Entonces sacó de su morral nueve trozos de yuca, un jarro lleno de balché y una jícara. Lleno la jícara con balché y pidió a todos los concurrentes que bebieran, todos obedecieron, pero a Amayté (Rostro del Cielo) no le gustaba embriagarse por lo que simuló que bebía cuando le pasaron la jícara, pero todos los demás dieron tremendo trago al licor.

Levantó un trozo de yuca lo envolvió en un pedazo de tela de color blanco y lo presento al viento del norte diciendo estas palabras:

—Viento del norte te pedimos aquí reunidos que seas benévolo con esta milpa perteneciente a Sayab (Manantial) pues es lo único con que cuenta para alimentar a su familia.

Luego pasaba otra vez la jícara llena de balché y todos debían de dar otro buen trago, entonces saco un pedazo de tela de color rojo y envolvió el pedazo de yuca en él y lo presento al viento de Este, haciendo la misma petición, luego de la cual los concurrentes debían dar otro trago al licor. Así continuó con el viento del sur cuyo color era el amarillo y finalizando con el viento del Oeste que prefería el color negro. Ese mismo ritual lo fue repitiendo con cada uno de los nueve trozos de yuca, e iba poniendo un trozo encima del otro en lo que se suponía que era el mismo centro de la milpa. Para entonces todos los concurrentes estaban ebrios, que era precisamente la intención del hechicero porque no quería que los presentes vieran cuando los Dioses bajaban a darle vida al Canancol, pues solamente él podía verlos.

El sol estaba ya en el horizonte y era el momento exacto de llevar a cabo la culminación del sagrado ritual, el hechicero trajo al medio del circulo a Sayab (Manantial) quien ya tenía la vista nublada debido a tantos tragos de balché que había dado, lo tomó por la mano derecha y con rapidez le hinco una espina para que su dedo índice sangrara y esa sangre debía caer dentro de un hueco en la mano derecha del Canancol que se prolongaba hasta el codo al muñeco de cera, entonces el hechicero dijo estas palabras:

—Hoy comienza tu vida Canancol, y este es tu amo y señor, solo a él deberás obediencia y protegerás esta milpa contra todo ladrón o intruso que intente penetrar en ella. —y elevando el muñeco para presentarlo al sol que en esos momentos comenzaba a descender, dijo: — ¡Oh gran señor, Dios del Sol creador de todo en esta tierra, dale vida a este Canancol para que pueda proteger la milpa de Sayab ya que es lo único que tiene para alimentar a su familia!

—Canancol aquí tienes tu arma— y colocó una piedra en su mano izquierda y cubrió totalmente al muñeco de cera con hojas de palma ya que debía estar escondido hasta que las semillas comenzaran a germinar.

Luego ensalmó con pajas y pastos al Canancol y prendió una hoguera con hierbas de olor y anís frente al muñeco, y mientras el fuego ardía, siguió dando de beber a los ahí presentes. Cuando la hoguera se consumió, toda la comitiva se fue andando hasta la casa de Amayté y Sayab la cual quedaba como a cinco minutos a pie, y ahí los esperaban Etzeme y los hijos pequeños del matrimonio para obsequiarles con bebidas y comida.

Todos llegaron ebrios, menos Amayté, pero ella era una mujer muy discreta y más inteligente que todos ellos e incluso tenía el don de hacerse pasar desapercibida de la otra gente, por lo que, el grupo completo, en medio de su borrachera nadie se percató de que era ella quien servía diligente el pozole y el sakab de maíz con miel que ella misma preparara en días atrás.

La hermosa K'uyche (Amapola), no dejaba de mirar apasionadamente a Sayab (Manantial) quien estaba muy nervioso ya que la mirada de la mujer era penetrante y poderosa, pero el amaba a su mujer, y sabía que era muy inteligente y por ningún motivo quería que se enterara de su infidelidad, de la cual se arrepentía enormemente.

Etzeme (Granate) se sitio muy honrada con la visita de su vieja amiga y vecina Bamoa (Espiga) y hasta pensó que había olvidado los viejos rencores, pero como ella no había bebido, pronto se dio cuenta del bien disimulado acoso de K'uyche (Amapola) hacia su hijo Sayab (Manantial) y le invadió la preocupación de que Amayté se percatara también.

Los hermanos de Sayab que eran músicos pronto llegaron para alegrar la fiesta y todos los presentes comenzaron a cantar viejas melodías y a bailar.

Fue tanta la insistencia de K'uyche (Amapola) para que Sayab bailara con ella además de la inquisidora mirada de Bamoa, quien no se perdía detalle, que el joven se vio obligado a bailar con la mujer, mientras parecía que Amayté estaba muy ocupada sirviendo a los concurrentes y atendiendo a sus pequeños hijos.

Bailando y bailando K'uyche se fue llevando a Sayab hasta la parte de atrás de la casa del joven, y una vez fuera de las miradas de todos los invitados, ella comenzó a besarlo apasionadamente.

– ¡Para!, ¡para ya!.. K'uyche, lo que paso el otro día entre nosotros fue un error y no quiere decir que yo este enamorado de ti, debes comprender que yo estoy muy feliz con mi mujer

–No es verdad, tú me perteneces, y yo te gusto mucho. Además de que la tradición de nuestro pueblo estipulaba que nosotros debíamos unir nuestras vidas y tener descendencia, pero los Dioses, equivocadamente, se interpusieron entre nosotros y te endilgaron a esa extranjera.

Los dos estaban ebrios, y el joven nuevamente cayó en las redes de la hermosa mujer de la piel sedosa y perfumada y sigilosamente fueron escurriéndose hasta la espesa y oscura selva que se encontraba a solo unos pasos de la casa de Sayab (Manantial), y ahí nuevamente pero con más prisa y pasión, volvieron a amarse, cobijados por la oscuridad de la noche y alumbrados débilmente por una luna que se encontraba en su estado menguante.

Dentro de la casa la algarabía y el baile continuaban y aparentemente nadie se había percatado de la desaparición clandestina de los jóvenes ya que en ese momento llegó el hijo de Bamoa (Espiga), quien era comerciante y pasaba largos periodos de tiempo fuera de la casa materna, había llegado al atardecer, después de largos meses de ausencia y como le dijeron los sirvientes que su madre y su hermana estaban en una fiesta, decidió ir hasta la casa de su muy conocido vecino, Sayab (Manantial). Nadie se esperaba la llegada de Lejem Chaac (Relámpago), y la primera sorprendida fue su propia madre quien salió a darle un abrazo y un beso, todos los concurrentes estaban emocionados y honrados con la llegada del joven, ya que los mercaderes eran las personas más interesantes de la comunidad Maya, se pasaban la vida viajando, conocían a mucha gente de diversas ciudades y llevaban y traían cosas necesarias, curiosas e interesantes, además de historias, noticias y recados. La llegada del joven permitió que nadie se percatara de la breve ausencia de los amantes quienes llegaron al poco rato pero separadamente.

Sentaron a Lejem Chaac (Relámpago) en el centro del patio de la casa de Amayté, los músicos dejaron de tocar, todos tomaron un jarro con Sakab y fueron a sentarse cerca del comerciante para hacerle preguntas y oír las historias que traía, todos hasta los niños que andaban por ahí jugando.

—Cuéntanos, Lejem Chaac, ¡donde has estado, que has visto!

—He estado en muchas ciudades, incluso he llegado hasta el inconmensurable y ancho mar azul, he visto a los pescadores sacando el sagrado alimento de las profundidades de mar, he comerciado en muchas y muy hermosas ciudades, cruzado casi todos los blancos caminos del Mayab, de lado a lado, de arriba abajo, he llegado incluso a las lejanas tierras de los Teotihuacanos, ese pueblo sabio que produce la obsidiana, piedra negra o verde que sirve para hacer armas cortantes, y en este último viaje he traído un gran cargamento para mercadearlo.

— ¿Has visto ciudades más hermosas que nuestra Chichen Itzá?

–La nuestra es de las más bellas pero existen docenas de ciudades que podrían superarla en belleza. Mayapan, que está a solo unos días de distancia es exactamente igual a nuestra ciudad, solo que esta amurallada y el pueblo vive dentro de estas murallas. Po otro lado hay hermosas ciudades arrulladas constantemente por las olas del mar,

Xel Ha, lugar donde nacen las aguas es una ciudad encantada, al igual que Xcacel donde las tortugas marinas desovan. Coba, agua con musgo, ciudad de un comercio importante y con su hermosa pirámide a Nohoch Mul… Tulum, ciudad cuya pirámide esta justo a la orilla del mar… Tikal, cuyo comercio impresiona a cualquiera, además de su enorme y bellísima ciudad con muchas y variadas pirámides…

La gente fascinada lo escuchaba e iba tratando de imaginar todo lo que el joven contaba, y todos estaban llenos de preguntas y curiosidades

– ¿Son seguros los blancos caminos del Mayab?

–Si, suelen ser bastante seguros porque siempre van uniendo pueblos y ciudades, siempre hay algún poblado cerca o un albergue donde puedes pasar la noche con seguridad. Además transita mucha gente por ellos, realmente nunca caminas solo.

– ¿Has conocido, mientras recorres los caminos a personas interesantes?

–Todo tipo de personas, sacerdotes, grandes señores gobernantes, comerciantes, pescadores, agricultores, artesanos, escribas, son cientos de personas las que transitan por los blancos caminos de Mayab.

Después de un rato los músicos se cansaron de oír al joven y comenzaron a tocar, el baile comenzó nuevamente a animarlos, y la fiesta volvió a retomar el rumbo perdido, muy disimuladamente Bamoa (Espiga) sirvió un jarro con sakab y le vació unos polvos dentro, luego sirvió otro jarro sin los polvos los llevo hasta donde su hijo Lejem Chaak (Relámpago) y Sayab (Manantial) charlaban animadamente en una esquina del patio, y dio el jarro con los polvos a Sayab.

Andaba la anfitriona sirviendo pequeñas cazuelas de barro conteniendo pozole, iba lentamente repartiendo a todos sus invitados, siempre callada, sigilosa, parecía una hermosa leopardo, cuando se acerco a Lejem Chaac (Relámpago), éste quedo impactado por la hermosura de Amayté, nunca la había visto, en realidad él se ausentaba por largos periodos de tiempo de Pisté, y cuando volvía era por pocos días y generalmente no salía de la casa materna. Tomó en sus manos la cazuela con el pozole y no pudo articular palabra, supo de inmediato que esa era la mujer que él había buscado por tantos lugares y por tanto tiempo, esos ojos los había visto en sueños muchas noches. Bamoa, vieja cuerva, advirtió lo que sucedía y antes que él pudiera volver en sí de la impresión, se acercó rápidamente para decir:

—Lejem Chaac (Relámpago), ella es Amayté (Rostro del Cielo) es la esposa de Sayab y dueña de esta casa.

—Pero, ¿tú no eres de Pisté ni de Chichen-Itzá, verdad?– preguntó Lejem Chaac

—No, contesto Sayab, ella es de un lejano lugar cerca del mar llamado Ixcaret (pequeña caleta).

—Yo conozco ese lugar, dijo Lejem Chaak, incluso los sacos de conchas rojas que he traído en este viaje, los he comprado ahí.

Al escuchar esto, Amayté, que se había dado vuelta del grupo repartiendo sus cazuelitas con pozole, volvió hacia Lejem Chaak y muy interesada le preguntó quién le había vendido las conchas rojas, luego de un rato de plática llegaron a la conclusión que se trataba de un tío de ella, hermano de su madre. Ella no pudo disimular la gran tristeza que la embargaba de momento al recordar su aldea, su familia y el hermosos mar que la había visto nacer y crecer, pero suspirando se volvió para seguir atendiendo a sus invitados.

Pero desde aquel momento Lejem Chaak jamás volvió a ser el mismo, nunca pudo sacar de su cabeza aquellos ojos inteligentes y penetrantes de leopardo y aquellos movimientos realmente felinos. ¡Cómo era posible!... ¡él que había soñado esos ojos en múltiples ocasiones, la había buscado en todos los lugares por donde los Sacbe o blancos caminos del Mayab lo llevaban, y ahora la encontraba en su propio pueblo, a unos pasos de su casa pero para desgracia suya, ¡casada y con tres hijos! Los Dioses le habían hecho una mala jugada.

14. Ayudante de Cocina

Mientras tanto, en el palacio de la gran ciudad de Chichen-Itzá se preparaban para una visita que debía hacer el Halach Uinik o gobernante a las provincias que pertenecían a sus dominios. Estaban reunidos en el gran salón principal del palacio algunos sacerdotes, el gobernante, sus dos hijos, los escribas de palacio y el consejo de ancianos. Eran las primeras horas de la tarde, y fuera, en el jardín que circundaba el palacio jugaban los dos nietos del Halach Uinic, Yaxkin (Sol Nuevo) y Nicté Lik (Flor del Viento) mientras sus jóvenes y hermosas madres los veían correr detrás de una pequeña iguana.

Tanto Sa'hamal P'ija (Roció de la mañana) como Tsuutsuy Sak (Paloma Blanca) eran pertenecientes a la nobleza del pueblo Maya, habían crecido juntas, hijas de hombres principales de la ciudad, pero eran en el fondo muy diferente, Sa'hama P'ija era un ser bueno, confiado, soñador, le costaba trabajo ver la parte negativa de las cosas y de las personas, su marido había estado enamorado de ella desde la más tierna infancia, y sus padres los habían comprometido en matrimonio desde entonces. Pero la princesa Tsuutsuy Sac era tan hermosa como malvada, ambiciosa y rencorosa, y tenía una hermana que era muy bella también, llamada Chacté (Madera Roja) cuyo matrimonio comprometido desde la infancia se había malogrado porque el joven había muerto unos meses antes de la boda, pero a Chacté no le había dado mucho dolor esa muerte porque ella había vivido desde su más tierna infancia, enamorada de Kitam Ka'ax (Jabalí del Monte), esposo y eterno enamorado de Sa'hamal P'ija. Tsuutsuy Sac tenía motivos para odiar profundamente a Sa'hamal P'ija, primero porque ella estaba casada con el primogénito del gobernante o Halach Uinic y por lo tanto el próximo gobernante de la gran Chichen Itzá, segundo porque la veía felizmente casada mientras su pobre hermana se secaba como un fruto en el árbol sin madurar y no había a vuelta redonda ningún prospecto a casamiento para la pobre, pero lo peor de todo era el gran amor que Chacté sentía y padecía por Kitam

Ka'ax, quien no tenia ojos más que para su Sa'hamal P'ija, ¡Ah, pero había algo en lo que ella le llevaba delantera a la princesa, aunque fuera a más largo plazo!, ella la princesa Tsuutsuy Sak (Paloma Blanca), casada con Chak Mo'ol (Garra de Tigre) y segundo hijo del Halach Uinik, tenía un hijo varón a diferencia de Sa'hama P'ija que tenía una hembra y era sabido de todos que no podría darle más descendencia a su marido por lo que se descartaba la posibilidad de llegar a ser madre en un futuro, de un Halach Uinic. Y aunque las leyes Mayas en ninguno de sus códices estipulaban que el gobernante debía ser varón, eran muy contadas las mujeres que habían llegado a ser gobernantes, y no se sabía de ningún caso de Halach Uinik que fuese hembra. Sin embargo según la tradición Maya a Nicté Lik, tanto como a Yaxkin se le preparaba para gobernar.

La tarde estaba fresca y clara, los pájaros de la selva inmediata cantaban con dulces variados trinos, un quetzal de verde y larga cola fue a posarse en un árbol cercano a donde los pequeños jugaban.

—Sa'hamal, querida, he hablado con Chaak Mo'ol —dijo Tsuutsuy Sak rompiendo la magia del entorno— no me gusta como cocina Akyaabel (Viento de Lluvia), la vieja cocinera de palacio, por lo que voy a traer a mi nana y cocinera que ha servido por varias generaciones a mi familia. Ella sabe exactamente como me gustan a mí las cosas y es ella quien preparará las comidas mías, de mi esposo y de mi pequeño Yaxquin (Sol Nuevo).

—Yo estoy encantada con la cocina de Akyaabel, me gusta todo lo que ella prepara, además siempre está buscando la manera de que coma mi pequeña Nicté Lik, tan melindrosa como es.

—Si, todo eso, pero está ya muy vieja, tiene las manos demasiado arrugadas, ¿no te da asco eso?

—Nunca me he fijado en sus manos, ni me importa, es amiga de mi madre desde su más tierna infancia, ella siempre ha estado aquí en palacio, además, cuando mi madre vuelve de el campo de realizar un parto, es Akyaabel quien la recibe con una suculenta comida, tanto a ella como a mi hermano Ich-chi'iich (Ojo de Pájaro), incluso mi madre Ajal prácticamente nunca cocina, y todos los faisanes o sacos de maíz que recibe como pago de su trabajo se lo trae a Akyaabel para que ella lo prepare. Son como hermanas. Yo la conozco desde que tengo uso de razón.

–Pero piénsalo bien, ella es vieja y debe retirarse ya a su casa, yo voy a traer a mi cocinera que es más joven y diestra que ella, y no sería conveniente tener dos cocineras en la cocina del palacio, ¿no te parece?

– Ella no tiene otra casa y otra familia que esta… y además, si tenemos sirvientas separadas no veo porque no hemos de tener cocineras separadas.

–Pero Sa'hamal, no es lo mismo sirvientas que están siempre rondando nuestros aposentos privados a la cocinera que prepara con sus ayudantes las comidas de toda la familia.

–No estoy segura de que debamos despedir a Akyaabel, lleva muchos años cocinando para nuestros esposos y para el Halach Uinik, incluso fue ella la que estuvo siempre al lado de su esposa, la madre de nuestros maridos, cuando falleció de su larga enfermedad.

–Todo eso son tonterías, si, está bien, todo eso, Sa'hamal, pero la vida continúa y ahora hay otras personas, otras familias en palacio.

–Dile a tu nana que venga como ayudante, quizá la misma Akyaabel ya este cansada y decida por ella misma retirarse, pero yo creo que debe hacerse con mucho tacto, debemos decirle que tu nana viene como ayudante de cocina para alivianarle un poco la carga.

–No creo que eso funcione, pero en fin, si insistes lo intentaremos así.

Comenzaban a llegar los dulces olores de la cocina cuando la reunión de los dirigentes políticos termino y los jóvenes príncipes venían a reunirse con sus esposas y sus pequeños.

Llegan justo a tiempo para ir a cenar con nosotros–dijo Tsuutsuy Sak–

Ya en la mesa, la familia completa, sin incluir al Halach Uinic que había salido a resolver un caso de emergencia, comenzaron a servirles los platillos de la cena.

–Tenemos que viajar en los próximos días– comentó Chaak Mo'ol– es necesario que reforcemos nuestras relaciones con las dos ciudades más grandes que tenemos cerca, Uxmal y Mayapan.

–¿Para qué es necesario?– preguntó Tsuutsuy Sak (Paloma Blanca)

–Para hacernos más fuertes en caso de ser atacados por los mexicas, para establecer relaciones de intercambio de productos agrícolas, y para seguir compartiendo los conocimientos científicos astronómicos y artísticos, en fin, para hacemos más fuerte, tanto ellos como nosotros.

– ¿Quienes van a viajar?

–Kitam Ka'ax (Jabalí del Monte) irá a Mayapan con un grupo de sacerdotes, escribas, vigilantes de los días y mercaderes, y yo iré, igualmente acompañado a Uxmal

–¡Ay!, van estar fuera del palacio por varios días.

–Si, pero no debe ser por mucho tiempo, calculamos que por veinte kines (Veinte días)

–Bueno, querida Sa'hamal P'ija, debemos pensar en que ocuparemos todos esos días que estaremos sin nuestros maridos.

15. La deslealtad

Lejem Chaak (Relámpago) mercadeó todos sus productos en el mercado de Chichen- Itzá en el transcurso de unos cuantos días y ya llegaba la hora de volver a emprender el viaje que lo llevaría nuevamente lejos de su aldea por los blancos "sacbe" del Mayab, pero esta vez a diferencia de otras muchas, no encontraba como irse de Pisté, era una fuerza más poderosa que él mismo. En las primeras horas de la tarde llegaba del mercado acompañado de dos o tres sirvientes que cargaban los sacos de mercancía, entonces se dirigía el solo hasta uno de los ríos subterráneos donde se bañaba y refrescaba, luego comía alguna cosa que las sirvientas de la casa se afanaban en prepararle, después daba una vuelta a pie por la aldea, los vecinos se sentían honrados con que el hijo de Bamoa (Espiga) paseara por sus humildes y sencillos caminos, pero en realidad eso lo hacía solo por no causar sospechas porque la verdadera razón de esos paseos era ver a Amayté.

Después de las labores rutinarias del día, cuando el sol comenzaba a bajar por el horizonte, Amayté se sentaba debajo de un ahuehuete a tejer las prendas de algodón para su familia mientras sus tres chiquillos jugaban y reían a su alrededor y debajo de ese mismo árbol, también Etzeme, su suegra, amasaba y torneaba el barro con que fabricaba utensilios de cocina y religiosos que, además de suplir las necesidades de su familia, le proporcionaba unos ingresos cuando los vendía o intercambiaba en el mercado.

La selva estaba muy próxima, a solo unos pasos de donde las mujeres trabajaban, y por ese lado de la aldea había dado en pasear Lejem Chaak (Relámpago) por las tardes. Antes de llegar al enorme ahuehuete, el corazón le latía sin control, y a una distancia considerable podía escuchar el dulce cantar de Amayté mientras preparaba la urdimbre y la colocaba en la trama, concentrada y absorta en su trabajo solía tararear viejas melodías y solo se distraía para tener control de sus hijos.

–Últimamente le ha dado a Lejem Chaak por pasar por aquí todas las tardes, lo que me extraña mucho porque él nunca había demostrado interés por esta pobre y olvidada aldea– dijo Etzeme para que Amayté, que estaba muy cerca de ella, la escuchara, pero a la joven no le interesaba en absoluto nada relacionado a LejemChaack, por lo que no le contesto nada y continuo tejiendo y tarareando.

Como todas las tardes el joven pasó cerca de las dos mujeres y trató de entablar una leve conversación con Etzeme, sabía que Amayté apenas lo saludaría con una mueca y continuaría absorta en su trabajo y pendiente solo a sus hijos, pero tenía que llamar su atención y en esa ocasión dijo:

–Pronto me voy a ir nuevamente a comerciar por los caminos del Mayab, esta vez volveré a donde nace el sol y llegare hasta el mar ya que las conchas rojas se han mercadeado muy bien al igual que el pescado curtido en sal.

Amayté levanto la vista por un momento de su telar y miro al joven fijamente a los ojos, lo que hizo que el joven sintiera como si un rayo del cielo lo atravesara de cabeza a pies

–Lejem Chaak (Relámpago), ¿vas a volver a Xcaret?–preguntó

–Claro que si

–¿Puedo pedirte un favor?

–Por supuesto

–¿Podrías ir a visitar a mis padres y averiguar porque hace tanto tiempo que no vienen a verme?

–Por supuesto Amayté (Rostro del Cielo) solo tienes que decirme donde viven y cuando regrese de Xcarert te traeré noticias.

¡Había logrado llamar la atención de la hermosa mujer de los ojos penetrantes de leoparda que se había metido en su corazón para el resto de su vida!

Un día al amanecer los habitantes de Pisté vieron como, al igual que en muchas ocasiones previas, Lejem Chaak (Relámpago) se alejaba del pueblo en compañía de varios sirvientes que cargaban los sacos de mercancía, lo vieron tomar el camino hacia donde nace el sol.

En el hogar de Sayab los días transcurrían con su habitual rutina, su mujer transformaba el maíz que él cosechaba en rico alimento para su familia. Por las mañanas, antes de que el sol comenzara a asomar por detrás del horizonte, Sayab (Manantial) salía de su choza con un itacate que contenía tacos de frijoles en liados en servilletas de algodón tejido y una buena porción de pinole. Pero el mal se había metido por sus entrañas, K'uyche (Amapola) lo acosaba y él no entendía de que manera o con que sortilegio podía siempre atraparlo, aún cando se prometía a sí mismo, una y mil veces que no caería en esas redes la próxima vez, pero era inútil, cuando venía a ver ya estaba haciendo el amor con ella en algún claro del bosque que colindaba con su milpa. La madre de K'uyche (Amapola) gozaba porque veía a su hija más feliz que nunca en su vida, sabía que la joven había estado enamorada del Sayab (Manantial) desde su más tierna infancia.

Pero, como era inevitable, en el pueblo todos comenzaron a darse cuenta de las escapadas de los jóvenes al claro del bosque, y como sucede siempre, la última en percatarse fue Amayté, ellos creían que el hombre o mujer infieles a su pareja pierden el alma y después de la muerte no vuelven a encontrarla por lo que permanecen sin ella durante varias Ruedas de Katunes, (siglos) por lo que Sayab se encontraba muy preocupado, amaba a su mujer y no quería ofenderla ni dejarla, pero no tenía la fuerza de espíritu suficiente como para romper completamente con los acercamientos de K'uyche.

Aquella noche estaba el hombre muy triste sentado en la mesa casi pegada al piso donde la familia completa acostumbraba a comer, a unos pasos se encontraba el comal donde Amayté iba sacando las redonditas y calientes tortillas para que sus hijos y su esposo comieran sus frijoles, el matrimonio no hablaba, solo escuchaban las infantiles pláticas y alegres risas de sus tres hijos mientras Sayab pensaba: —No puedo seguir con esta doble vida, quizá, si pido clemencia a los dioses pueda ser perdonado y no perder mi alma, además de poder disfrutar a la hermosa familia que los dioses me han dado y a esa maravillosa mujer que es la mía, mañana hablare definitivamente con K'uyche, no importa las represalias que su malvada madre tome en mi contra, debo resolver esta angustia que me mortifica y desvela–

Mientras tanto Amayté se había enterado de la deslealtad pero continuaba apacible e imperturbable con su acostumbrada serenidad e indiferencia hacia todos los asuntos que no fueran los relacionados a sus tres hijos, hasta que un día de aquellos se decidió a llamar a una anciana mujer, especie de sacerdotisa que estaba iniciada en el antiguo ritual de Kay Nicté (Canto de la flor) es decir (Canto del amor) que tenía como objetivo atraer al hombre esquivo o al hombre que había abandonado a su esposa. Luego de hablar con la mujer llamo a tres de sus jóvenes cuñadas y dos vecinas que eran sus amigas y les pidió que la acompañaran ya que en el ritual no debía haber menos de cinco mujeres.

16. Llegó la Nana

En palacio se preparaban para la gran partida de los jóvenes príncipes, todo eran un ir y venir de sacerdotes, sirvientes y Bacaabs (hombres principales) además de escultores de estelas, escribas y por supuesto, vigilantes de los días. El Halach Uinic (gobernante principal) debía permanecer en la ciudad de Chichen- Itzá recorriendo los pueblos y aldeas aledañas a la ciudad para revisar y cotejar que todos los ciudadanos inscritos en sus dominios estuvieran pagando sus cuotas puntualmente.

Llegó el día de la gran partida y luego del chillido de la chachalaca anunciando el inminente amanecer, salieron en dos grupos los príncipes de Chichen-Itzá, no sin antes reunirse con su padre y un grupo de sacerdotes frente a un pebetero donde se quemaba el incienso de la tierra y pedir a sus dioses que los llevaran por los caminos con todo el éxito que se proponían. Luego comenzaron su larga caminata con una caravana de sirvientes y acompañantes, todos cargados con multitud de objetos, aperos, ropas, libros, etc.

Al día siguiente también salió el Halach Uinik con su grandioso séquito caminando por aquellos blancos caminos de piedra.

Las princesas quedaron solas al frente del palacio, era el momento justo para que Tsuutsuy Sak (Paloma Blanca) trajera a su nana a la cocina de palacio, y así fue como la taimada arpía Lool Beh (Flor del Camino) llego aquella tarde a la cocina donde Akyaabel (Viento de Lluvia) hincada frente a un metate de piedra negra, molía maíz para hacer pinole.

—Mi querida Akyaabel— dijo dulcemente Tsuutsuy Sak— he traído a mi nana Lool Beh para que te ayude en la cocina.

Al ver el rostro desconfiado de Akyaabel, siguió diciendo:

—Yo sé que tú tienes varias ayudantes y que no necesitas una más, pero ella es como mi madre, tu sabes que mi madre murió al dar a luz a mi hermana cuando yo tenía un año de vida y Lool Beh acababa de perder a su bebe y por eso pudo darle su leche a mi hermana Chacté (Madera Roja), ella también perdió a su marido que murió de una mordedura de serpiente de cascabel y se quedo con nosotras hasta el día de hoy, vive sola con mi hermana, pero pensé que podía serte de gran ayuda, además ella conoce todos mis gustos.

—Yo no soy más que la vieja cocinera de palacio, usted es una de las princesas y tiene derecho a hacer lo que le guste, sea bienvenida Lool Beh ((Flor del Camino) – dijo, y continuó moliendo el maíz en el metate.

—Gracias, Akyaabel (Viento de Lluvia), yo sabía que a lo tomarías así– luego, dirigiéndose a Lool Beh le dijo, ven, necesito que me ayudes a hacer algo en mis aposentos. Y salieron de la cocina las dos mujeres.

Por la noche cuando se reunieron las dos princesas a comer en el amplio comedor fue una sorpresa para Sa'hamal P'ija (Roció de la Mañana) ver salir de la cocina a Lool Beh con los platillos de comida. Al ver su cara de asombro Tsuutsuy Sak le dijo:

—Querida, estuve buscándote esta tarde, pero habías salido a ver a tu madre, quería decirte que ya tenemos aquí a mi querida Lool Beh (Flor del Camino), ella ha venido a ayudar a nuestra querida Akyaabel, la cual la ha recibido con mucho entusiasmo, tu sabes, ya esta vieja y cansada la pobre.

—Bueno, si ella está de acuerdo me alegro, y en verdad que aunque tiene ayudantes jóvenes, quizá necesite una persona con más experiencia y responsabilidad. Bienvenida, entonces Lool Beh– y continuaron comiendo y charlando las dos princesas solas.

Al día siguiente muy temprano por la mañana, llego Ajal a la cocina de palacio, como acostumbraba hacerlo desde hacía muchos años, también podía llegar en las tardes después de atender algún parto por los alrededores de la ciudad, y siempre iba a donde su vieja amiga y compañera de juegos infantiles, quien la recibía siempre con un buen desayuno o cena, según fuera el caso. Akyaabel (Viento de Lluvia) decía que Ajal, además de ser su amiga y casi su hermana, era la partera de Chichen-Itzá, labor noble, encomiable y bendecida por los Dioses, y era por añadidura, madre y abuela de las princesas.

Aquella diáfana mañanita, estaban sentadas ambas amigas en la mesa de la cocina desayunando tamales y atole, cuando de pronto entró por la puerta que daba al huerto, la ladina Lool Beh (Flauta d Caña) , y Ajal (Despertar) no pudo disimular su asombro al verla.

–La princesa Tsuutsuy Sak ha traído a su nana a trabajar a la cocina de palacio– dijo Akaabel

–Que bueno, así podrán atender cada una de ustedes a una de las familias reales, supongo– dijo secamente Ajal

–Si, claro, ese es el propósito.– contesto secamente Lool Beh (Flor del Camino) – Bueno, iré al mercado porque hoy he de cocinar un plato de faisán con tomate y chile para mi querida princesa, volveré después.

Al quedar a solas Akyaabel y Ajal, ésta última dijo:

– ¡Que desgracia!, una mujer tan malvada, adoradora de los dioses del infierno y amiga y fiel sirvienta de la terrible Bamoa (Espiga).

–Si, yo tendré que irme pronto.

–¡De ninguna manera, tu no dejaras a mi hija en manos de esos alacranes, eso es precisamente lo que ellas quieren! Pero yo voy a pedirte por la amistad que unía a nuestras abuelas y a nuestras madres que no te alejes, que permanezcas aquí vigilando y protegiendo a mi hija y a mi nieta.

–Sabes que lo hare, Ajal, quiero a tu hija como si fuera mía, ya que los dioses no me premiaron con descendencia, y a ella la he visto nacer y crecer, además de que es una buena mujer, tan buena como todas las mujeres de su estirpe.

Continuaron comiendo las dos mujeres, pero todo había cambiado, ahora tenían un mal sabor en la boca y una gran preocupación.

17. Antiguo Ritual del Canto de la Flor

Después de la media noche, cuando toda la aldea dormía, se reunieron las cinco mujeres jóvenes que llevaban en las manos ramilletes de la flor de Thulunhuy con Amayté y la vieja mujer que cargaba un pequeño pebetero, incienso y un diminuto libro de Kopo (amate o papel de corteza de árbol). Atravesaron sigilosamente las oscuras y silenciosas calles del pueblo y siguieron un angosto Sacbe (camino de piedra blanca) que las llevaría hasta un Chalkin (depósito de agua en la roca o pequeña cascada) que se encontraba en un claro del bosque a unos cuantos minutos de camino.

Al llegar al depósito de agua, la Sacerdotisa ordenó a las mujeres a hacer un semicírculo alrededor de Amayté quien se desnudo y entró debajo del chorro de agua, entonces la vieja mujer encendió el pebetero con copal y consagrándolo a la Diosa Ixchel comenzó a leer unos versos mientras las jóvenes bailaban y repetían las estofas que la mujer decía, las jóvenes repetían su danza y sus ensalmos por nueve veces de un lado y nueve veces del otro lado, mientras Amayté se sumergía en el agua e iba recibiendo y frotando su cuerpo con las flores de mayo que las jóvenes le tiraban al agua mientras repetían los versos de la vieja. Terminado el antiguo rito, y según establecía el protocolo, Amayté recogió algunas de las flores y un poco de agua para hacer amuletos y preparar las comidas de su esquivo esposo.

Las mujeres caminaron hasta la aldea y al entrar en ella pudieron escuchar el chillido de la chachalaca anunciando la inminente aparición del Dios Sol.

Habían pasado solo dos Kakines (cuarenta días) y una tarde luego que la chachalaca anunciara a gritos la noche que se acercaba en pocos minutos, cuando apareció por el camino que venía del este un grupo de hombres, y Bamoa (Espiga) que por casualidad se encontraba en esos momentos divisando el camino, se extraño de ver llegar a su hijo tan pronto, normalmente solía estar seis o siete kakines fuera de Pisté, casi había salido a mercadear y ya estaba de regreso.

Al llegar a la aldea los sirvientes que formaban el sequito de Lejem Chaak, dejaban las mercancías en el área de la casa preparada para ello y se iban de inmediato con sus familias.

—Mañana, a la hora más importante del día (las 3:00 pm) deberán venir para que se les pague su salario.– dijo Lejem Chaak (Relámpago) a modo de despedida

—¡Que sorpresa verte tan pronto de regreso, hijo. Nunca habías hecho un viaje en tan poco tiempo!

—Es verdad, madre, pero estoy cansado y tenia deseos de verte a ti y a mi hermana, además de que en ningún lugar se está como en casa

—No cabe duda de que te pones viejo, hijo, anda, vamos a la cocina, supongo que vendrás hambriento.

Y riendo madre e hijo se encaminaron a la cocina donde encontraron a una nueva cocinera

— ¿Dónde está Lool Beh (Flor del Camino)?–pregunto Lejem Chaak

—¡Oh! —contesto Bamoa— se ha ido a trabajar a palacio, tú sabes que ella fue la nana de la princesa Tsuutsuy Sak y de su hermana, y la princesa en persona ha venido a buscarla.

Aquella noche Lejem Chaak apenas podía dormir, estaba ansioso porque amaneciera, había regresado tan rápido de su viaje porque necesitaba ver a Amayté, no tan solo por las noticias de su familia que traía de Xcaret sino porque no hacía otra cosa que pensar en ella y soñar con esos hermosos y penetrantes ojos. Pero para no despertar sospechas, esperó al día siguiente hasta pagar, con semillas de cacao a sus sirvientes y decirles que estarían nuevamente de viaje en muy pocos días, que ya se encargaría de avisarles el día antes de la partida.

Entonces, fue al rio que estaba cerca de su casa a darse un buen baño y vistiendo con su calzón y su capa de algodón blanco y sus sandalias de caucho, salió a pasear por la aldea. Sabía que a esa hora Amayté (Rostro del Cielo) y su suegra Etzeme

(Granate) estarían debajo del viejo árbol trabajando en sus labores mientras los niños correteaban a su alrededor.

–¡Que sorpresa, verte de nuevo y tan pronto Lejem Chaak! – dijo Etzeme un poco sorprendida

–Si, he vuelto pronto porque he traído pescado curtido en sal y debo venderlo pronto, además me sentía un poco cansado, pero ¡he ido a ver a tus padres!– dijo dirigiéndose a Amayté, quien hasta ese momento no se había sentido muy interesada en el joven ya que estaba con la vista y las manos clavadas en su telar y sumida en sus preocupaciones además de estar también pendiente a sus pequeños revoltosos.

–¡Oh!...¿de verdad? ... ¿ los has visto?

–Si, estuve en casa de tus padres.

– ¿Como están, porque no han venido?

–Tu padre está enfermo

–¡Oh!...¿Que tiene, que le pasa?– Preguntó soltando el telar y acercándose al joven que quedo paralizado al ver a esa hermosa mujer tan cerca de su cara y con la mirada clavada en su rostro.

–Parece muy enfermo, mientras yo estuve ahí tomaba un brebaje y le ponían unos emplastos que la comadrona de la aldea le había preparado.

–¡Cuanto desearía poder ir a verlo, y a mi madre también!

–Debes ir, Amayté, antes de que sea muy tarde.

–¡Oh, Dioses que me protegen! – dijo con desconsuelo– para mí no es fácil ir a mi aldea… mis hijos tan pequeños… la distancia.

–Para eso estoy yo aquí Amayté– dijo con fuerza Etzeme– yo me quedare con tus hijos, tú te irás mañana mismo al amanecer al mercado de Chichen -Itzá y mercadearas los morrales que has estado tejiendo y te llevas también los jarritos de barro que están ya listos para vender, pero debes mercadearlos por semillas de cacao, no por otras mercancías ya que para el viaje te serán más útiles las semillas.

–¡Gracias Etzeme, voy a hacer todo eso!

18. Las Princesas en el Mercado

A la mañana siguiente, cuando todavía estaba oscuro y mucho antes de que la chachalaca chillara anunciando la salida del Dios Sol, Amayté iba ya de camino hacia la plaza del mercado, sus dos hijos varones la acompañaban pues ya tenían 6 y 8 años y le ayudaban a cargar su mercancía, les preparo una manta que les colgaba por la espalda y estaba sujetada a la frente y la lleno de mercancía hasta donde la fuerza de los pequeños resistía el peso.

Llego al mercado siendo de las primeras en entrar y se instaló en una esquina, tiro su manta en el piso y con la ayuda de sus pequeños acomodo su mercancía.

Al poco rato llego Lejem Chaac (Relámpago) en compañía de seis sirvientes quienes montaron una tienda de campaña y a vuelta redonda acomodaron las múltiples mercancías que habían traído de lejanos lugares.

Más tarde, antes de que el Dios Sol llegara al cenit, el mercado se llenó de todo tipo de gente que acudían de los cuatro puntos cardinales a mercadear e intercambiar sus productos, tanto agricultores como artesanos, guerreros, nobles y hasta sacerdotes circulaban por los puestos, en una alegre algarabía, mientras aprovechaban para saludar a viejos amigos y conocer los últimos acontecimientos de la vida diaria de ese pueblo.

Amayté vendió rápidamente los jarritos, pero los morrales no terminaban de venderse todos. Desde lejos Lejem Chaak la miraba pero ella no parecía percatarse de su mirada, sentada en el piso al lado de sus mercancías arrullaba a su hijo menor mientras le cantaba canciones al oído.

Después del medio día aparecieron por ahí las princesas Sa'hamal P'ija (Roció de la Mañana) y Tsuutsuy Sak (Paloma Blanca) con sus respectivos hijos y dos sirvientes para cada una y que les cargaban las mercancías que ellas iban adquiriendo.

Cuando Sa'hamal P'ija vio a Amayté el saludo con gran cariño y al preguntarle por su hija, ésta contesto:

–La dejé con mi suegra, yo venía a vender y no podía estar al pendiente de ella, es muy traviesa e inquieta, y me da miedo perderla, además es muy chiquita todavía.

–Si, te entiendo porque mi pequeña Nicte Lik (Flor del Viento) es muy inquieta también, ya ves que yo no le suelto la mano porque sale caminando por ahí como si tal cosa.

Al ver a la pequeña que estaba escondida entre las enaguas de su madre, Amayté volvió a sentir aquel calor en el corazón que solo sentía cuando veía a la princesita, y estirándole un morral pequeñito, como para una niña, le dijo:

– ¡Toma pequeña princesa, para que guardes tus cositas!

La niña tomó ilusionada el morral y cuando la madre trato de pagarlo, Amayté no lo acepto, dijo que era un regalo especial para alguien especial.

–Debes venir a visitarme, una tarde cualquiera para que nuestras hijas jueguen juntas un rato

–Si, lo hare princesa, ¡lo haré!

Siguieron caminando las jóvenes princesas y Tsuutsuy Sak dijo:

–¡Cómo es posible que pretendas la amistad de esa campesina!, pareces olvidar que tú y tu hija pertenecen a la nobleza de nuestro pueblo. Tú no sabes las costumbres de esa gente que vive entre milpas y animales.

–Nuestras hijas nacieron el mismo día y fueron bautizadas juntas, como si hubieran sido gemelas, además por un extraño designio de los Dioses, se parecen mucho, son como dos gotas de agua. Debemos aprender a interpretar los deseos de los Dioses. Además es una buena mujer, que ama a sus hijos y a su familia.

La tarde comenzaba a acercarse, Amayté había terminado de darle a sus hijos todos los taquitos de frijoles que traía en su morral, pero los pequeños querían las semillas de amaranto con miel que una anciana mujer vendía a unos cuantos pasos de ellos, pero Amayté no quería gastar, todavía no había vendido todos los morrales y el viaje que debía emprender para ver a sus padres le consumiría muchas semillas de cacao. A lo lejos, Lejem Chaak seguía paso a paso todos los movimientos de la joven madre, y sin que ella se diera cuenta ni sospechara, mandó a un sirviente para que le comprara todos los morrales que le quedaban por vender. Amayté feliz entregó toda su mercancía al hombre que le pago con semillas de cacao, pero como era del mismo pueblo y se conocían, ella preguntó para qué quería todos esos morrales a lo que el sirviente respondió que todos los morrales de los sirvientes del señor Lejem Chaak estaban viejos y rotos y que su señor había decidido regalarle a todos un morral nuevo ya que volverían a partir en las próximas horas hacia tierras lejanas.

Amayté miro a lo lejos a Lejem Chaak y con una discreta sonrisa agradeció la compra de sus morrales, mientras el joven sentía como si estuviera clavado en el piso y con gran felicidad recibió esa dulce sonrisa. La madre entonces mandó a sus hijos a comprar semillas de amaranto con miel (alegrías) mientras recogía su manta y sus semillas de cacao, también Lejem Chaak había terminado de vender casi toda su mercancía y mientras la mujer se dirigía nuevamente hacia Pisté, el joven se adelanto a sus sirvientes y se fue caminando con la joven madre.

– ¿Entonces piensas ir a ver a tus padres?

–Si, por supuesto, debo aprovechar que mi suegra se queda con mis hijos

–Y tu marido, ¿qué opina?

–No mucho, al pobre no se qué le pasa, está como en otro mundo y solo le preocupa la milpa. Cuento más con mi suegra que con él.

– ¿Cuándo te irás?

–Mañana mismo al amanecer, no quiero llegar y lamentar no haber podido ver a mi padre aún con vida y darle un beso.

Llegando al poblado, cada uno tomo su propio camino.

19. La Nueva Cocinera

En el jardín interior de palacio jugaba aquella tarde nublada y brumosa la pequeña Nicte Lik (Flor del Viento) con una pequeña tortuga traída para ella de regalo de lejanas tierras allende los mares mientras su madre la observaba encantada cuando llego a visitarlas la abuela Ajal.

– ¿Cómo se encuentran hoy las princesas?

– Con un regalo que le han traído a Nicte Lik de el mar

– ¡Mira abuela, mi pequeña tortuga! ¿tú sabes de qué se alimenta?

–¡Oh, no, no lo sé querida, pero voy a averiguarlo!

–Sa'hamal P'ija, hija, quiero hablar algo muy importante contigo

–Si, dime madre, ¿de qué se trata?

–Se trata de Lool Beh (Flor del Camino), la nueva cocinera que ha llegado al palacio.

–¡Ah, sí,! a mí tampoco me ha gustado porque pienso que pueda desplazar a nuestra querida Akyaabal (Viento de Lluvia), aunque Tsuutsuy Sak (Paloma Blanca) me asegura que no es así que más bien le va a aligerar el trabajo, y además me asegura que es una excelente cocinera.

–Si, lo es, excelente cocinera y excelente para hacer daño, es una taimada y maléfica mujer gran conocedora de plantas y sales que hechizan y envenenan, además es una distinguida discípula de la famosa y muy conocida Bamoa (Espiga).

– ¿Quién es Bamoa?

– Es una bella, rica, poderosa y malvada mujer hija de un Baacab (hombre poderoso) igual que lo fue mi padre. Ella vive en el poblado de Pisté, es viuda y tiene dos hijos, una hembra y un varón que es un rico comerciante. Vive en una hermosa loma y su casa está al lado de una profunda y oscura gruta donde se dice que venera los Dioses del Inframundo o los Trece Infiernos que son los que le dan poder, pero principalmente venera con devoción a Ixtab, la perniciosa Diosa del suicidio de la cual tiene una imagen hecha de madera que heredo de su abuela, de quien también heredo el conocimiento de la preparación de pociones y polvos. Akyaabel, Bamoa y yo fuimos compañeras de juegos en nuestra primera infancia.

– ¿Porque dices que es maléfica?

–Es sabido de todos que esas pociones y polvos mortales van envenenando lentamente a sus víctimas, y así lo hizo con su esposo porque ese buen hombre se enamoró de otra mujer, todos lo saben pero como no hay forma de probarlo… además todos los que la conocen le temen profundamente. –Y entonces ¿quién es Lool Beh?

–Lool Beh (Flor del Camino) es menor que nosotras, pero su abuela y la abuela de Bamoa (Espiga) eran grandes amigas y Lool Beh ha sido cocinera y según dicen excelente discípula de Bamoa.

–Me dijo Tsuutsuy Sak que ella es su nana y que a su hermana Chacté (Madera Roja), la amamantó ya que la madre murió al nacer ella.

–Si, Lool Beh no se había casado, llevaba una vida deshonesta, quedo embarazada, no se sabe de quién, pero sí se sabe que vivía profundamente enamorada del padre de Tsutsuy Sak, y se dice que fue envenenando lentamente a la esposa de este hombre noble y rico. Al nacer Chacté, murió la madre que ya venía muy enferma por los últimos días del embarazo y Lool Beh parió a un niño muerto, y con el pretexto de amamantar a la recién nacida, se fue quedando con la casa y con el marido quien, según dicen, jugaba con ella por las noches en su alcoba.

–¡Oh!, pero Tsuutsuy Sak y su hermana parecen quererla.

–Si, aparentemente ellas lograron sacar a flote la pequeñísima porción de bondad que tiene su corazón. Pero es mala y sagaz, por eso he venido a prevenirte.

–Ella no tiene porque hacerme daño, yo apenas la he conocido hace dos días.

–Si tiene porque hacerte daño hija, sé que no te has enterado pero todos los que nos rodean saben que Chacté ha vivido siempre enamorada profundamente de tu marido. Ha tenido que quedarse soltera luego de que el marido que su padre comprometió para ella, se fue hacia el poniente con unos mercaderes y de eso hace ya varios años y nunca ha vuelto a tenerse noticias de él.

–Mi querido Kitam Ka'ax (Jabalí del Monte), no creo que haya posado su vista en ella.

–Por supuesto que no, pero ella suspira por él y se va poniendo como la fruta que madura en el árbol y con poca probabilidad de desposarse.

–Bueno, yo espero que Akyaabel (Viento de Lluvia), quien la conoce muy bien, esté muy alerta y que me de fidelidad.

–De eso estoy segura, hija, pero Lool Beh (Flor del Camino) es mucho más joven y astuta, ha empezado como ayudante de cocina pero pronto será la cocinera principal, puesto del que se adueñara sagazmente. Pero Akyaabel me ha prometido que no le perderá la vista, que estará pendiente a todos sus movimientos. Pero es importante que tú también desconfíes, debes saber que no te quiere y que es muy mala.

No sabes cuanta preocupación tengo por ti y por mi querida Nicté Lik, pero el hecho de que Akyaabel esté aquí me da un poco de consuelo.

No terminaron de hablar porque en ese momento llego Tsuutsuy Sak (Paloma Blanca) con su pequeño hijo Yaxkin (Sol Nuevo) y su hermana Chacté (Madera Roja)

–¡Que bueno que hayas venido a palacio, querida Ajal, tenemos, sin planificarlo una reunión familiar por lo que te ruego al igual que a mi hermana que se queden a comer con nosotros esta noche!– Dijo Tssutsuy Sak

Y esa noche en palacio fueron muchos los comensales que disfrutaron de una buena comida.

20. Por Los Caminos del Mayab

Muy temprano en la mañana, mucho antes de que la chachalaca comenzara a gritar anunciando que el Dios Sol - Jaguar terminaba de luchar con los Dioses malévolos de los trece infiernos y cuando por fin volvía ansiando su triunfo a sus hijos en la tierra Maya, salió de su choza una joven mujer cargando en sus espaldas lo que se acostumbraba a llevar para los grandes viajes, además de sus buenas sandalias hechas del árbol de goma llevaba un morral de los que ella misma tejía con todas las semillas de cacao que pudo reunir de su venta en el mercado, además llevaba otro moral con comida, y uno más con un huipil y una falda con su manto, agua en un guaje y dos mantas.

Lejem Chaak, se estaba levantando y como podía divisar toda la aldea desde lo alto de la loma donde se encontraba la casa materna, se asomó por la ventana y vio a la joven tomar el Sacbe (camino blanco) hacia el sol naciente.

–Es Amayté, pensó– va más temprano de lo que se debe ir, nadie sale antes del chillido de la chachalaca, –pero debo darme prisa, mis sirvientes ya estarán tomando atole y tamales, en la cocina de mi madre, voy a apresurarlos.

Llego a la cocina donde sus seis sirvientes comían y bebían y dando una orden comenzaron a cargar, cada uno con su enorme fardo de mercancías sujetado a la frente y cayendo sobre sus espaldas y salieron por el camino de piedras blancas hacia donde nace diariamente el Dios Sol.

Por los caminos del Mayab transitaban muchas personas, desde comerciantes, sacerdotes, nobles, guerreros, artesanos y campesinos hasta mujeres con niños pequeños, ancianos y enfermos, se cruzaban a pie pues era el único medio de transporte con el que contaban, pero a determinada distancia de cada aldea o pueblo, había refugios o palapas, hechos de adobe con enormes techos de paja donde la gente pagaba por pasar la noche, y siempre muy cerca de ellos había uno o dos cenotes.

Cuando el Dios Sol comenzó a asomar la dorada cabellera por el firmamento, ya Amayté llevaba un buen trecho del camino andado y aunque iba por el mismo medio de la calzada, de cuando en cuando, y sin perder de vista la vía principal, se salía un poco del Sacbe de blancas piedras para sentir sus pies en contacto directo con la selva, no siempre podía hacerlo debido a la frondosidad y espesura del bosque, pero siempre que encontraba pequeñas llanuras las aprovechaba para salir del camino porque sentía que era más fresco caminar por la tierra siempre húmeda y oír el ruido que sus pisadas hacían cuando aplastaba las hojas secas.

Además podía escuchar muy de cerca a los pájaros que en enormes y variadas parvadas cantaban y revoloteaban por el aire y también disfrutaba de ese olor a selva tropical que tantos recuerdos de su infancia le evocaba.

Mientras caminaba a buen paso, recordaba cuando en compañía de otros niños de la aldea jugaban a esconderse dentro de la espesura de la selva y hasta volvió a sentir ese miedo mezclado con emoción que los envolvía al verse en medio de aquella majestuosa, envolvente y misteriosa exuberancia... y sus amigos de infancia, sus primas que Vivian en Xel-Ha....

! Hay! Cuanto extrañaba el mar, ese mar azul que la vio nacer y dar sus primeros pasos, el perpetuo y rítmico susurro de las olas, los peces, los arrecifes de coral, las tortugas, las garzas, y también los cocodrilos... Parecía que había olvidado todas esas cosas, como si hubiese sido un lejano sueño pero ahora de pronto comprendía que permanecían ahí en su corazón y en su mente, adormecidas pero no muertas...

¡Qué torbellino de sentimientos encontrados!, por un lado sus hijos, su hogar, el hogar que ella junto con Sayab habían levantado... su esposo, su milpa, y por otro lado su aldea a la orilla del mar, las canoas venidas de tierras lejanas y que formaban una gran algarabía cuando llegaban a Xcaret a comerciar e intercambiar mercancías mientras que las gaviotas, las garzas y otras muchas aves marinas eran testigo de todas esas transacciones.

Después que el sol llego al cenit, se cobijo debajo de la sombra de un ahuehuete y ahí en medio de toda aquella exuberancia saco dos taquitos de frijoles de los que llevaba en su morral y se los comió lentamente mientras contemplaba la gran cantidad de personas que transitaban por el sacbe. Luego siguió su paso acelerado tomando agua a sorbos de cuando en cuando, cruzo por el frente de uno de los refugios pero calculó que aún alcanzaría a llegar al próximo antes de que anocheciera.

Cuando llego frente al próximo refugio del camino comprendió que aproximadamente en dos horas anochecería y no quiso exponerse a tal peligro por lo que decidió entrar en él y registrarse, al entrar se dio cuenta de que ya estaba bastante lleno, pagó por ocupar una esquina y fue a extender su manta para asegurar su lugar.

Esos refugios eran enormes naves de adobe con techo de paja (palapas) donde la gente se quedaba a pasar la noche, pero como por ahí transitaba todo tipo de personas, había unos espacios que se cerraban con cortinas de manta para hacer las veces de habitaciones privadas que solo podían pagar los nobles, príncipes, sacerdotes, comerciantes o todo aquel que tuviera más semillas de cacao para darse ese lujo.

Por supuesto que Amayté no tenía tantas semillas por lo que, con su acostumbrado optimismo, se conformo con ocupar una humilde esquinita.

Una vez asegurado su espacio, fue a darse un refrescan baño en el cenote que estaba cerca del refugio, el agua estaba tibia y cristalina, se zambulló una y otra vez hasta que se canso, luego salió del agua y fue a vestirse escondida entre las ramas y el follaje, caminó de vuelta al refugio pero como no estaba completamente oscuro decidió ir a sentarse debajo de un frondoso árbol a unos cuantos pasos de la entrada de la palapa y mientras comía otros taquitos de frijoles con chile, de los que llevaba en su morral, veía como iban llegando más y más huéspedes de todas las clases sociales a registrarse para pernoctar en aquel albergue.

Después de separar su sitio en la palapa, casi todos se dirigían apresuradamente al cenote antes de que les oscureciera.

No había pasado mucho tiempo cuando Amayté diviso a lo largo del camino una caravana típica de un mercader con su comitiva de sirvientes vestidos con un calzón de algodón blanco llamado "patí", sus capas cortas y sus sandalias de goma, cargados de mercancía, cansados, sudados mientras que el mercader vestía los típicos atuendos que usaban los nobles, bordados con pectorales y cinturones con incrustaciones de nácar y piedras grabadas, además de collares y un esplendido tocado de plumas de pájaro, ella se quedo mirando a aquel joven comerciante, y pronto se percató de que era el mismo Lejem Chaak (Relámpago), y comprendió que nunca había puesto atención en el joven. Mirándolo detenidamente era bastante apuesto, varonil y fuerte, y no podía negar que era muy simpático y humilde, todo lo contrario de su hermana y de su madre.
Se decía en la aldea que era como su difunto padre, un hombre bueno atrapado en las redes de una diabólica hechicera.

Lejem Chaak (Relámpago) se registro en el refugio y pidió para él, una de las aéreas exclusivas y como había visto Amayté al llegar, se fue a charlar con ella mientras sus sirvientes descansaban de su enorme carga y se perdían entre la gente

– ¡De verdad que caminas muy rápido!– dijo Lejem Chaak,– te vi salir esta mañana de Pisté y por más prisa que quise darme no pude alcanzarte. Voy a refrescarme al cenote antes que oscurezca totalmente, ¿podre hablar contigo más tarde?

–Creo que si

Al poco rato y ya casi a oscuras, llego el joven y se sentó en el piso al lado de Amayté quien se entretenía en observar las luciérnagas que volaban a su alrededor.

– ¿Quieres un poco de pinole? No puedo ofrecerte otra cosa porque es lo único que queda en mi morral– pregunto la joven

–Vamos, mejor te invito al otro lado, por la parte de atrás del refugio donde venden tacos de carne pibil, atole, tamales y fruta. Amayté acepto la invitación porque no le quedaban más tacos en su morral y aún continuaba con hambre.

En la parte trasera de refugio había seis o siete puestos de comida que atendían varias mujeres. Entre la algarabía que formaban los viajeros, se sentaron y comieron.   Luego decidieron dar una pequeña caminata por los alrededores hasta donde alcanzaban a alumbrar las antorchas que estaban empotradas de las paredes exteriores del refugio y como no había luna, la noche era bastante oscura, entonces fueron a sentarse muy cerca de la entrada del refugio.

– ¿Cuánto tiempo llevas sin visitar tu aldea, Amayté?

– Hace como ocho años que salí de ella con mi hijo mayor e los brazos y no he vuelto.

– ¿Cómo es que te casaste con un joven de Pisté estando tan lejos las dos aldeas?

–Nuestros padres eran cazadores en su juventud, se internaban en la selva con grupos de amigos y familiares y conocían a otros cazadores de diferentes regiones, trababan amistad y se frecuentaban, bueno supongo que eso seguirá pasando entre los jóvenes que se dedican a cazar jabalíes.

–Si, supongo que sí, normalmente en los refugios se ven grandes grupos de cazadores pernoctando.

–Pues nuestros padres nos comprometieron cuando teníamos cinco años de edad, tu sabes, según dictan nuestras leyes y costumbres y de acuerdo a las mismas estuvimos viviendo con mi padre por unos cuantos meses y una vez cumplido el tiempo correspondiente, mi esposo decidió volver a su aldea ya que tenía una milpa de su propiedad, y mientras vivíamos con mis padres, sus hermanos nos construyeron nuestra extensa y cómoda palapa.– Y tú, es extraño que no tengas mujer ¿alguna vez te casaste?

–Yo tuve mala suerte, la niña que mis padres comprometieron para mí, murió al desarrollarse como mujer de una extraña enfermedad y me confinó a la soledad.

–Creo que a tu hermana le pasó lo mismo, ¿no es así?

–No, lo de ella fue distinto, el joven, en cuanto se convirtió en hombre se fue a vivir con los mexicas y nunca más se supo de él. Como ves los dos hemos tenido la misma desgracia.

—Bueno, siempre quedan jóvenes de ambos sexos que enviudan, o que no se casaron.

—No es fácil encontrar a la persona que haga vibrar tu alma con solo verla, como me pasa contigo, que me enloquece tu presencia, y me roban el sueño tus hermosos ojos negros, pero ya ves mi mala suerte, te encontré demasiado tarde en la vida,…

Amayté frunció el seño y se puso muy seria.

—No te molestes por mis palabras solo he sido sincero, es la primera vez que me enamoro de una mujer, pero no volveré a decírtelo, si consideras que es una falta de respeto.

—Eso espero, yo soy una mujer casada y con tres hijos.

—Lo sé, pero también estoy enterado de que tu marido anda con ambigüedades.

—Ese es asunto muy personal de él, todos sabemos que si es infiel perderá su alma y no volverá a encontrarla hasta que hayan pasado muchas ruedas de katunes (siglos), él lo sabe, es un adulto.

—Pero… ¿y tú?

—Yo, primero que no quiero perder mi alma por ningún motivo y segundo que deseo seguir siendo una madre y una mujer honesta, anhelo que mis hijos, aunque no sean nobles ni ricos puedan estudiar en la escuela de los nobles, quiero que estudien ciencias, cualesquiera que a ellos les guste pero siendo pobre, plebeyo, campesino y si además le sumas una madre deshonesta les privas de toda posibilidad de ingresar en la escuela para nobles y por lo tanto de un mejor futuro. El más ardiente deseo que he arrullado desde era muy pequeña, fue el de poder estudiar, pero en mi aldea ni siquiera había escuela para plebeyos, no teníamos otra opción que la agricultura, la artesanía, la pesca, la recolección y las labores del hogar. Siempre soñé con aprender los alfabetos de nuestra cultura, el fonético y el de ideogramas, pero no puedo quejarme, por lo menos pude aprender los números y a sumar y a restar gracias a mi a abuelo que me enseñó. Pero para mis hijos todo será diferente.

Lejem Chaak guardo silencio, Amayté le gustaba como ninguna otra mujer que hubiera conocido, lo inquietaba, lo trastornaba y además era realmente una gran mujer, diferente a las demás, inteligente y con un espíritu fuerte y decidido. ¡Cuanto sentía que no fuera él su marido!

Amayté se levanto del piso y le dijo:

–Hasta mañana, Lejem Chaak.

– ¿Podemos irnos juntos por el camino? Vamos para el mismo pueblo. Además es peligroso que una mujer camine por ahí sola.

–No tengo miedo, por los blancos caminos del Mayab transita mucha gente, y casi nunca voy sola.

– Es más, te invito a desayunar, cuando la chachalaca chille, te estaré esperando en los puestos de atole y tamales.

–Esta bien, hasta mañana.

Pero al día siguiente cuando la chachalaca graznó, ya Amayté llevaba mucho camino adelantado.

21. Días de Audiencia con el Pueblo

Era un día de audiencias, en el que el Halach Uinik acompañado de los ancianos de la ciudad, algunos sacerdotes, un vigilante de los días y dos o tres escribas recibían al pueblo para mediar como jueces o facilitadores de los problemas cotidianos de los ciudadanos.

Los dos hijos del Halach Uinik de la ciudad de Cichen Itzá, acompañaban a su padre en estas audiencias, debían aprender el protocolo y mecanismo de las mismas, ya que pronto irían ellos mismos a otros pueblos y aldeas pertenecientes a su Ciudad-Estado a resolver problemas, porque muchos de los ciudadanos de estos retirados lugares no podían llegar hasta la gran ciudad.

Los ciudadanos llegaban temprano al palacio y eran anotados en un libro de registro, se les preguntaba su nombre, lugar de procedencia y el problema que los traía en esa especial ocasión a la gran audiencia. Luego pasaban a un gran salón donde iban acomodándose en las gradas de piedra según iban llegando.

Cuando todos los ciudadanos estaban ya acomodados entonces hacía su entrada el Halach Uinik vestido con sus penachos, pulseras, collares de oro con piedras preciosas y vestimentas de gran elegancia, precedido por su majestuoso e imponente séquito. Todos los ciudadanos debían inclinar sus cabezas hasta que recibían la orden de volver a sentarse en las gradas de piedra.

Se llamaba a las personas por el orden en que habían llegado y entonces pasaban ante el Halach Uinik que estaba sentado frente a una mesa de piedra con dos sacerdotes de un lado, dos ancianos del otro lado, un vigilante de los días y los escribas concentrados realizando su trabajo en papel de corteza de árbol.

Atendían todo tipo de problemas, de colindancias entre las milpas, de intentos de asesinato, de amenazas, de presunción de robos, de pleitos entre ciudadanos y entre familias, de atrasos en el pago reglamentario de los tributos que todos los ciudadanos debían dar a la Ciudad- Estado y a sus respectivos Bacabs o señores principales de las aldeas o pueblos, según fuere el caso, y en fin de todos los problemas del diario vivir, pero todos y cada uno de ellos se iban resolviendo según la sabiduría y experiencia combinada de los gobernantes y sus consejeros y todo se iba anotando en aquellos libros de papel de Amate donde los escribas iban documentando meticulosamente la historia de aquella grandiosa civilización.

Estas audiencias duraban muchas horas ya que todos los casos debías ser resueltos y documentados, no importaba las horas que llevara el proceso, aunque en algunas poco-usuales ocasiones, as audiencias podían prolongarse por dos o tres días, según lo complicado de el problema y los testigos que tuvieran que mandarse a traer.

Había otro tipo de audiencias y era en las cuales los Bataboob (Comandantes) de las diferentes regiones de la Ciudad-Estado que se encargaban de tener aceitada la maquinaria militar para que nunca los tomara por sorpresa ningún otro pueblo o grupo de bandidos, en estas audiencias también se encontraba en la mesa del Halach Uinik, el Nacom (Comandante Militar Supremo), se estudiaban los mapas, los escondites, las posibles barricadas y se traía a la reunión las noticias sobre ataques realizados a otros pueblos hermanos por los Mexicas o cualquier otra tribu de salvajes (si hubiese el caso)

Existía también otro tipo de audiencias en las cuales los Ah Cuch Caboob que eran los administradores de los barrios de la ciudad y los Bacabs que ejercían el papel de alcaldes de los pueblos y aldeas, entregaban cuentas meticulosamente detalladas de los tributos de todos y cada uno de los ciudadanos de la Ciudad-Estado.

Todas estas audiencias mantenían al Gobernante y a los príncipes ocupados por muchos días y muchas horas, además de los viajes de intercambio social, cultural o científico que se hacían a otras Ciudades-Estados vecinas y hermanas y que ahora estaban a cargo de los dos príncipes hijos de Halack Uinik.

Mientras tanto en palacio las princesas y sus hijos pasaban muchas horas y días sin sus esposos, dedicaban su tiempo a las bellas artes, a dar paseos, a preparar reuniones sociales con las esposas de los Bataboos (Comandantes) y de los Ah Cuch Caboob (administradores de barrios) de los Batabs (alcaldes) y entre sus ocupaciones estaban también las de hacer visitas periódicas a las dos escuelas que había en la ciudad de Chiche Itzá, una de estas escuelas era para la gente común del pueblo llamados Yalba Uiniokoob (hombres pequeños) donde se le daba prioridad a la formación en artes marciales, artesanías y agricultura, interpretación de instrumentos de viento (silbatos, flautas, caracoles) y de percusión (xilófono de piedra o de madera, caparazones de tortugas y bastones de madera) y muy importante también, a la danza, el canto y la pintura.

La otra escuela para los Nobles en la que se acentuaban la escritura tanto fonética como ideográfica, la escultura y talla de estelas, la astronomía, la vigilancia sagrada de los días, la medicina y también la pintura, la música y la danza.

Sin embargo estaba muy claro que un joven tanto hembra como varón que perteneciera a la gente común y que probara deseos reales y talento suficiente podía ser admitido en la escuela para nobles sin ningún problema.

Los niños estaban al cuidado y bajo la enseñanza de sus padres hasta los ocho años, a los nueve comenzaban a ayudar de manera más formal en todas las actividades de la familia y a los once años ingresaban en la esculla, siempre y cuando tuvieran interés, de lo contrario se quedaban bajo la tutela sus padres o abuelos, en la milpa o en el hogar, según el sexo.

Las princesas estaban siempre muy ocupadas y Lool Beh (Flor del Camino) se hacía cada vez más indispensable, cocinaba casi todos los platos principales del día, excepto algunos que dejaba para las ayudantes, y además limpiaba y organizaba los aposentos de la princesa Tsuutsuy Sak y del pequeño Yaxkin. Mientras tanto Akyaabel (Viento de Lluvia) la observaba todo el tiempo que podía, pero sobretodo en el momento en que Lool Beh serbia la comida en los platos de Sa'hamal P'ija y de la pequeña princesita Nicté Lik s entonces se ubicaba muy cerca, sabía que acostumbraba a echar todo tipo de polvos, tanto mortales como causantes de otras desgracias, así que ella no le perdía la vista.

22. Un baño en el Cenote

Los días en que Amayté estuvo fuera de Pisté resultaron excelentes para K'uyche (Amapola) ya que los tres hijos de Sayab (Manantial) y de su esposa estaban todo el día en la choza y a cargo de ser abuela Etzeme (Granate).

Por la noche, cuando todos en la aldea dormían, por las oscuras calles sin luna y guiándose solo por la luz ocasional de las luciérnagas, una joven mujer caminaba rápidamente, penetró sigilosamente a la choza de Sayab y fue a acostarse al lado de este.

–¡Oh! ¡No!, por favor K'uyche deja ya este juego, no puedo continuar así, yo amo a mi mujer y no quiero perderla… ¡aléjate de mí, por favor!

Pero ella era de espíritu más fuerte y dominante, una mujer muy astuta y el hálito débil del joven volvió a caer en las redes amorosas de ella. Y mucho antes de que la chachalaca gritara anunciando el amanecer, ya K'uyche estaba de regreso en su casa, en su habitación y en su cama de algodón peinado.

Era el segundo día de caminata por el Sacbe que llevaba a Xcaret, y a la hora suprema para el pueblo Maya (tres de la tarde) Amayté decidió tomar un breve descanso en un claro del bosque para saborear los tacos de pibil y el tamal que le comprara Lejem Chaak, pensó en ese apuesto y varonil hombre, no podía negar una fuerte atracción hacia él pero era más poderoso su rol de madre y por ningún motivo mancharía la reputación de sus hijos, aún cuando sabia de la infidelidad de su débil esposo pero esos habían sido los designios de los Dioses y tenían que ser acatados con resignación, pero eso sí, el libre albedrio que recibía también como regalo de los Dioses lo utilizaría de la mejor forma posible, y por supuesto que nunca se arriesgaría a perder su alma durante una rueda de Katunes (siglos). Sin embargo tenía que admitir que el joven y apuesto comerciante no le desagradaban en absoluto, y que si las circunstancias hubiesen sido diferentes ellos dos podrían haber formado una maravillosa pareja… bueno, excepto por la arpía de Bamoa, quizá por eso los Dioses le habían dado a Sayab y a la vez a Etzemé que era para ella una segunda madre.

Terminó su comida y continuó su viaje por el camino de piedras blancas, hasta llegar al próximo refugio donde luego de registrarse y apartar su sitio en una esquinita, se fue al cenote que estaba a unos cuantos minutos a pie a darse un refrescante baño, había mucha gente dentro del agua, era un cenote bastante grande que daba la vuelta en forma de semi - círculo, sus aguas estaban especialmente claras, diáfanas y frescas, recorrió a nado todo el cenote, disfrutándolo a cabalidad. Llevaba ya mucho rato dentro del agua cuando llegó Lejem Chaac (Relámpago) y como un mismo relámpago nadó hasta el interior del cenote donde se encontraba la joven.

—Hola, bella mujer, me quedé esperándote para desayunar en el refugio anterior.

—Quería salir antes del chillido de la chachalaca, además no quiero acostumbrarme a tus atenciones.

—¿Por qué no?

—No son saludables para ninguno de los dos.

—No veo el por qué. Somos vecinos en Pisté, nuestras familias tienen ciertas relaciones y este viaje es algo extraordinario, yo como vecino tuyo te encuentro en el camino y solo quiero ser cortés, es lo único que pretendo además de disfrutar por unos pequeños lapsos de tiempo tu agradable compañía, no hay nada malo en ello.

La joven no le contestó y comenzó a nadar a través del cenote semi-circular, el joven entendió el juego y siguió detrás de ella nadando y disfrutando entre risas la delantera que ella le tomaba constantemente. Estuvieron así nadando hasta que los rayos de luz comenzaron a debilitarse anunciando que la oscuridad llegaría pronto, y como eran noches sin luna decidieron salir del agua.

—Espero que aceptes mi invitación para ir a los puestos de comida que están detrás del albergue— Preguntó con ansias el joven.

—Sí, acepto y agradezco tu invitación. contestó la joven mientras salía del cenote a través de una rústica escalera hecha de ramas y lianas.

El joven, aún dentro del agua, la miraba subir la escalera atónito y maravillado de tanta belleza. Cerca de ese cenote había pequeñas palapas donde los bañistas podían cambiarse de ropa. Luego de secarse y cambiarse caminaron juntos el trecho que los separaba del albergue.

En los puestos detrás del refugio, atendidos generalmente por mujeres había gran variedad de alimentos y frutas, y mucha gente compartiendo, charlando y comiendo. La joven pareja se acomodo en una esquinita sobre dos bancos hechos de troncos de árbol y una mesa de madera, a saborear un exquisito pozole con tortillas calientitas recién sacadas del comal, el joven tomo un poco de aguardiente.

— Mañana a ésta misma hora ya estarás en tu aldea— dijo con cierta tristeza Lejem Chaac

—Si, no sabes cuantos deseos tengo de llegar y ver a mis padres, al resto de mi familia, a mis amigas de la infancia.

— ¿Hubieras deseado quedarte a vivir en tu aldea?

— ¡Ay sí!— exclamó Amayté— al lado del mar la vida es muy diferente, es más alegre, más serena, más variada. Pero las mujeres de nuestra raza no tenemos derecho a hacer lo que más nos plazca, debes casarte con el hombre que tus padres elijan, debes ir a vivir a donde tu esposo desee, obedecer, siempre obedecer y si te revelas eres deshonesta y la sociedad te mira con recelo.

—Los tiempos están cambiando Amayté, las mujeres están ganando ciertos privilegios que nuestras madres y abuelas no tenían.

—Sí, lo sé, yo por mi parte no pienso comprometer en matrimonio a ninguno de mis tres hijos, ellos elegirán oficio y matrimonio, cuando llegue el momento.

—¡Oh! eres una mujer de los nuevos tiempos.

— Si, y no le temo a los cambios. Pero ahora hablemos de ti, joven y rico mercader. ¿Hasta donde piensas llegar en este viaje?

—Bueno, vamos primero a Cobá ¿has estado ahí alguna vez?

—No

—Pues es una gran parada para todo comercian, la ciudad está muy poblada y mantiene una relación muy estrecha con el puerto de Xel-Ha, en Cobá puedes mercadear rápidamente toda tu mercancía y conseguir artículos de los lugares más lejanos, toda una cantidad de objetos, frutos, incienso, pieles, piedras, en fin, que ahí de seguro, podré intercambiar rápidamente todo el cargamento que traigo, luego seguiré hasta Xel-Ha y veré que novedades puedo adquirir y luego llegare hasta Tulum a dejar un mensaje que traigo para el Halach Uinic de esa ciudad y que envía el Halach Uinic de Chichen Itzá.

–¡Ah! que interesante, que vida tan maravillosa llevas… libre como el viento y conociendo caminos, ciudades, gentes diferentes…

– ¿Quieres venir conmigo?

–Sabes que no puedo… pero me alegra que tu vida sea tan divertida e interesante

–Bueno, todo eso es verdad, pero no tengo un nido donde me espere ninguna paloma…

–Ya te llegará…

–La única paloma que deseo tiene dueño…

Terminada la cena caminaron lentamente hasta el albergue

–Amayté ¿aceptaras mi invitación a desayunar?...Si no nos vemos al amanecer creo que ya no nos veremos más por lo menos en este viaje porque aquí se bifurcan nuestros caminos

–Creo que sí,… que descanses Lejem Chaac

La mujer se encaminó dentro del refugio, y Lejem Chaac se quedó un rato mas mirando el cielo completamente estrellado que tenía sobre su cabeza– ¡Que pequeños somos, que vida tan corta tenemos, y que desgracia encontrar por fin a la mujer tan largamente buscada y casada con otro hombre!– pensaba con tristeza.

Pero a la mañana siguiente, cuando la chachalaca despertó a los caminantes anunciando el inminente amanecer, ya Amayté llevaba bastante camino andado.

23. Llegando a Xcaret

Era la hora sagrada para los mayas (tres de la tarde) y Amayté dio los primeros pasos de entrada a su hermosa aldea, las guacamayas chillaban, los monos se columpiaban de las ramas de los árboles, las garzas volaban, a lo lejos los pelicanos en grandes grupos, comían peces en una laguna y la brisa del mar comenzó a darle en la cara, ese olor a sal y a marisco que sólo se respira al lado de la playa y mientras la brisa revoloteaba sus cabellos, ella comenzó a correr porque ansiaba llegar cuanto antes al hogar de sus padres. Como nadie la esperaba, armó un tremendo revuelo, entre risas, abrazos y llantos fue recibida por su madre, tíos, tías, primos y su muy querida prima Suuk Ha (Agua Mansa) que era de la misma edad que ella, habían aprendido a caminar y a hablar juntas, se abrazaron y soltaron unas cuantas lágrimas de felicidad.

–Quiero ver a mi padre– dijo Amayté– ¿Como esta?

– Tiene la mitad del cuerpo muerto, está muy triste porque ya no puede pescar y tu madre le tiene que ayudar a hacer todas sus cosas. Pero tu llegada lo va a reanimar, ¡vamos!

La humilde palapa de los padres de Amayté quedaba justo frente al mar azul y tenía tres habitaciones, una de ellas era cocina y comedor. ¡Qué nostalgia sintió al ver las paredes de adobe igual como las dejara años atrás!, entró silenciosamente a la habitación, impecablemente limpia y olorosa a brisa del mar y con su piso de arena blanca donde su padre permanecía en una cama hecha de algodón, acostado y con los ojos cerrados.

–¡Papá!

El pobre viejo abrió los ojos y estuvo un rato observando porque pensó que se trataba de un sueño, pero cuando se percato de que en realidad tenía frente a sus ojos a su única y adorada hija, trató de incorporarse y fundiéndose en un largo y profundo abrazo, padre e hija derramaron copiosas lágrimas.

–¡Vamos, salgamos, para afuera de la palapa, papá!– dijo alegremente Amayté– el hecho de que no puedas mover la mitad de tu cuerpo no significa que debes quédate confinado a esta habitación.

El viejo, renovado en su ánimo y ayudado por su hija caminó hasta afuera de la palapa, ahí enfrente, a unos cuantos pasos y bajo la sombra de un árbol, había muchos bancos hechos de trocos de árbol donde charlaban los miembros más allegados de la familia esperando a la pareja. Sentaron al viejo cómodamente entre ellos. Desde que había enfermado no había vuelto a salir de su habitación.

– ¡Y mañana, muy temprano caminaremos hasta el mar, papa!, –dijo Amayté.

Improvisadamente se organizó una especie de fiesta, las tías que vivían cerca comenzaron a traer comida, la prima también llego con pan hecho de maíz y frijol, una vieja vecina trajo un delicioso postre elaborada a base de miel y amaranto (alegría) y otro vecino se presento con un exquisito coco de agua que Amayté celebro mucho, no había vuelto a saborearlos desde que se fue a Pisté. Hablaron, se contaron todos los acontecimientos, los buenos y los malos, los chismes de familia y de la comunidad, en fin todos los sucesos que habían transcurrido en los últimos años. El padre de Amayté se veía sonriente y alegre.

Antes que la noche comenzara a caer, Amayté (Rostro del Cielo) y su prima Suuk Ha (Agua Mansa) se encaminaron hasta uno de los cenotes de la comunidad a darse un refrescante baño en esas hermosas y cristalinas aguas subterráneas.

Regresaron a la palapa paterna ya a oscuras, y alumbradas por antorchas se volvieron a sentar a charlar las dos jóvenes mientras el resto de la familia ya se había ido a dormir.

– ¿Eres feliz Suuk Ha?

–Si lo soy, mi hijo me da toda la felicidad que necesito. Pronto cumplirá la edad (9 años) en que debe empezar a ayudar formalmente a su padre a pescar, ya da indicios de que le gusta la mar y la pesca. Mi esposo está construyendo una canoa para el día en que cumpla los 9 años. Los Dioses me dieron únicamente ese hijo que es toda mi vida.

– ¿Y tu esposo?

– Sabes, Amayté, que por regalo de los Dioses siempre estuve enamorada de él, y tuvimos la dicha de que nos comprometieran en matrimonio siendo muy pequeños, somos muy felices. ¿Y tú, mí querida prima, como te va con ése extranjero con quien te desposaron?

–Bueno, tu sabes mejor que nadie que en mi infancia vivía enamorada de O'ox (Ramón), pero por designio de los Dioses fui desposada con Sayab (Manantial) a quien apenas había visto en contadas ocasiones, pero he llevado muy bien mi matrimonio, hemos llegado a amarnos sinceramente, él posee una milpa grande y varios animales, sus hermanos nos construyeron una palapa bastante cómoda con cuatro habitaciones, una de las cuales sirve de comedor y cocina y aparte tenemos un almacén, pero lo más maravilloso que me han dado los Dioses es a mis cuatro hijos.

–¿Cuatro?

–Si, cuatro, mis dos varones y las dos gemelas que tuve

–Pero…

– Si ya sé lo que me vas a decir, que una de mis hijas murió, pero no fue así, y es algo de lo que no puedo hablar con nadie ni siquiera con Sayab o con mi suegra Etzemé, porque en seguida me toman por una desquiciada.

–Si, me he enterado, porque incluso tus padres han tenido esa preocupación.

–Lo sé, por eso no he vuelto a decirlo a nadie, pero a ti que eres como mi hermana tengo que decírtelo.

–Cuéntame, Amayté que sé muy bien que no estás desquiciada y que siempre fuiste muy inteligente, astuta y con los pies bien clavados en el piso.

–Pues me la cambiaron al siguiente día de nacida, por una criatura muerta. Aprovecharon que mi marido estaba en la milpa y yo dormía profundamente.

–¿De quién era esa criatura?

–De la princesa real de Chichen Itzá y esposa del heredero mayor del Halach Uinik y por lo tanto el futuro gobernante de la ciudad. Debo admitir que su hija se parecía mucho a mis gemelas, aunque por supuesto no era como son ellas, idénticas, yo creo que murió al poco rato de nacer y la madre de la princesa que a la vez fue la partera tanto de ella como mía, y que por lo tanto era la abuela de la niña, me la cambió, estoy segura de que me la cambió, pero nadie vio nada y cuando yo lo dije todos me miraban con sospechas de que estuviera trastornada, por lo que no he vuelto a decir nada, pero cada vez que por alguna razón yo veo a la princesita, mi hija, el corazón se me quiere salir del pecho y una extraña y maravillosa alegría inunda mi pecho, yo no digo nada pero todo el que ve juntas a mis dos hijas se sorprende por el parecido extraordinario que existe entre ambas criaturas, son como dos gotas de agua, hasta la voz es idéntica.

—Bueno, después de todo es una princesita y debe ser feliz

—Si, muy feliz, amada entrañablemente por sus padres y abuelos. La princesa Sa'hamal P'ija es una mujer muy bondadosa y estoy segura de que ni siquiera sospecha del cambio de niñas que hizo su madre… La que se atrevió a hacerlo por proteger a su hija de la vergüenza de no poder dar descendencia al príncipe heredero, yo puedo entender esa circunstancia, pero… Así que yo he entendido ese mensaje de los Dioses que deben tener una poderosa razón para que estas cosas se dieran así.

—¿Y Sayab?

—Bueno, es buen padre y buen esposo, pero…

—Pero… ¿Qué?

—Pero tiene un espíritu débil, sé que me ama profundamente pero últimamente también me he enterado de que K'uyche (Amapola), una rica, hermosa y joven mujer de la nobleza de Pisté y que ha estado enamorada de él desde la infancia, lo tiene hechizado y aunque él no está totalmente de acuerdo con la relación, tampoco tiene el valor para deshacerse de ella.

—Y tu, Amayté ¿Qué has hecho para evitar que esa intrusa desbarate tu hogar?

—No mucho, bueno, realizamos el antiguo ritual de Kay Nicté (Canto a la Flor) o (Canto al Amor) el conjuro de la súplica para que mi marido volviera a mí, pero no me dio resultado.

— ¡No parece que te importe mucho!

–Si, me importa mucho, es el padre de mis hijos, además soy el hazme reír del pueblo, pero yo dejo que las cosas pasen, él perderá su alma, y lo sabe muy bien, y a mí en realidad sólo me trastorna todo lo relacionado con mis pequeños que son toda mi vida.

Estuvieron hablando con voz bajita por un rato más y luego las dos jóvenes se fueron a dormir.

Después de varios días al lado de su familia, finalmente llego el momento de pensar en el regreso, Amayté y su padre caminaban diariamente hasta el mar donde se sentaban a contemplar el alegre movimiento de las canoas que iban y venían intercambiando toda clase de mercancías, luego continuaban su paseo por el santuario natural de las mariposas, donde vivían cientos de ellas de diversas clases y colores, y finalmente regresaban a la palapa donde la madre de la joven los esperaba a comer. ¡Cuánto pescado y mariscos habían comido durante esos días! ¡Cuánta tristeza tener que regresar! Pero ya sus hijos le hacían demasiada falta.

Aquella tarde al llegar a comer la madre de Amayté le dijo:

–Hija, ha venido por ahí ese joven, vecino tuyo y amigo de la familia de tu esposo, el mismo que vino hace unos cuantos días para llevarte noticias nuestras, ha preguntado por ti y por el día de tu partida.

– ¿Te refieres a Lejem Chaak (Relámpago), madre?... ¿y qué le has dicho?

–Pues la verdad hija, le he dicho la fecha de tu partida, me quedo más tranquila sabiendo que haces el viaje acompañada por un grupo de vecinos tuyos.

–No creo que necesite ir con nadie– dijo el padre–, si vas con la luz del día, siempre encontrarás muchas personas por esos caminos, además podría prestarse para malas interpretaciones ya que un varón y una hembra jóvenes que no son familia no deben tener mucha relación. Y recuerda hija que la honestidad de una mujer siempre está en juego en todas y cada una de sus acciones y es la mejor herencia que puedes dejar a tus hijos.

—Es verdad, padre y estoy muy consciente de eso, —dijo Amayté— lo que voy a hacer es irme un día antes para que él no me pueda alcanzar.

Y un día antes de lo acordado la joven se despidió de su playa, de su primer hogar y de su amada familia. Y como era su costumbre salió a recorrer los blancos caminos del Mayab antes de que la chachalaca gritara con su agudo chillido anunciando el nuevo día.

Cuando la vieron alejarse de la palapa, el padre, con lágrimas en los ojos musitó:

—Debo admitir que me equivoqué, nunca debí comprometer en matrimonio a nuestra hija con un hombre nacido en una ciudad tan lejana, no sabes cuánto desearía que ella y sus hijos vivieran cerca de nosotros.

24. Los Vientos del Norte

Las tardes comenzaron a enfriar y a traer consigo los temibles vientos del norte que tan malos pronósticos auguraban, pero eran todavía más nefastos los vientos del oeste, (hacia donde vivían los temibles y salvajes Mexicas, cuando estas corrientes comenzaban a soplar, obligaban a las madres a esconder a sus hijos dentro de sus casas.

Aquella radiante y serena tarde en que Amayté y Etzemé, sentadas debajo del frondoso ahuehuete entretenidas en sus labores y atentas de reojo a los juegos de los niños que revoloteaban a su alrededor, sintieron de momento un fuerte viento que venía claramente del oeste, seguido de otro y otro más y rápidamente recogieron sus cosas y corrieron a guardar a los niños dentro de la casa.

—Es un mal presagio, en dos días más terminará el ciclo del calendario solar y vendrán los cinco días sin nombre, los cinco días negativos y tan temidos en que el mal camina libremente por las calles de el mundo, y no me gusta nada que este viento del oeste haya llegado hoy, justo en esta fecha— dijo Etzeme

—Si, faltan dos días, Etzeme, para que termine el ciclo solar de nuestro calendario, hoy ha llegado este nefasto viento, ¡pero no hay porque pensar que este hálito seguirá rondándonos durante los cinco días sin nombre! —contestó positivamente Amayté.

—Los Dioses te oigan, hija, los Dioses te oigan. Prendamos incienso de la tierra para que nos miren en estos días y nos dispensen sus favores.

Pero los vientos del norte y del oeste no amainaron, parecía que se turnaban para soplar, todos aquellos días Amayté mantuvo a sus hijos dentro de la casa, y al llegar el primer día sin nombre unas solemnes caracolas sonaron por todas las tierras del Mayab, anunciado que los 360 días del año solar terminaban y había que esperar los últimos cinco días sin nombre lo más resguardados que les fuera posible dentro de sus casas.

Fue durante uno de esos cinco días sin nombre en que la deidad llamada Ixtabai que no es otra que el demonio disfrazado de hermosa mujer con los cabellos sueltos salió a caminar por los solitarios caminos de Pisté y al primer hombre que encontró fue al desdichado de Sayab que había ido a trabajar en su milpa, aún oyendo las advertencias de su madre y de su mujer de que en esos nefastos cinco días no se debía salir para nada de la palapa y más aún cuando los pronósticos negativos se acentuaban con los vientos del oeste soplando con fuerza.

Pero el joven, débil por naturaleza, cayó en las redes encantadas y maquiavélicas de Ixtabai quien se convirtió en una serpiente de dos cabezas en cuanto el joven la abrazo para besarla.

Al día siguiente al amanecer fue encontrado ahorcado en el árbol que estaba más cerca de su milpa.

La desgracia alcanzo nuevamente al hogar de Amayté, que ahora quedaba viuda y con tres hijos.

Los hermanos de Sayab bajaron el cuerpo inerte de el árbol, lo llevaron a la cueva de los antepasados, franqueada a la entrada por cientos de cráneos humanos y luego de caminar unos cuantos metros por las profundidades de la caverna, acomodaron el cuerpo de Sayab sobre una manta de algodón y dentro de un ataúd de madera en forma de canoa. Etzeme con profundos suspiros, lágrimas incontrolables y el corazón destrozado, puso en las manos de su hijo una pieza grande de Jade Verde ya que ésta le facilitaría las cosas a su alma al emprender el camino del Xibalbá (Mundo subterráneo o Inframundo) en su recorrido por los nueve infiernos presididos por las deidades llamadas Bolontikú.

La comunidad completa de Pisté se reunió a llorar al muerto y a alzar sus voces rogando a los Dioses compasión por su alma y el perdón por sus pecados. En la oscuridad de la cueva se encendieron antorchas que ya estaban acomodadas estratégicamente entre algunas rocas y agujeros de la caverna. En un lugar privilegiado, sobre una roca lisa había una imagen tallada en piedra, de Ah Puch Dios de la muerte, a su diestra estaba, también tallada en piedra, una imagen un poco más pequeña de Ixtab, esposa del Dios de la muerte y a su vez Diosa del suicidio, mientras que a la siniestra del Dios de la muerte se encontraba, igualmente tallada en piedra una imagen de Kakupakat Dios de la Guerra y de la muerte repentina.

Podían verse a simple vista a los pies de los Dioses, gran cantidad de residuos secos de flores, pedazos de jade verde, objetos tallados en oro y de conchas marinas, pequeños pedazos de madera con signos y dibujos labrados. Estuvieron dos días y una noche ruidos los familiares y amigos hasta que al oscurecer de la segunda noche se fueron todos a sus hogares dejando al muerto solo y cerrando la cueva de los antepasados con unas cuantas rocas para impedir la entrada a bestias grandes.

Bamoa (Espiga) había dedicado muchas horas para acompañar el alma de Sayab y a la familia de éste, K'uyche (Amapola) no se presento en ningún momento y según se decía se encerró en sus aposentos a llorar día y noche sin querer ver ni hablar con nadie, y en cuanto a Lejem Chaak (Relámpago) estaba en uno de esos largos viajes por lo que no se enteró de la noticia hasta pasadas muchas lunas cuando volvió a Pisté.

Habían transcurrido unos cuantos días desde la muerte de Sayab, quedaban cada vez más lejos los cinco días sin nombre y los dos calendarios de pueblo Maya volvían a entremezclarse en su eterno y circular recorrido. El tzolkin o calendario ritual de 260 (kins) días y el calendario solar de 360 días de los cuales el campesino debía dedicar ciento noventa días para atender su parcela o milpa y ciento setenta y cinco días para los trabajos complementarios en los que servía a sus gobernantes y entre los que estaban los rituales.

Los días seguían su lento y monótono caminar y Amayté aún se encontraba confundida sin saber que camino debía tomar, pensaba si debía continuar sola con sus hijos la tarea de la milpa y de su hogar, o si era mejor regresar a su pueblo natal con sus padres o quizás le convendría más ir a otro lado. Diariamente, al atardecer, pasaba muchas horas debajo del árbol Sagrado (antiquísima y enorme ceiba) que estaba más cerca de Pisté quemando copal y esperando una señal de los Dioses que le indicaran el camino que debía seguir. Pero no quería ir a consultarlo ni con una de las monjas custodias del fuego sagrado ni con uno de los sacerdotes adivinos de la ciudad, ella sabía que los Dioses se comunicarían con ella directamente sin necesidad de intermediarios, y así pasaban los días y ella esperaba haciendo las labores rutinarias de su vida.

Una fresca y hermosa tarde, cuando Amayté pensaba que ya era hora de prepararse para ir a la Ceiba Sagrada, llegó Bamoa a su palapa, elegantemente vestida con huipil bordado en oro y piedras preciosas, brazaletes de oro en piernas y brazos y un elegante y pequeño tocado en su cabeza hecho de flores de hermosos colores. Amayté, que en esos momentos estaba en cuclillas frente al bracero y el comal cociendo las últimas tortillas, levantó la mirada para ver a la exótica mujer y sin perturbarse, como era su característica principal, continuó tranquilamente con su labor.

—He venido a hablar contigo Amayté, ¿podrás atenderme por un momento?

Sin dejar de hacer bolitas de masa para las tortillas contesto serenamente:

—Pues usted dirá.

—Estoy muy consciente de que para ti será muy difícil la vida sin un compañero que te ayude con la pesada carga, yo quedé viuda muy joven también y pasé por esos problemas, pero no todo está perdido. Tú sabes que yo tengo muchas tierras y muchos sirvientes y vengo a proponerte un buen negocio,…—al ver que la joven mujer no se inmutaba siquiera, continuó diciendo— …que me cedas en alquiler tus tierras y a tu hijo (Iqui Balam) (Tigre de la Luna) que ya tiene edad para realizar muchos trabajos del campo, a cambio de eso yo te remuneraré mensualmente las ganancias de tu milpa y el trabajo del muchacho, así, tu hijo aprenderá a trabajar las tierras de su padre para que cuando sea mayor las pueda administrar, tú no perderás la tierra ni tendrás que ocuparte por nada, solo de recibir el arrendo puntualmente.

Amayté continuo pausada y serenamente haciendo sus redondas tortillas y cociéndolas en el comal como si no hubiese escuchado nada.

–Entiendo que es difícil tomar decisiones en estos momentos– continuó Bamoa, sin poder leer ninguna reacción en el rostro y los ojos de la joven– pero no tienes que contestarme ahora, piénsalo, solo quiero ayudarte.

Como la joven no contestó nada, Bamoa se retiro de la palapa invitándola a que lo pensara fría y tranquilamente y que cuando se decidiera ella siempre estaría ahí para ayudarla.

Aquella noche cuando sus hijos se durmieron, ella salió de su palapa y se recostó sobre el pasto para contemplar el hermoso espectáculo del cielo atiborrado de estrellas, y así, sola, escuchando únicamente lo que su corazón le decía, tomó la decisión de darle un nuevo curso a su vida. No haría negocios con Bamoa y mucho menos confinaría a su pequeño hijo a las garras de esa malvada mujer. Tampoco podía ir a su pueblo natal donde sus padres tenían una buena palapa frente al mar porque había un pedazo de su corazón que estaba en la ciudad de Chichen Itzá.

Pediría a sus cuñados que atendieran su milpa por si algún día alguno de sus hijos decidía regresar a cuidarla. Y también su casa por si algún día tenía que volver a ella.

Al día siguiente por la mañana dejó a sus hijos al cuidado de su suegra y se encamino a Chichen Itzá. Llegó hasta el palacio de la familia real y pidió audiencia con la princesa Sa'hamal P'ija quien, al saber de quién se trataba, se la otorguen el acto y la recibió en el jardín interior del palacio.

– ¡Que alegría verte por aquí, amiga!– exclamó la princesa.

–Más alegría siento yo porque me has recibido sin ningún problema.

–Y de qué otra forma podía yo recibirte, recuerda que los Dioses nos han unido dándonos hijas que nacieron casi al mismo tiempo y que además son como dos gotas de rocío.

–Gracias, majestad. He venido a pedirte un gran favor.

–Habla.

– Mi esposo ha muerto, he quedado viuda y con mis tres hijos, me ofrecen que alquile mi milpa y a mi hijo mayor que cumplió la edad (9 años) en que puede comenzar un trabajo formal. Pero eso no es lo que quiero para él ni para mis otros dos hijos. Vengo a pedirte que me ayudes a colocarme como sirvienta en el palacio e intervengas para que mis hijos, aunque no son nobles, puedan estudiar en la escuela para aristócratas. Soy una mujer humilde pero honesta y trabajadora y estoy educando a mis hijos con los más altos principios de honor que dictan nuestros antiguos códices.

Sa'hamal P'ija se quedo muda por unos instantes sintiendo en lo más profundo de su corazón la pena que embargaba a la humilde y joven madre. Luego de pensar un rato le dijo:

–Sí, claro que sí, voy a ayudarte, el corazón me dice que no voy a arrepentirme. Pero ahora acompáñame a la cocina, vamos a desayunar, supongo que tú aún no has desayunado.

En la cocina había ya mucha actividad, entraban y salían sirvientes, mercaderes y cocineras. Las dos jóvenes se ubicaron en una mesita que estaba en una esquinita. La princesa tenía el elegante comedor para consumir todos sus alimentos pero le encantaba ir algunos días a desayunar a la cocina y poder sentirse inmersa en la actividad de los servidores de palacio.

–¡Buenos días princesa!... La saludaban todos.

–¡Buenos días! – contestaba a todos con una dulce sonrisa.

–¿Que tienes para desayunar, querida Akyaabel (Viento de Lluvia)?–pregunto la princesa– ¡tienes aquí a dos jóvenes mujeres con mucho apetito!

–Tengo taquitos de frijoles, tamales, atole, fruta…

–Yo quiero tamales y atole, ¿y tú, amiga?

–Lo mismo princesa.

–Akyaabel, ella es Amayté, será mi nueva ayudante de cámara, se encargará de todos mis asuntos personales y por supuesto de los de mi hija también. Vivirá en la palapa vacía de mis abuelos que está al lado de la de mi madre, hoy mismo mandaré a que le pongan un techo nuevo, que la pinten con cal y que verifiquen el estado general de ella.

–Está en muy buenas condiciones, princesa, tu madre la mando a arreglar porque quería mudarse allá pero luego cambió de parecer por considerarla muy grande para ella y para tu hermano.

–Muy buena noticia, manda a llamar a mi madre para hablar con ella. Puedes mudarte desde mañana, Amayté.

Amayté no podía creer que lo que estaba viviendo fuera cierto, desayunó muy bien, y entonces cayó en cuanta de que, desde la muerte de Sayab, apenas si había probado alimento. Pero pudo percibir que había otra mujer en la cocina que irradiaba vibraciones negativas y que la veía de reojo con una cara poco amigable. Era la malvada Lool Beh (Flor del Camino) a quien no le agradaba la presencia de la joven y mucho menos la cercanía que aparentemente iba a tener con la princesa.

Acordaron que Amayté iría a Pisté a recoger todas las pertenencias que le fueran necesarias así como a sus tres hijos y que volvería para instalarse en la vieja y abandonada palapa que una vez perteneció a los abuelos de la princesa Sa'hama P'ija, mientras ésta, mandaría ese mismo día a limpiarla y ponerla lista para ser habitada. Cuando al poco rato llegó Ajal (Despertar) a ver a su hija y a hablar a solas con ella, entonces se enteró de los planes de los que la princesa se sentía un poco avergonzada ya que no había contado con la aprobación previa de Ajal, quien contesto así:

–Los Dioses van poniendo su mano, hija, Amayté es una mujer buena, honesta y de verdaderos principios, es famosa por estas cualidades en toda la comarca. Es muy triste que quedara viuda tan joven y con sus tres pequeños, pero no cabe duda de que ha optado por la decisión más sabia, antes de quedar esclavizada en las redes de la malvada Bamoa. Además es joven y muy inteligente, el corazón me dice que te será de gran ayuda tanto para ti como a mi pequeña Nicté Lik (Flor del Viento) así como también tú serás una gran ayuda para ella y para sus hijos.

PARTE II
25. Nos Mudamos a la Ciudad

Estuvimos toda la tarde y gran parte de la noche enliando cuidadosamente nuestras limitadas pertenencias, mi madre Amayté, dentro de su tristeza por la muerte de mi padre, se veía serena, relajada y hasta un poco feliz, ella siempre había deseado ir a la escuela, y ahora, nosotros, sus hijos teníamos esa gran oportunidad y no tan sólo eso, sino que nos ayudarían a entrar a la escuela para nobles. Yo, (Iqui Balam) (Tigre de la Luna), su hijo mayor, acababa de cumplir la edad en que podía a ser ayudante en las tareas del campo pero ahora por fortuna, tenía la promesa de ir a la escuela, todos estos pensamientos y emociones daban vueltas dentro de mi cabeza y de mi corazón, pero en estos precisos momentos debía concentrarme para ayudar a mi madre y a mis pequeños hermanos a cargar todas las cosas que fuera posible llevarnos a nuestro nuevo hogar en la ciudad. Mi abuela Etzemé ayudaba también ahogada en lágrimas, había perdido a su hijo y ahora sentía que perdía también a sus nietos y a mi madre que era, según decía, la hija que no le dieron los Dioses.

Mi madre con su acostumbrada serenidad, trataba de consolarla:

—Etzemé, estaré muy cerca de aquí, podrás ir a vernos cuantas veces lo desees y también puedes ir a vivir con nosotros, si así lo deseas, representarías una gran ayuda para mi, ya que yo estaré muy ocupada trabajando en palacio y no quiero abandonar a mis hijos. Además ellos te quieren mucho.

Etzeme no podía articular palabra, el llanto la ahogaba.

—¡Vamos, Etzemé!, prepara una cesta con tus pertenencias y vas a irte con nosotros al amanecer.

—No puedo dejar mi casa, mis oficios, mis otros hijos.

—Sí puedes, irás y vendrás a tu gusto, estaremos tan cerca…

Mi abuela Etzemé acepto acompañarnos, al menos los primeros días, dijo mientras nos acomodábamos en nuestra nueva vivienda.

Por la mañana del día siguiente, y luego del chillido de la chachalaca, nos levantamos y fuimos a desayunar a casa de mi abuela Etzemé que nos preparó unos taquitos de frijoles y atole de maíz. Y entonces emprendimos el camino, sin regreso, a la gran ciudad y yo, como hijo mayor y ahora el hombre de la casa era el que más carga llevaba, con las mantas enrolladas sobre mi pequeño pero fuerte y decidido cuerpo.

Pero no era solo yo, todos íbamos cargando nuestras pertenencias, mi madre caminaba al frente, decidida y rápida como era siempre, y hasta me pareció que iba entonando una de aquellas viejas canciones que solía cantar, y mi abuela Etzemé iba al final del grupo siempre pendiente de que mis pequeños hermanos no se tropezaran o dejaran caer alguna de nuestras exiguas pertenencias al piso.

Al llegar a la palapa que sería nuestro nuevo hogar, estaba esperándonos Ajal y un grupo de sirvientes limpiando, saludó con mucho gusto a mi abuela, luego me enteré de que eran amigas desde la infancia, nos asignaron a mi hermano y a mi uno de los dormitorios que tenían dos camas de madera y colchones de algodón, a mi hermana y a mi abuela le asignaron otra de las habitaciones que contaba igualmente con dos camas de madera y mi madre decidió escoger otra de las habitaciones para ella sola, la palapa era grande, y tenía un almacén y una cocina mucho más grandes de las que habíamos visto nunca, además estaba rodeada por un jardín muy bien cuidado, sembrado a vuelta redonda de flores.

Después de acomodarnos, con la ayuda de mi abuela y de Ajal, ésta nos invitó a comer a su casa que quedaba a unos cuantos pasos de nuestra vivienda. Comimos con ella y con su hijo Ich-chi'iich (Ojo de pájaro), Mi abuela y Ajal estuvieron conversando mucho tiempo sobre la infancia que ellas habían vivido, cuando los tiempos y las costumbres eran tan diferente de la que ahora nosotros disfrutábamos.

Luego de comer, nos despedimos de Ajal y mientras mi madre y mi abuela terminaban de sacar, de entre las mantas en liadas, todas las cosas que habíamos traído y acomodarlas, mis hermanos y yo salimos a dar un recorrido por nuestro nuevo vecindario.   Había varias casas de familias pertenecientes a la nobleza de nuestro pueblo a vuelta redonda de nuestro patio, vimos a varios niños pequeños más o menos de las edades de nosotros cazando lagartijas con cerbatanas, otros brincaban una soga, otro grupo más allá, jugaba haciendo una rueda y brincando, nosotros, ese día solo nos limitamos a observar y saludar con una tímida sonrisa a los que así nos lo permitían.

Cuando, a la mañana siguiente desperté, fui a la cocina y encontré un delicioso atole de vainilla, detrás de mí llegaron mis hermanos y siguieron mis pasos.

– ¿Dónde está mi madre? – preguntéa mi abuela.

–Ha comenzado a trabajar hoy mismo en el palacio

– ¿Cuándo va a volver?– pregunto mi hermano Ikal Noom (Alma de Perdiz)

–Por la tarde, creo.

–¿Tendrá que ir todos los días atrabajar?– pregunto Ikal Noom.

–Claro, los trabajos son todos los días

–Pero cuando vivíamos en Pisté ella trabajaba siempre cerca de nosotros.

–Sí, pero entonces vivía tu padre y era él quien salía fuera de la palapa a trabajar. Las cosas han cambiado, su madre trabajara todos los días en el palacio ayudando a la princesa Sa'hamal P'ija y a su pequeña hija la princesita Nicté Lik en sus cosas personales, es por eso que ustedes han venido a vivir aquí para que tu madre pueda estar cerca de ustedes.

–Además añadí yo, sintiéndome importante por eso– podremos ir a la escuela, a la misma escuela donde van los nobles.

–Sí, eso es verdad– contestó mi abuela– tendrán esa extraordinaria oportunidad. Pero dejen de hablar, terminen de comer que vamos a trabajar, debemos ir a buscar leña y agua. Y luego por la tarde nos daremos un refrescante baño en un pequeño cenote que está muy cerca de aquí en el que yo me bañaba cuando tenía más o menos la edad de ustedes.

Esa misma tarde, fuimos al bosque a buscar leña seca que guardamos en el enorme almacén que tenia nuestra nueva casa, y la leña húmeda que trajimos la pusimos a secar en el patio. Luego de acarrear toda el agua que nuestras pequeñas manos pudieron cargar, fuimos, según lo prometido por mi abuela, a darnos un revitalizador y delicioso baño a un pequeño cenote que estaba bastante cerca. Hacía mucho calor y luego de tanto trabajo nada más refrescante que zambullirnos en las deliciosas y frescas aguas de aquel maravilloso cenote rodeado parcialmente por la espesa selva.

Cuando llegamos había muchos otros niños con sus madres, padres o abuelas haciendo lo mismo que nosotros, se oía una gran algarabía de gritos y risas infantiles, pudimos reconocer a varios de nuestros nuevos vecinos, y así comenzamos a hacer amistad con ellos, mientras mi abuela charlaba y reía con cuantos se lo permitían.

26. Entendiéndolo Todo

Para Amayté fue maravilloso poder estar tan cerca de la pequeña Nicté Lik, era tan semejante a su hermana…si, ya no le cabía la menor duda, esa era su hija también, se lo decía todo, no tan solo el extraordinario parecido de las niñas, sino también su corazón, y ella sabía muy bien que éste nunca se equivocaba, pero tomo la decisión de no decirlo nunca más, a nadie, callaría su verdad y se limitaría a cuidar y proteger a la pequeña.

Por alguna razón los Dioses le daban ahora la oportunidad de estar cerca de ella. En cuanto a la pequeña, parecía innegable que la sangre llama porque en seguida nació una profunda afinidad con Amayté, y aunque la princesita era caprichosa, autoritaria y rebelde, totalmente diferente en el carácter a su hermana, ella en seguida buscó la manera de acrecentar y fortalecer su relación con ella.

Su trabajo terminaba cuando la pequeña princesita se acostaba a dormir casi en seguida que el sol se metía, y cuando la pequeña se despertaba, ya Amayté estaba ahí para ayudarla a vestir y llevarla a desayunar, luego mientras la niña jugaba y daba vueltas por el jardín, ella aprovechaba para organizar y recoger los aposentos de la princesa Sa'hamal P'ija, que muchas veces se encontraba débil de salud, y en otras ocasiones presentaba una especie de somnolencia o ausencia de consciencia.

A los pocos días de haber llegado Amayté a palacio, una calurosa mañana, mientras vigilaba en el patio interior de palacio a la pequeña Nicté Lik que quería a toda costa subir a una pequeña roca para tirarse al hermoso y cristalino manantial que había dentro del jardín de palacio, Amayté se las arregló para subir a la roca con la pequeña y ayudarla a deslizarse por el chorro de agua sin que la princesita se golpeara. En esos momentos llego Ajal y pidió a Amayté que se sentara un rato a hablar con ella, mientras regañaba a su nieta por semejante aventura propia de una niña mayor, la pequeña al sentirse regañada por su abuela se acostó bajo la sombra de un árbol a observar una hilera de pequeñas e inofensivas hormigas que transportaban sus semillitas hasta su cueva.

– ¿Dónde está mi hija?

–Esta recostada en sus aposentos, parece que no se siente del todo bien, ha dicho que no pudo dormir en toda la noche.

–Iré a verla pero antes quiero hablar contigo, me alegra que estés sola y no tengamos testigos de esta plática.

–Usted dirá.

–No cabe duda de que los Dioses han acomodado las cosas para que hoy tú estés aquí, mi hija tiene un alma buena, muy buena.

–Sí, de eso estoy segura.

–Es incapaz de hacerle mal a nadie ni siquiera con el pensamiento, y mucho menos de ver la maldad en las personas que la rodean.

–También eso lo he observado.

–Su esposo, el príncipe Katam Ka'ax (Jabalí del Monte) hijo primogénito del Jefe supremo de nuestro pueblo es, por lo tanto principal candidato a ser el próximo Halach Uinik de Chichen-Itzá, y su hija, la princesa Nicté Lik podría también ocupar en un futuro el trono.

–Si, estoy consciente de eso

–Habrás observado también que el príncipe siente un gran amor por mi hija, un amor que nació en su más tierna infancia. Y por supuesto adora también a mi adorada y encantadora nieta.

–Si, también lo he observado.

–Pero como en todas las familias reales o casas palaciegas siempre hay unas cuantas personas que no son felices con ninguna de estas situaciones, y los celos y envidias se dan con más saña aquí, porque hay muchas cosas en juego.

Amayté asintió con la cabeza, ella había empezado a intuir sutiles y casi imperceptibles soplos de viento negativo que rodeaban a las princesas.

–Sa'hamal P'ija, mi adorada hija no se da cuenta de nada de esto, y si yo se lo digo, ella parece no creer en ello. Pero la primera que no la quiere es Tsuutsuy Sak (Paloma Blanca) que aparte de ser la esposa del segundo hijo del Halach Uinic, tiene una hermana menor llamada Chacté (Madera roja) que ha estado enamorada de Kitam Ka'ax (Jabalí del Monte) también desde su infancia, y por otro lado, ha perdido al hombre con el que la habían comprometido en matrimonio. Además de que Nicté Lik siempre será la primogénita del primogénito, cosa que no sucede con el pequeño Yaxin. Y para agravar la situación, Tsuutsuy Sak (Paloma Blanca) ha metido entre las servidoras de la cocina a la muy malvada Lool Beh (Flor del Camino) que es la nana de ellas y una de las mejores alumnas que ha tenido Bamoa.

–¡Oh!...

–Si, es experta en pociones venenosas y conjuros macabros.

–Ahora veo todo claro– dijo pensativa Amayté

–Te repito que los Dioses han tomado providencia para que tú estés hoy aquí, porque sé que eres una mujer joven, buena, muy inteligente, intuitivita y con un espíritu noble. Pongo toda mi esperanza y mi confianza en ti.

–Me alegra saber todo esto, yo había empezado a notar muchas cosas que no me gustan, pero ahora puedo hilarlo todo. No temas Ajal, yo sabré poner todos mis sentidos alrededor de las princesas, y a ellas no les pasará nada, ¡eso te lo aseguro yo!

–Temo que la taimada Lool Beh (Flor del Camino) pueda echar en la comida de las princesas elementos que les hagan daño. Akyaabel (Viento de Lluvia) es mi amiga de la infancia y quiere con sinceridad a mi hija y a mi nieta, además es la única persona en quien confió ciegamente de entre todos los sirvientes de palacio. Ella era hasta hace poco tiempo la cocinera principal, pero Lool Beh (Flor del Camino) ha venido a desplazarla, y aunque Akyaabel está muy pendiente de los movimientos de la cocina, es mucho más vieja y no sé hasta cuando pueda aguantar la presión. Pero confió en que los Dioses han oído mis suplicas por eso te han enviado hasta aquí.

–Puedes estar confiada, las cuidare como si fueran mi hermana y mi propia hija.

Al decir esto último las dos mujeres se miraron directo a los ojos en una mirada profunda y llena de significado, pero ninguna de las dos abrió la boca.

Después de esa plática, Amayté pidió a Etzemé que se quedara a vivir definitivamente con ella y con sus hijos porque necesitaba de todo su tiempo y su argucia para proteger a las princesas.

Comenzó a supervisar personalmente todo lo que comían e incluso desdeñaba comida preparada por Lool Beh (Flor del Camino) cuando Akyaabel (Viento de Lluvia) no estaba supervisándola. Tuvo varios intercambios amargos de palabras con Lool Beh, e incluso en algunas ocasiones Tsuuytsuy Sak (Paloma Blanca) tuvo que intervenir tratando de entrar en cintura a Amayté, pero ésta era mucho más astuta e inteligente que todas las mujeres de palacio juntas y siempre sabía burlar sutilmente a las dos, además de que contaba con el apoyo total e incondicional de Ajal y del propio príncipe Kitam Ka'ax que parecía advertir el nido de serpientes que rodeaban a su adorada e inocente esposa y por supuesto a su hija que era toda su alegría.

Ese apoyo con que contaba Amayté, hacía que cada día creciera el odio que sentían Tsuutsuy Sak (Paloma Blanca) y su comitiva contra ella.

27. Recolección de los Frutos de la Tierra

Se acercaban las fiestas de recolección de los frutos de la tierra y todos, nobles y pueblo en general se preparaban para ello. Siempre dirigidos sabia y organizadamente por sus sacerdotes y las sacerdotisas custodias del fuego Sagrado.

Esta ceremonia se llevaba a cabo en la gran explanada que estaba frente al antiguo templo de los guerreros sobre el cual se habilitaba una explanada con poltronas de madera para el Gobernante y sus principales.

El antiguo rito consistía en la presentación a los Dioses, representados por los Soberanos, de las cosechas obtenidas por los campesinos. De todos los confines de la gran ciudad, venían los agricultores con una muestra representativa de lo que habían cosechado, sin olvidar nunca que era gracias a la bendición de los Dioses Benévolos. Cada grupo que constaba de los cultivadores del pueblo y sus respectivas familias, traían sus propios instrumentos musicales y realizaban una danza y un canto, practicado con antelación, luego ponían la muestra de sus cosechas a los pies de los monolitos de los principales Dioses que estaban acomodados abajo y al frente del Halack-Uinik a modo de ofrenda de agradecimiento. El Soberano agradecía la ofrenda levantando sus brazos y su mirada al cielo. Entonces, el grupo se acomodaba, con ayuda de los sacerdotes y organizadores, en la explanada.

Al final, cuando ya todos los aldeanos de todos los pueblos y comunidades circundantes habían llevado a cabo su exposición, entonces llegaban los músicos y danzarinas Reales para interpretar viejas y conocidas melodías, en las que generalmente se envolvía todo el pueblo. Luego iba toda la muchedumbre al área donde generalmente se llevaba a cabo el día de mercado a disfrutar del agasajo que el Gobernador tenía reservado para todo el pueblo. Como era costumbre, en el palacio Real se llevaba a cabo la misma fiesta con los mismos deliciosos platillos pero reservada únicamente para la clase Noble.

Aquel día de fiesta, mucho antes del amanecer ya Amayté preparaba los atuendos que lucirían las princesas, que según la costumbre debían sentarse en la explanada Real detrás del Halach Uinic y de los príncipes. Nicté Lik se levanto en seguida, feliz y emocionada por la celebración, mientras que a la princesa Sa'hamal P'ija le costó mucho trabajo salir de la cama.

– He pasado muy mala noche– dijo no tengo fuerzas ni para salir de la cama.

– No se preocupe, alteza, yo la ayudaré y le preparare un delicioso baño con agua caliente para que le vuelvan las fuerzas.

Diciendo estas palabras salió a ordenar a las sirvientas que calentaran agua para el baño de la princesa. Al pasar por uno de los salones de palacio pudo oír a Tsuutsuy Sak riendo en voz baja y hablando con su hermana, la hermosa Chacté (Madera Roja). No pudo oír con exactitud lo que decían, pero su intuición le dijo que no era nada bueno.

Cuando la comitiva Real salió a pie desde el palacio, escoltada por sirvientes y algunos caballeros águila, Amayté se encargo de hacer rápidamente los preparativos para que la princesa Sa'hamal P'ija fuera al lado de su marido y de su hija cargada por cuatro sirvientes sobre una silla Real, la misma que utilizara muchos años atrás la enferma esposa del actual Halach Uinic. Pudo percatarse de la mueca de disgusto que hizo Tsuutsuy Sak que había planificado que, como la princesa estaba tan enferma, entonces su hermana caminara junto al príncipe Kitam Ka'ax.

Amayté y muchos de los sirvientes de palacio se quedaron en él para preparar la fiesta que tendría lugar al terminar la ancestral ceremonia de la recolección.

En las primeras horas del atardecer, se escucharon las caracolas anunciando el fin del ceremonial y el principio de la fiesta. Con la misma pompa con que había salido el Cortejo Real, así mismo regresó a palacio. La princesa Sa'hamal P'ija estaba muy agradecida de que Amayté la ayudara a asistir dignamente al espectáculo.

–Gracias, Amayté– dijo – me ayudaste a estar presente en esta ceremonia que tanto me gusta, pero ahora solo quiero acostarme y dormir.

–Alteza, – contesto Amayté– descanse un rato, pero debe asistir también a la fiesta de palacio.

–No estoy segura, querida amiga, de tener fuerzas para ello, sin embargo deja que duerma un buen rato y luego haré el intento de presentarme en el salón real.

Amayté dejo durmiendo a la princesa y fue a ver donde estaba Nicté Lik, al llegar al salón principal se encontró con que estaba totalmente lleno de personas de la realeza. Observó a Chacté (Madera Roja), muy hermosa, por cierto buscando con la mirada los ojos del príncipe Kitam Ka'ax (Jabalí del Monte), quien a su vez charlaba animadamente con un grupo de comerciantes. Entonces vio que Lool Beh (Flor del camino) se acercaba muy sigilosamente al grupo de varones llevando en las manos una bandeja con jarros de Balché, pero pudo percatarse perfectamente de que le daba al príncipe uno de los jarros que traía un poco separado del resto. Como era tan inteligente y suspicaz, intuyo que algo raro estaba pasando.

Así fue transcurriendo la fiesta, Sa'hamal P'ija dormida profundamente, el príncipe bebiendo constantemente jarros que Lool Beh le llevaba exclusivamente a él y observado en todo momento por Chacté, la que finalmente, cuando el príncipe ya no podía mantener la vista fija, se le acercó y muy sutil y disimuladamente se lo fue llevando a otra de las habitaciones del palacio. Por un buen rato se le perdieron de vista a Amayté, quien comenzó a buscarlos con el mayor disimulo que podía para no despertar sospechas, ya que parecía que nadie se daba cuenta de lo que pasaba.

Estuvo buscando por todas partes sin tener éxito, hasta que por fin le dio con buscar en un pequeño almacén debajo de la cocina donde casi nadie iba nunca ya que estaba lleno de mercancía. Al ir bajando por las escaleras pudo oír risas y jadeos. Ella conocía muy bien un pequeño agujero en el piso superior que le permitiría ver lo que pasaba sin ser vista. No se llevó gran sorpresa porque era exactamente lo que se esperaba, ahí, sobre un colchón de algodón yacían totalmente desnudos Kitam Ka'ax y Chacté, disfrutando sus hermosos y jóvenes cuerpos, jadeaban, se besaban, se acariciaban.

Pasó mucho, mucho tiempo antes de que los dos enamorados volvieran a la fiesta, cada uno por su lado, por supuesto, el príncipe lucía menos ebrio que cuando se lo llevaron, pero Amayté pudo advertir una sombra de preocupación en su mirada, al poco rato fue a los aposentos de su esposa y se quedo con ella un rato acompañándola. En cuanto a la joven y hermosa Chacté lucía una radiante sonrisa y fue a reunirse con su hermana que la esperaba y escuchaba, feliz. Por ahí paso nuevamente Lool Beh con su inseparable bandeja de jarritos con Balché y paró unos segundos a hablar algo con las dos hermanas, las tres maléficas mujeres lucían una sonrisa alegre y satisfecha.

28. La Escuela para Nobles

Las clases comenzaban y gracias al apoyo incondicional de palacio pude asistir a mi primer día de clases en la escuela para nobles. Mi abuela Etzemé, que finalmente se quedo a vivir con nosotros, porque mi madre vivía casi día y noche en palacio, me llevo aquella inolvidable y fresca mañanita a la escuela para nobles.

Me levantó tempranito y me puso un patí (calzón de manta) y mi capa nuevos, que ella había mandado a tejer a una vieja amiga suya, ya que mi madre ahora no tenía tiempo para hacerlos ella misma, también lucia mis hermosos huaraches tejidos con lianas de yute, y tomándome de la mano con inmenso orgullo, me llevó a encontrarme con mi primer día de escuela.

Yo me despedí de mi madre y de mis hermanos sintiéndome el hombre más importante en la faz de mi pequeño mundo. Mi madre me dijo adiós desde la puerta de entrada de nuestra palapa y vi como corría por su mejilla una diminuta lágrima.

La escuela para Nobles era un conjunto de grandes palapas con un patio central en común. Había varios salones donde se reunían niños y niñas de acuerdo a sus edades y en aquel día tan especial, todos vestían con ropas nuevas, los varones iban ataviados igual que yo y en cuanto a las niñas, algunas iban con su huipil blanco bordado de flores de colores, y otras llevaban su falda y un manto que les cubría la parte alta del cuerpo, pero eso sí todas ellas con sus cabellos tejidos en dos hermosas trenzas negras rematadas con cintas de muchos colores.

Nuestros maestros eran los Sacerdotes y las Sacerdotisas de nuestro pueblo. Aquél primer día, en el gran patio interior fueron llamándonos por nuestros propios nombres y clasificándonos por edades, yo pertenecía al grupo de los más pequeños, pues solo tenía 9 años, el grupo de los mayores lo componían los niños que tenían 12 años.

Después que estuvimos clasificados por edades, nos llevaron a nuestro propio salón-palapa donde, en el caso de mi grupo fuimos recibidos por una encantadora maestra que era una de las Monjas cuidadoras del Fuego Sagrado. Era joven y dulce, tan dulce como su propio nombre K'ay Nicté (Canto de la Flor) comenzó por enseñarnos alegres cantos en los que se hacía alusión a los cielos, las estrellas, los astros celestes o bien a los animales, pájaros, flores y mariposas que rodeaban y daban colorido a nuestro entorno.

Con aquella querida maestra aprendimos entre otras cosas a dar los elementales trazos de los hiero-glifos (signos sagrados) que constituían nuestra escritura. A cada uno de nosotros se nos daba un cuaderno hecho de hojas de papel de maguey, y tenía impreso en la cara del mismo nuestro nombre cuidado-samente grabado, también nos daban un pincel y un jarrito de barro con tintura que servía para hacer los trazos en el cuader-no, y así con mucho cuidado fuimos aprendiendo a trazar cada uno de los cientos y cientos de signos que forman nuestros alfabetos (fonético y el de ideogramas).

Los signos son generalmente cuadrangulares con sus es-quinas cuidadosamente redondeadas, también tenemos signos principales y secundarios.

Luego de esta clase teníamos otra que nos daba un Sacer-dote joven y era la que más me gustaba porque nos introducía en la magia de los números y de la aritmética, lo primero que aprendimos con este maestro fue que el día y el número uno se llaman del mismo modo: *"Kin"*.

El primer trazo que cuidadosa y perfectamente nos enseñó a delinear con nuestro pincel fue el número sagrado del cero (O) haciendo mucho hincapié en la importancia del mismo ya que no es el principio y fin de una cuenta sino que es el centro y la madre de todas las cosas, o sea del " <u>Tiempo</u>" = Ciclos = Cero = Caracol = Luna = Fertilidad.

Todos estos conceptos místicos y secretos los fui aprendien-do y digiriendo con el paso de los años y de muchos estudios.

Aquel sabio profesor nos hizo comprender el complejo sig-nificado del cero, también nos explicó a cabalidad como fun-ciona nuestro sistema vigesimal.

Terminadas esas dos clases sonaba una caracola y entonces salíamos al patio interior de la escuela, pero antes debíamos pasar por la palapa donde unas mujeres nos abastecían de alimentos y frutas, luego se nos daba un tiempo para jugar, y cuando volvía a sonar la caracola regresábamos a nuestra aula escolar donde recibíamos a otra maestra Sacerdotisa que venía a contarnos hermosos y dulces cuentos de la historia de nuestro pueblo contenidas muchas de ellas en nuestro libro sagrado del "Popol Vuh".

La última clase del día que recibíamos variaba de día en día, algunas veces era de religión, tan importante para nuestra cultura, era la religión el centro de todas nuestras actividades tanto colectivas como individuales. Aprendimos sobre todos y cada uno de nuestros Dioses, tanto buenos como malos. Otras veces nos daban música, bailes o pintura, siempre algo diferente para finalizar nuestra jornada escolar.

Durante mis primeros días de escuela, por la tarde llegaban a buscarme mis hermanos y mi abuela Etzeme, ella no podía disimular el orgullo que sentía de que su nieto asistiera a la escuela para nobles, y ahí se encontraba con viejas amigas y vecinas con las que hablaba y compartía mientras sonaba la caracola que anunciaba el fin del día escolar, mientras que mis hermanos me miraban con admiración, deseosos de cumplir los 9 años y poder ingresar también en la escuela.

Al seguir pasando los días ya no era necesario que me buscaran a la hora de salida y entonces fue que comencé a hacer mi propio círculo de amigos, entre compañeros y vecinos, con los que formábamos un grupo para ir de regreso a nuestra casa, el grupo iba perdiendo miembros según pasábamos por las palapas de cada uno de ellos, mi hogar quedaba casi al final del camino.

Las matemáticas se me daban con facilidad, pronto aprendí a colocar los números de izquierda a derecha y de arriba para abajo, en la línea inferior se colocaba el *kin*, sobre él el *uinal* y sucesivamente el *kin, katún y baktún, chikintún y alautún*. Casi sin darme cuenta comencé a realizar operaciones matemáticas con gran facilidad, y así poder ayudar a mis vecinos a llevar todo tipo de cuentas, mientras la vanidad de mi madre y de mi abuela se henchía de gozo.

29. Nicte Ha (Flor de Agua) y Nicte Lik (Flor del Viento)

Los días transcurrían en aquel hermoso entorno poblado por innumerables especies de pájaros de hermosos y brillantes colores, y por el abanico multicolor de la flora de aquellos bosques.

Ajal había pedido a Amayté que trajera todas las tardes a su pequeña hija

Nicté Ha (Flor de Agua) para que jugara con la princesita Nicté Lik (Flor del Viento), la astuta abuela sabía que entre más personas amaran a su nieta y más firmes fueran los lazos que la unieran con sus hermanos, más protegida quedaría para cuando fuera adulta y necesitara estar rodeada de gente fiel a ella. Los Dioses habían dirigido las cosas hasta ese punto y ella debía aprovechar el amor de Amayté por la princesa para protegerlas a las dos, y los hijos de ella serian siempre igualmente valiosos.

Las dos pequeñas tenían una relación que trascendía este mundo, parecía que adivinaran los pensamientos de una y de otra, sin embargo tenían personalidades opuestas tan diferentes así como idénticas eran físicamente. Amayté ya no tenía duda respecto a

Nicté Lik pero se había jurado a sí misma no volver a comentarlo con nadie, le bastaba saberlo y protegerla al igual que a sus otros tres hijos, sin embargo peinaba siempre a Nicté Ha (Flor del Agua) con una sola trenza que le caía a la espalda, mientras que a Nicté Lik (Flor del Viento) le tejía dos hermosas trenzas y aunque esto parecía algo banal, cumplía con el propósito de que la gente, al ver la diferencia del peinado obviaran que las pequeñas eran como dos gotas de agua.

Pasaba el tiempo y mientras las niñas crecían, aumentaba también el odio de Tsuutsuy Sak (Paloma Blanca) hacia la pequeña princesa Nicté Lik que opacaba en todo a su pequeño Yaxkin (Sol Nuevo). Mientras veía con pena el amor casi imposible de su hermana Chacté (Madera Roja) por el príncipe

Kitam Ka'ax (Jabalí del Monte) quien sólo tenía ojos para su enfermiza y débil esposa que cada día que pasaba se veía más apagada. Sin embargo la endemoniada princesa junto con Lool Beh, habían logrado en otras varias ocasiones dar de beber a Kitam Ka'ax balché con polvos que aturdían los sentidos y Chacté había yacido con él en varias ocasiones dentro del almacén del cual Lool Beh solamente tenía llave.

Al príncipe parecía no desagradarle mucho los encuentros apasionados con la hermosa hermana de la Princesa a quien un día, de pronto comenzó a crecerle la barriga. ¡Como celebraron las tres mujeres, el embarazo de Chacté! pero decidieron no decir nada por el momento para que el príncipe no fuera a espantarse y tomar represalias, ya verían como se iban acomodando las cosas.

Pero si no fuera por aquella entrometida sirvienta, Amayté que parecía estar en todos lados a la vez y tener cien ojos vigilantes que no le perdía el rastro a las princesas en ningún momento, ya las hubieran desaparecido de la faz de la selva con la ayuda siempre incondicional de su querida Lool Beh (Flor del Camino).

Desde que la antigua cocinera Akyaabel (Viento de Lluvia) había caído en cama agobiada por una extraña enfermedad, la osada de Amayté había prohibido que las princesas comieran nada que ella misma no preparara y como para más desgracia el príncipe encontraba que la comida de Amayté era la más exquisita que hubiera probado.   Amayté, la osada e irrespetuosa plebeya que no permitía que Lool Beh se acercara siquiera al fogón mientras ella cocinaba, y era capaz de armar cualquier escándalo si alguna de ellas se acercaba a sus princesas, pero esa advenediza tenía que descuidarse en algún momento y ahí estarían ellas para desaparecerla.

Estas situaciones mantenían a la pobre Amayté siempre en vela y nerviosa todo el tiempo, salía de palacio cuando la princesita se acostaba a dormir, y los príncipes se retiraban a sus aposentos, tenía amistad con los guardias de seguridad que vigilaban a la familia real y con el respaldo de Ajal que ya no se dedicaba a hacer partos, primero por su edad y segundo porque también intuía el peligro que su hija y su nieta corrían y se había ido a vivir a palacio con ellas, por lo que en la noche mientras dormían las princesas la anciana estaba en vigilia pendiente a todo ruido y todo movimiento.   Mientras que la princesa Sa'hamal P'ija (Roció de la Mañana) parecía vivir en otro mundo, porque apenas se percataba de los acontecimientos que la rodeaban. Ya no tenía ni fuerzas ni la mente clara para poder complacer a su marido en la cama. Por lo que éste comenzó a solicitar a Chacté que sus encuentros en el almacén fueran cada vez más seguidos y apasionados. El estaba claro que no la amaba, solo podía sentir amor por su esposa, pero él era joven y su adorada princesa no podía satisfacerlo, mientras que Chacté era hermosa y fogosa.

Por las mañanas muy temprano y antes que las princesas se despertaran ya Amayté estaba en la cocina peleando por uno de los fogones para preparar el desayuno de la Real Familia, y pobre de quien intentara intervenir en sus preparativos porque era capaz de armar un revuelo a nivel de todo el palacio, pero ella sabía que esa era una de las razones por las que las tres grandes arpías la respetaban y no se atrevían a enfrentarse a ella, pero también estaba muy consciente de que era muy vulnerable y que no podía descuidarse ni un solo momento.

Por las tardes, Etzemé (Granate) traía a su pequeña Nicté Ha (Flor del Agua) a palacio y la mayoría de las veces venían también sus dos nietos varones y aquellas eran las horas más felices del día cuando tenía a todos sus nietos juntos, jugando, corriendo y peleando como hacen todos los hermanos, se bañaban todos juntos en el pequeño cenote con su límpida y cristalina cascada que estaba en el centro del patio de palacio, ya era una costumbre que todos se bañaran y refrescaran en las tardes calurosas, todos los niños incluido el escuálido y caprichoso Yaxkin. Luego Etzemé se llevaba a sus tres nietos a su palapa para darles comida y prepararlos para dormir.

Anochecía y Amayté salía de palacio caminando rumbo a su hogar, cansada, preocupada, cuando se encontró con Lejem

Chaak (Relámpago) que iba a una reunión con el Halach Uinik y todo se esperaba menos encontrarse con aquella amada mujer.

–¡Oh! Que agradable sorpresa– dijo el joven. Y Amayté sonrió sorprendida.– He preguntado a mucha gente por ti y nadie me ha sabido decir donde estas, pensaba salir para tu pueblo en unos cuantos días para peguntar a tus padres sobre tu paradero.

– Qué bueno que no has ido a indagar con mis padres porque se hubieran preocupado mucho, pero ahora, si me haces el favor, cuando vayas les llevas noticias mías – contesto ella.

–Tenemos que hablar, en mi último viaje llegue hasta la ciudad de Tikal lo que demoró mucho mi viaje, al llegar me he enterado de que enviudaste, pero nadie me podía decir dónde estabas, mi madre me dijo que ella te hizo una oferta muy buena para ti pero que tú no la habías aceptado.

A Amayté no le agradó ese comentario, pero sabía que era inútil decirle que su progenitora era una bruja malvada y abusadora, el joven era muy diferente, tenía un corazón bondadoso y en realidad él no conocía bien a su madre ya que siempre estaba fuera del pueblo, y cuando llegaba oía las historias de boca de la que en resumidas cuentas era la autora de sus días. Continuó su camino y el joven siguió andando y charlando con ella.

–¿A dónde vas ahora?

–A mi casa…

–¿Dónde vives?

–Muy cerca de aquí, en la palapa que era de los abuelos de la princesa Sa'hamal P'ija, vivo ahí con mis tres hijos y con mi suegra. Y trabajo como ayudante de cámara de las dos princesas.

–¿Por qué no te quedaste en tu casa y en tu milpa?

–Estoy mejor aquí, y cuento con la protección de palacio para todo, incluso y lo más importante es que mis hijos pueden estudiar en la escuela para nobles.

Ella no dijo nada sobre la princesita Nicté Lik, había decidido no volver a tocar el tema con nadie. Casi habían llegado a su casa y en aquella oscura noche sin luna, él la empujo suavemente detrás de un arbusto y tomándola suavemente por la cintura la beso en la boca. Ella no opuso resistencia, ahora estaba libre para dejarse llevar por la poderosa atracción que aquel joven y apuesto hombre ejercía hacia ella. Se besaron con pasión un largo rato sin que nadie los viera.

– Ahora eres libre Amayté podemos casarnos, no tendrás que trabajar ni vivir en la palapa de nadie, yo te haré vivir como una princesa. Solo quiero compartir contigo mi vida y todo lo que tengo.

Pero la joven se zafó de los hermosos y fuertes brazos del muchacho y corrió a su hogar.

30. Aprendiendo los Nobles Oficios

Nicté Lik (Flor del Viento) seguía creciendo al igual que Nicté Ha (Flor del Agua) y mientras llegaba la hora de ir a la escuela para nobles (9 años) Nicté Ha igual que todos los niños del pueblo Maya ayudaba a su abuela Etzemé a crear sus piezas de alfarería , Ajal había mandado a traer una mesa de alfarero y suficiente barro para que su nieta y su inseparable amiguita Nicté Ha aprendieran a moldear platos, jarritos y cazuelitas con las que podían jugar con las muñequitas de trapo que Ajal les cocía durante las tardes que pasaban en el jardín de palacio.

También, las pequeñas comenzaron a aprender el oficio que la Diosa Ixchel legara a las mujeres de su pueblo, el tejido en telar, de lo que su madre Amayté era una experta, pero ahora ya no tenía tanto tiempo para tejer, sin embargo preparó uno de aquellos rústicos telares en el patio de palacio, junto al cenote para así poder enseñar a su hija y a la pequeña princesa también, a preparar la urdimbre, colocar la trama y luego a tejer sobre el gran bastidor.

En aquellas calurosas tardes, a las pequeñas les encantaba entrelazar, cruzar, trenzar y entretejer los delgados hilos de algodón y así pasaban muchas horas trabajando en el telar. Y por si eso no fuera suficiente también rotaban a la princesita y a la entrometida hija de Amayté por la cocina donde las ponían a amasar el maíz y luego formar las tortillas con sus pequeñas manitas e irlas cocinando en el comal.

El odio de Tsuutsuy Sack (Paloma Blanca) se incrementaba según pasaba el tiempo y su odio crecía a pasos acelerados ya que la princesita era cada vez más zalamera, graciosa, ingeniosa e inteligente mientras que su pequeño Yaxchin (Sol Nuevo) crecía carente de toda gracia e ingenio. Mientras que Ajal (Despertar) y la Familia Real protegían incondicionalmente a Amayté quien entraba y salía a sus anchas tomando todas las decisiones que afectaban a la princesa Nicté Lik, incluso había tenido la osadía de enseñarle los oficios que solo incumbían a las mujeres plebeyas, y ante un cometario suyo sobre esta situación, Ajal había defendido la posición de Amayté diciendo que cuando tuviera la edad asistiría a la escuela para nobles donde aprendería todo lo necesario para llegar a ser la Gobernadora y era necesario que tuviese el mejor contacto con su pueblo.

Por otro lado era de conocimiento público el amor de Lejem Chaac (Relámpago) por Amayté y el rechazo de la joven madre por tan apuesto, rico e influyente comerciante, pero entre ella, Tsuutsuy Sak y su querida e incondicional nana Lool Beh (Flor del Camino) estaban trabajando con aquellos polvos infalibles, poderosos, inodoros e incoloros que iban poniendo en la bebida del joven mercader cada vez que éste venía a traer noticias o recados de otros pueblos y ciudades del Mayab al Halach Uinic.

Todos estos conjuros iban dirigidos a que el joven pusiera su mirada y su interés sobre una prima que Tsuutsuy y Chacté tenían en un pueblo cercano a ellas y que había quedado viuda muy joven sin tener descendencia. Esta prima llamada Saasil Uj (Luz de Luna) también estaba iniciada en los ritos macabros de los poderosos Dioses de Xibalbá.

Aunque también cabía la posibilidad de que la princesa Sa'hamal P'ija (Roció de la Mañana) muriera joven, porque siempre estaba enferma e indispuesta. Eso resultaría excelente para Chacté ya que esperaba un hijo de Kitam Ka,ax, aunque éste aún no se había enterado. El problema era que las dos princesas siempre, pero siempre estaban bien vigiladas por Ajal y por la entrometida de Amayté.

Por otro lado las ausencias de los dos príncipes hijos de el Halach Uinic eran cada vez más prolongadas, tanto por sus visitas periódicas a las ciudades hermanas de la gran red del Mayab como para asistir a las innumerables e impostergables audiencias públicas que se llevaban a cabo por todos los pueblos circundantes a la ciudad de Chiche Itzá.

31. Viaje a Xcaret

Amayté ansiaba desesperadamente ir a ver a su familia a su hermoso poblado de Xcaret (pequeña caleta), refrescarse en sus aguas, contemplar los atardeceres, el vuelo de las gaviotas, en fin todo aquello que significaba ese hermoso pedazo de tierra a la orilla del mar cristalino y azul. Pero era muy difícil porque no podía dejar solas a las princesas tan cerca de las fauces de aquellas serpientes.

Pero se le ocurrió una gran idea. Mientras los príncipes preparaban otro de aquellos largos viajes, ella convenció a Ajal y al príncipe Kitam Ka'ax de que a Sa'hamal P'ija le vendría muy bien un baño en las azules aguas de Xcaret, y el viento cargado de sal procedente de mar adentro la reanimaría grandemente, además ella tenía a toda su familia en Xcaret y podría conseguir alojamiento para las princesas, Ajal, y todo el dsequito que las debía acompañar.

Aprovecharían el tiempo en que los príncipes y el Sumo Gobernante debían salir de la ciudad para ellas viajar también. La idea fue muy bien recibida y aceptada por todos, incluyendo a las princesas, por supuesto que Amayté no incluía a Tsuutsuuy Sak y demás alimañas.

¡Con cuanta alegría recibieron la noticia los hijos de Amayté y las princesas ! Los niños nunca habían viajado más lejos que a los pequeños pueblos que circundaban la ciudad Sagrada de Chichen Itzá, y solo habían oído hablar del mar a los afortunados adultos que lo habían visto, y en cuanto a la princesa Sa'hamal P'ija había ido una sola vez a la costa cuando era muy pequeña y su padre vivía todavía. Así que todos aquellos preparativos que se iban organizando dirigidos alegremente por Amayté para la gran caminata no los olvidarían jamás en su vida y el viaje constituiría uno de los mejores recuerdos de toda su infancia.

Etzemé (Granate) y Ajal (Despertar) estaban también muy contentas de ir en la caravana, y aunque la princesa Sa'hamal P'ija insistía en que ella podía caminar durante los tres días que los separaban del mar, Amayté insistió y se acondiciono un reforzado asiento de algodón sujetado a dos fuertes troncos para que cuatro sirvientes jóvenes cargaran a la princesa en el caso muy probable de que se cansara de caminar. Además llevaban otros sirvientes que cargaban con todas las ropas y comidas del grupo, y a varios guardianes ya que se trataba de una comitiva de la Familia Real.

Lejem Chaak (Relámpago) se enteró de la expedición y se aprestó a conciliar todos sus preparativos para realizar otro de sus viajes de negociosos. Se conformaba solamente con ir esos tres días muy cerca de Amayté, aunque no se cruzaran palabras, con solo mirarla se le alegraba el alma, así que puso oído en tierra y coordinó su partida para salir al mismo tiempo que la Comitiva Real.

Llegó por fin el día de la partida, y muy temprano, aún a oscuras y poco antes de que la chachalaca gritara, ya el alegre cortejo caminaba feliz rumbo a la costa.

En palacio la rabia de Tsuutsuy Sak se incrementaba cada vez que escuchaba a su hijo llorar porque él no había sido invitado al viaje, y el orgullo de ella no le permitió pedírselo a Amayté.

Sa'hamal P'ija comenzó caminando alegremente, en realidad fueron muy pocas las veces que tuvieron que cargarla, iban despacio, al ritmo de las dos ancianas abuelas y de los cuatro pequeños, los que iban fascinados mirando la espesa y exuberante selva poblada de monos y hermosos pájaros de brillantes colores y de alegres cantos.

Muy cerca del grupo aparentando una alegre coincidencia, venia el grupo de Lejem Chaak, quien al caminar y caminar iba turnándose para charlar algunas veces con la princesa, otras veces con las ancianas y muchas otras con los pequeños que preguntaban sobre todo lo que veían, fueron muy pocas las veces que cruzó algunas escasas palabras con Amayté, pero él estaba feliz con sólo mirarla caminando tan cerca.

Era fascinante caminar y caminar cruzándose con todo tipo de personas, por aquellas calzadas de piedra blanca del pueblo Maya. Hicieron dos paradas a lo largo del día para comer, el grupo de Lejem Chaak aprovecho para hacer las mismas para-

das a la orilla del camino con el alegre grupo de niños y mujeres. Custodiados siempre por sirvientes y guerreros.

Al llegar al primer albergue, ya al atardecer del primer día,
fueron a separar los mejores espacios reservados para los nobles,
también se separaron lugares más modestos para los sirvientes
y soldados. Ya asegurados sus espacios, niños y mujeres se fueron al cenote a refrescarse y jugar un buen rato. Lejem Chaak
apareció al poco rato y se sumó al juego, las risas y el chapaleteo
de los pequeños.

Ajal (Despertar), llevaba varios sacos de manta cargados
con miles de semillas de cacao que el príncipe le había dado
para solventar todos los gastos del viaje.

El grupo completo fue luego a la parte trasera del hospedaje
donde unas mujeres vendían tacos de pibil, pozole, maíz en
mazorca, tamales, atole, pinole y una gran variedad de frutas.
Comieron, rieron y hablaron en una alegre algarabía. Para luego retirarse a dormir.

Así pasaron tres días de inolvidable compartir, la última
noche ya todos en el refugio, Amayté salió a mirar las estrellas
cuando los niños, las abuelas y la princesa dormían, fuera, mirando también la inmensa bóveda celeste estaba Lejem Chaak.

– ¡Hola Amayté! Por fin te dignas a darme unos minutos de
conversación sólo para mí.

– No sabía que estabas aquí

– Si lo hubieras sabido ¿ habrías salido?

La joven sonrió sin contestar nada, y fue a recostarse junto
al joven para mirar también hacia el espacio poblado de cientos
y cientos de estrellas.

–Cuando miras esa inmensidad te das cuenta de lo pequeñitos e insignificantes que somos– dijo la joven después de un
rato de observación.

–Es tan poco el tiempo de vida que tenemos y tan incier-
to el futuro de nuestra alma que no vale la pena privarnos de
convivir con la persona que amamos. Yo te amo Amayté, tú lo
sabes bien, eres el amor de mi vida. Quiero vivir contigo todo
el tiempo que los Dioses me tengan destinado permanecer en

este bello mundo. Podemos casarnos, tú eres viuda y por lo tanto libre, yo te mantendré como a una reina, acéptame por favor– y se inclinó suavemente para alcanzar los dulces labios de la hermosa joven, que no puso ninguna resistencia.

Tenía que admitir para sus adentros que ella estaba enamorada también del joven, era difícil no enamorarse de un hombre que tenia tantos atributos, pero cuando recordaba su papel de madre, y sobre todo de madre secreta como era su posición con Nicté Lik (Flor del Viento) su pequeña e indefensa hija rodeada de tanta envidia, entonces comprendía que no podía amarrarse a ningún hombre, y pensando en eso se levantó del piso pero el joven comerciante fue más rápido que ella y levantándose también de un solo golpe, la llevo suavemente detrás de unos arbustos donde nadie pudiera verlos y así se amaron una y otra vez sin decir una sola palabra, solo besándose, acariciándose, sintiéndose cerca uno del otro, hasta que casi amanecía.

Al día siguiente y el último del recorrido, los jóvenes amantes apenas se dirigieron la palabra, pero llevaban tanta dicha en su pecho que casi sentían que reventaba, y solo en algunas ocasiones cruzaron miradas llenas de palabras.

Según se acercaban a la costa el olor a pescado, a mar, a mariscos se hacía cada vez más patente y envolvente, podían sentir la humedad por todo el cuerpo y el viento soplando cargado de sal. Al entrar por las primeras calles del lindísimo pueblo costero, Amayté no pudo aguantar la enorme emoción que invadía su pecho y sin pensarlo siquiera salió corriendo rumbo a la palapa de sus padres, y los cuatro chiquillos corrieron detrás de ella, el viento revoloteaba sus cabellos, Sa'hamal P'ija sintió deseos de correr, pero las energías no se lo permitieron y se conformo con mirar la alegría de su hija al confundirse en una carrera junto a los hijos de su fiel amiga Amayté.

Fue tan grande la sorpresa que se llevó la madre de Amayté que se quedó casi sin respiración, y entonces se envolvió en un abrazo entre lágrimas y risas con su hija y sus tres nietecitos, bueno cuatro porque la pequeña princesa Nicté Lik se envolvió también en los brazos de la anciana cuando le tocó su turno.

Al padre de Amayté, hubo que darle la noticia con cautela porque temían que la sorpresa lo acabara de matar. Lloró y rió abrazando a cada uno de sus nietos y a su adorada hija.

Gracias a la enorme familia de Amayté que vivía muy cerca de la casa de ésta, pudieron acomodar a toda la comitiva. En el barullo de organizar a todo aquel séquito nadie se percato de que Lejem Chaak buscó la oportunidad para despedirse a solas de Amayté

—Ahora solo puedo soñar con el momento en que te vuelva a encontrar.

—Yo también, –dijo ella–

—Te amo…

—Yo también…

Ella le dio un discreto beso en la mejilla, y el joven, henchido de alegría y de tristeza a la vez fue a despedirse de los niños y de las abuelas y continuó con su camino seguido de sus sirvientes cargados de mercancías.

¡Que maravillosos días, que inolvidables momentos a la orilla de aquel inmenso mar cristalino y azul, cuantas vivencias mecidas y arrulladas cadenciosamente por las blancas y juguetonas olas del mar. Los juegos con los delfines, las zambullidas para observar los corales y los peces de todos tamaños y colores. El mariposeario, las garzas, las gaviotas. Los paseos en canoas a las islas y playas cercanas. Los atardeceres frente al mar, las comidas en familia a la orilla del mar, los pescados asados en fogatas improvisadas y acompañados siempre del fruto del árbol del pan.

Las princesas se olvidaron de su superioridad social, se sentían como uno más de los miembros de aquella acogedora familia. Ajal, Etzemé y la madre de Amayté charlaban y reían como si fueran niñas pequeñas, los chiquillos venidos de la Sagrada Ciudad de Chichen Itzá se confundían y jugaban con los otros niños de la familia y del poblado, mientras que Sa'hamal P'ija, Amayté y su entrañable prima Sulik Ha (Agua Mansa), hablaban y reían hasta altas horas de la noche acompañadas del sonido armonioso y relajante del mar.

Las vacaciones ya llegaban a su fin, los días que le restaba al grupo de su estadía por Xcaret ya se podían contar con los dedos de una sola mano, aquella noche se encontraron frente al mar Amayté y Sulik Ha a solas por primera vez desde la llegada del grupo al pueblo

—Amayté, todos estos días he estado observando a tu hija y a la princesa y comparto tu opinión, son exactamente iguales y no solo eso, ellas tienen una afinidad que solo se da cuando las almas son gemelas.

—Sí, yo lo sé, pero según se han ido desarrollando y entretejiendo los hechos, eso no se le puede repetir a nadie, a mi me basta con saberlo y por eso no me puedo alejar de ella, como todos los reyes y príncipes está rodeada de envidias y celos, y Sa'hamal P'ija es muy inocente, no se percata de nada, además está muy enferma y pasa la mayor parte del tiempo en cama, Ajal sí está consciente de la maldad que la rodea pero es vieja y ella misma me ha respaldado para que me quede cerca de ella porque sabe que sólo yo puedo amarla y protegerla y está consciente de que mis hijos también la protegerán en su debido tiempo, en cuanto al príncipe Kitam Ka'ax (Jabalí del Monte) está siempre demasiado ocupado con los asuntos del gobierno.

Este viaje lo he planificado por muchas razones pero quizá la más importante para mi es que mis cuatro hijos compartan estas vivencias que hoy parecen telarañas pero que se convertirán en fuertes sogas cuando llegue el momento indicado. Quizá ya yo no esté en este mundo, pero ellos continuarán amarados a esas poderosas lianas.

—¡Es impresionante la manera como se te han venido entrelazando los hechos!

No puedo negar la mano poderosa de los Dioses, ellos tienen algún motivo para que todo esto suceda

—Y tu vida sentimental, ¿qué piensas hacer con ella? Ese joven esta perdidamente enamorado de ti, y la verdad es que está lleno de atributos.

—Sí, me gusta mucho, si yo no tuviera tanta tensión con mi princesita, estoy segura de que lo hubiera aceptado hace tiempo, aún a pesar de su madre, que es una de las mujeres más malvadas que ha dado su pueblo, pero él, según dicen, es igual a su padre, un hombre bueno de verdad.

En ese momento llegaron otros miembros de la familia y la conversación se interrumpió

32. Regreso a Chichen Itzá

Cuando la comitiva regresó a Chichen-Itzá, ya muy tarde en la noche, nadie los esperaba, los niños y ancianas, así como los sirvientes y soldados se fueron a dormir, venían muy cansados. Una vez que Amayté dejo instaladas a las princesas y a Ajal se disponía a ir a su casa, era muy tarde en la noche y pudo percibir el llanto lejano de un bebe. Todo el palacio dormía, comenzó a seguir el llanto casi imperceptible de la criatura que la fue llevando, escaleras abajo hasta un sótano del cual ella no tenía conocimiento, cada vez que bajaba se hacía más claro el llanto de una criatura recién nacida, no llevaba antorchas para no ser descubierta, por lo que tuvo que acostumbrarse a oscuridad para poder ver por donde bajaba.

Al poco rato escuchó voces que discutían, siguió caminando sigilosamente hasta llegar a una habitación cerrada pero de la cual salían reflejos de la luz que las antorchas producían. Escucho la siguiente conversación:

– Yo te amo, siempre te he amado, y este niño es tu hijo, por lo que tiene derechos Reales

– Me complicas la vida Chacté, sabes que amo a mi esposa, que siempre la he amado

–Sí, pero bien que has disfrutado de mi cuerpo.

–Si lo he disfrutado y lo seguiré disfrutando mientras no me compliques la vida. Nadie debe saber que ese niño es mío. Tú me llevaste a la cama cuando estaba ebrio y no sabía lo que hacía, no niego que me gustes y que haya pasado maravillosos momentos contigo y que quiera seguir haciéndolo. Pero si no quieres perderme mantendrás el anonimato de mi paternidad. Nadie debe saber de nuestra relación.

–¿Y los derechos que este niño tiene por ser tu hijo?

– Algún día se los honraré

–¿Cuando?

–Cuando llegue el momento. Pero por ahora no quiero que mi esposa sufra, ella está muy enferma, no deseo causarle dolor en lo que le queda de vida.

– Está bien, seguiré esperando, pero no te burles de mí porque te juro que te arrepentirás para el resto de tu vida

–¡No me amenaces.! Mejor ven, acaríciame y dame un poco de placer.

Los cuerpos jóvenes y hermosos se unieron en uno solo.

Al pasar el tiempo Amayté se enteró de que el niño había sido bautizado con el nombre de Yuux Seeb (Venado Veloz)

33. Primer Día de Escuela

Llegó el momento en que Nicté Lik (Flor del Viento) y Nicté Ha (Flor del Agua) debían ingresar por primera vez en la educación formal de la escuela para nobles, ya para entonces Iqui Balam (Tigre de la Luna) cursaba su último curso en la escuela, era para esa época que debía decidir cuál sería el oficio, si alguno, al que se dedicaría por el resto de su vida, al muchacho se le daban los números con facilidad, y había dos caminos a seguir, el comercio o la astronomía, y durante ese último período de educación formal debía decidirse ya que al cumplir los 12 años ingresaría como aprendiz en el campo que hubiese elegido.

El hecho de no ser noble de nacimiento le había traído unos cuantos problemas al principio de su educación formal en la escuela, igual como le había pasado a su hermano Ikal Noom (Alma de Perdiz) pero ambos muchachos se ganaron el respeto de sus compañeros, y aunque no eran nobles de nacimiento eran más inteligentes que muchos de ellos. Los números se les daban con suma facilidad así como la escritura jeroglífica.

Era el primer día de clases y las dos pequeñas llegaron juntas, la princesita Nicté Lik (Flor del Viento) con su huipil blanco bordado con mariposas de colores y sus dos hermosas y negras trenzas rematadas con listones de colores y llevada de la mano de su madre la princesa Sa'hamal P'ija (Roció de la Mañana). Mientras que la graciosa y tímida Nicté Ha (Flor de Agua) llevaba un huipil blanco bordado con conchitas de la mar que su madre le había bordado, el cabello recogido en una hermosa y negra trenza rematada con listones de colores y pequeñas conchitas pegadas a ellos, la llevaba de la mano su querida abuela Etzemé (Granate).

Era todo un acontecimiento que la pequeña princesita llegara por primera vez a la escuela para nobles y todos los profesores, tanto sacerdotes como monjas estaban muy emocionados, y en seguida la acomodaron con un grupo que era más pequeño de lo normal con el fin de dedicarle mayor atención a Nicté Lik (Flor del Viento), pero en ésta distribución quedó en otro grupo Nicté Ha, (Flor del Agua). Cuando la princesita se percato de que su amiguita estaba en otro grupo armo un berrinche tan grande que la sacerdotisa a cargo de esa primera clase tuvo que ceder e incorporar a la otra niña al mismo grupo.

Entre los niños del primer grupo siempre había como en todos lados, algunas discriminaciones por cualquier motivo, y así como había sucedido al principio con los hermanos de Nicté Ha, a ella también la perseguían los comentarios de que ella no era noble, pero solamente se rumoraba una sola vez porque si los comentarios llegaban a oídos de la princesita, ésta defendía con determinación y arrojo a su tímida amiguita.

Nicté Lik (Flor del Viento) demostró desde un principio sus habilidades como líder, siempre seguida por su incondicional amiga, y cuando los niños preguntaban si ellas tenían algún parentesco, ellas contestaban que habían nacido con un invisible lazo que la luna tejió y que las unía. Y así sucedió que ellas aprendieron juntas los más de setecientos signos que formaban la escritura del pueblo Maya, además de los números, sus combinaciones y operaciones con una gran destreza e inteligencia cosa que no se daba con la misma facilidad en todos los niños.

34. Día de Graduación

Tanto mi madre como mi abuela revoloteaban por nuestra palapa, felices y alborotadas buscando sus mejores ropas, las de mis hermanos y por supuesto mi elegante atuendo para asistir a la gran ceremonia donde yo Iqui Balam (Tigre de la Luna), hijo primogénito de de Sayab y de Amayté, nacido en Pisté, poblado cercano a la ciudad de Chichen Itzá, terminaba la primera parte de mi educación formal en la escuela para nobles y ahora al cumplir 12 kines (Años) comenzaría un nuevo camino como aprendiz de astronomía.

La gran ceremonia se llevaba a cabo en la explanada que quedaba frente al templo de los guerreros. Las sacerdotisas del convento de las monjas, eran las que se encargaban de casi todos los preparativos de todas las ceremonias y rituales que llevaba a cabo mi pueblo. Los padres y familiares de los iniciados estaba ubicados en un extremo de la explanada mientras que en el centro de la misma habían puesto un puente colgante decorado a vuelta redonda con flores de colores, a todos los iniciados se nos agrupó a un lado de él y del otro lado se encontraban los sacerdotes y sacerdotisas que habían sido nuestros maestros, que nos habían llevado de la mano para aprender cada uno de los delicados trazos de los símbolos de nuestra escritura y que nos abrían a un maravillosos mundo de aprendizaje y sabiduría. Sentados solemnemente al frente de nuestros profesores había unos cuantos hombres y mujeres que nosotros nunca habíamos visto, pero que por sus atuendos, actitud y solemnidad nos permitían adivinar que eran personas de alta jerarquía.

Las caracolas emitieron su ronco y solemne sonido que indicaba que la ceremonia comenzaba y que todos los presentes debían de guardar absoluto silencio. Desde el lugar donde me tenían formado junto con mis demás compañeros podía ver el Templo de los Guerreros y el grandioso Chac Mool de piedra que coronaba dicho Templo. También podía divisar a mis dos hermanos, admirados e impresionados de ver toda aquella ceremonia, allí, junto a ellos estaba mi orgullosa abuela que no podía disimular su cara de emoción, y al lado de ella se encontraba mi madre henchida de orgullo y entusiasmo.

Inmediatamente después apareció un grupo de sacerdotisas acompañadas de la dulce música que producían muchas flautas de caña y otras tantas sonajas que tocaban las más jóvenes, otras monjas venían cantando y caminando con solemnidad, algunas llevaban en las manos flores y otras llevaban pebeteros con copal.

Entre cantos y suaves danzas fueron acomodando los pebeteros de barro a los lados del puente y un pebetero más grande que los demás fue colocado del lado del puente donde estábamos nosotros, los estudiantes. Del otro lado del puente, que correspondía a los maestros, acomodaron un enorme pebetero de oro. Luego, al repique armonioso de unas tamboras que otras sacerdotisas hacían sonar, aparecieron las pitonisas que traían en sus manos el fuego eterno, y que ellas celosamente cuidaban día y noche.

Se pusieron de pie todas las personas que se encontraban ahí presentes y entonces se encendieron todos los recipientes con el copal que tenían dentro. Era tanimpresionante como solemne el espectáculo que nos ofrecían.

Luego de que todos los incenciarios estuvieran ahumando se coloco una vasija ancha y profunda llena de carbón y ramas secas muy cerca del pebetero que estaba del lado de nosotros, los estudiantes. Una de las Sacerdotisas, que parecía ser la mayor de todas, tanto en edad como en jerarquía, depositó el fuego dentro de la vasija, y cuando esta comenzó a arder, todas las sacerdotisas se replegaron hacia un lado del grupo.

El sacerdote que dirigía la escuela para nobles atravesó solemnemente el puente hasta llegar a nosotros, siempre acompañado de las tamboras, las flautas y las sonajas que las sacerdotisas tocaban. Se paró frente a la vasija que ardía llevando en sus manos el escudo que representaba la escuela para nobles hecha de madera. La música paró de tocar y el sacerdote elevo el escudo hacia el cielo y dijo:

–"¡Oh, Señor Itzmaná!, Dios de los cielos, del sol, del día, de la noche y del *Saber*, te presentamos a estos tus hijos, que hoy terminan su educación dentro de las barreras que conforman la escuela para nobles, ésta es Señor la nueva generación, las nuevas semillas, la nueva savia que guiara a tus hijos, a tu pueblo. Ellos son los hombres y mujeres que estarán para servirte, obedecerte y escuchar los designios que tú y los demás dioses que habitan en los trece cielos tengan a bien comunicarnos. Hoy aquí reunidos te pedimos que los inundes de paciencia y amor por el nuevo camino que van a andar, que sea siempre de tu mano para que finalmente alcancen la *Sabiduria* que nuestro pueblo, nuestra gente necesita para poder seguir viviendo. Te ofrezco nuevamente esta insignia que representa la escuela de donde estos jóvenes, hombres y mujeres se gradúan para que sigas ayudándonos."

Terminando de hablar, arrojó la insignia de madera a la vasija, entonces las sacerdotisas nos tomaron de la mano a cada uno de nosotros, quienes llevábamos en la mano una pequeña ofrenda para los Dioses. Tomado de la mano por una de las sacerdotisas llego mi turno de acercarme a la vasija donde ardía el fuego y ahí deje caer mi ofrenda, se trataba de un pedazo de papel de amate donde yo, Iqui Balam (Tigre de la Luna) y según las instrucciones que nos dieran nuestros maestros, había trazado cuidadosamente mi nombre, y el oficio al que quería dedicarme por el resto de mi vida, era un documento altamente secreto que solamente yo conocía y que ahora se hacía público para mi familia, mi comunidad y mis compañeros.

Contemplé emocionado como ardía mi papel de amate mientras el sacerdote decía mi nombre, el de mis padres y el de mi aldea y con gran solemnidad anunció mi iniciación al sendero que conducía a la *astronomía.* Crucé lentamente por el puente colgante, consciente de lo que esto significaba en mi vida y del otro lado del éste me esperaba de pie el hombre que me pareció de alta jerarquía. Se trataba del Sumo Sacerdote de el observatorio de astronomía de nuestra ciudad. Deposité dentro del pebetero de oro con copal encendido la otra ofrenda que traía en mis manos, que era una enorme concha de la mar, blanca y con puntitos color de rosa. El Sacerdote Astrónomo me indico que me integrara con los estudiantes que habían elegido el mismo camino que yo, con alegría pude ver que entre ellos se encontraba mi amigo y compañero de estudios Amikoo Aaj Be (Amigo Guía).

Y Así fueron formando hileras todos los que habían sido mis compañeros por los últimos tres kines (años). Algunas de las niñas se decidieron por iniciarse en el convento de las monjas para dedicar su vida a cuidar del fuego eterno y aprender las artes de la música, el canto y la danza, ellas sabían que renunciarían al casamiento y a la procreación de la especie pero ese era el camino que preferían. Otros estudiantes se inclinarían por la escritura jeroglífica y se dedicarías a plasmar nuestra historia y sucesos trascendentes en papel, barro, o piedra. Algunos escogieron el estudio de los cientos y cientos de códices y pergaminos que contenían nuestra larga y vieja historia como pueblo.   Otros más se dedicarían al comercio, había algunos que eran hijos de los Jefes de Estado y podían por lo tanto dedicarse a la política, y otros más como yo habíamos elegido el camino de la astronomía para observar y estudiar detenidamente el recorrido constante de los astros celestes.

Como nuestra escuela era para nobles, estos eran los oficios a los que podíamos dedicarnos, porque en la escuela para plebeyos los caminos a seguir eran otros, principalmente, y para los varones, el de guerreros. También se preparaban para la pintura, escultura, orfebrería, tejido en telar, agricultura. Construcción de caminos (sacbes) y de edificios.

Pero todos, no importaba la escuela que nos formara recibíamos una profunda educación sobre todos nuestros Dioses, buenos y malos, la historia de nuestro pueblo, las danzas ceremoniales y especificas de los diferentes rituales, himnos y cantos antiguos de nuestro pueblo que se interpretaban en algunas ceremonias especiales.

35. Revisando la Fórmula

En la casa de Bamoa (Espiga) celebraban el tercer aniversario de la llegada del hijo de K'uyche (Amapola) y el finado Sayab(Manantial). La criatura había llegado a alegrar el hogar de las dos mujeres, y el tío Lejem Chaak (Relámpago) estaba muy feliz por la alegría que había dado al hogar de su madre y hermana y aunque todos en el pueblo de Pisté sabían quién era el padre, nadie se atrevía a nombrarlo.

Aquella hermosa y soleada tarde, todos celebraban el aniversario de Jaats Séeb (Rayo Veloz) al festejo llegó Lool Beh (Flor del Camino) y mientras los invitados bebían, comían y jugaban, fueron a sentarse bajo la sombra de un frondoso árbol, la abuela Bamoa y su amiga y discípula Lool Beh. (Flor del Camino).

–¿Cómo están Amayté y sus hijos? preguntó Bamoa

–Al parecer muy bien

–¿Continúa cuidando a la princesita?

–Si, es la encargada de todo lo que se relaciona con las dos princesas. Es la intocable de la Familia Real.

–Y, ¿no se ha enamorado?

–Aparentemente no

Bueno a quien le importa esa pobre plebeya. Dime, ¿ has conseguido que mi adorado hijo Lejem Chaak (Relámpago) se interese por Saasil Uj (Luz de Luna), como habíamos quedado?. Necesito tener más nietos y que sean de una madre noble.

–¡Hay Bamoa!... De eso quiero hablarte…¡No sé qué es lo que pasa, la hermosa Saasil Uj, ha venido prácticamente a vivir al palacio para hacérsele presente en las fiestas y reuniones, sin embargo tu hijo está caída más y más interesado en Amayté!

–¿Cómo dices?... No es posible, ¿tú le estás dando la poción según te expliqué?

–La preparo exactamente como tú me indicaste, y siempre que hay una oportunidad, entre mi señora Tsuutsuy Sak (Paloma Blanca) y yo se la damos en la bebida que toma cuando va a reunirse con los señores, pero en vez de mirar siquiera a la hermosa Saasil Uj, parece que la pócima fuera para que se prenda más y más de Amayté.

Bamoa se levantó de golpe del banco de madera en que estaba sentada y comenzó a caminar pensativa.

—No es posible que mis Dioses a los que tantas ofrendas dedico me hagan esto. Vamos a revisar la poción como tú la preparas, debe haber algo equivocado porque la he utilizado a lo largo de los años y en diferentes situaciones y nunca, nunca, me ha fallado.

Las dos arpías revisaron la fórmula que aparentemente estaba bien preparada y luego determinaron que quizá el fallo consistía en que se le agregaba agua de un manantial que corría detrás de la propiedad de Bamoa, lo que podía ser el error. De ahora en adelante se le añadiría agua de la quebrada rápida que pasaba por otro camino aledaño y en esa agua la pondrían a la luz de la luna durante la próxima luna llena. Bamoa personalmente la prepararía, y no podía fallar. De ninguna manera podía permitir que su hijo se enamorara de esa extranjera que tanto daño le había hecho a su pobre hija.

— En cuanto al brebaje que preparamos con agua de la quebrada que pasa por mi casa y en la que pusimos a remojar madera roja por tres días y tres noches, debo decirte que fue un éxito,— comento Lool Beh

—Si, ya lo sé, ya Chacté tiene un hijo del príncipe. Y ese caso era mucho más difícil que el de Lejem Chaak— contestó molesta Bamoa

El tiempo seguía pasando, la pócima fue preparada por la propia Bamoa (Espiga) y la hermosa pero insípida Saasil Uj se maduraba como la fruta en el árbol mientras que Lejem Chaak continuaba acariciando la esperanza de que Amayté lo aceptara como esposo. Nadie sospechaba que eran amantes y que cada vez que él volvía de sus viajes, pasaban la noche en una cueva que estaba detrás de uno de los cenotes, adonde nadie llegaba de noche y donde tenían una explanada que les permitía yacer juntos por horas y horas mientras la luna recorría el firmamento y antes de que la chachalaca gruñera, se separaban con la esperanza de volver a estar juntos.

La misma Etzemé (Granate) le dijo en una ocasión a su nuera:

–Hija, ese joven, Lejem Chaak (Relámpago) está verdaderamente enamorado de ti. Todos lo saben, el no lo oculta, tengo que reconocer que es muy apuesto, rico, amable, creo que tú eres muy joven y sería un gran compañero para tu vejez, ya sabes que los hijos se van del hogar y nos hace falta un compañero.

–Entre las cualidades que mencionaste se te olvido decir que es hijo de la serpiente mayor, la terrible Bamoa.

–Sí, pero él es como su difunto padre, un hombre bueno, alegre y bien intencionado.

–Cuéntame, ¿Que le pasó a su padre?

–Los abuelos de Lejem Chaac planificaron la boda de sus hijos desde que eran muy pequeños, como suele hacerse en la mayoría de las parejas de nuestro pueblo, pero él vivió y murió enamorado de una vecina y amiga de la infancia con la cual creció. A su vez a ella también la comprometieron con otro joven, pero el amor de los dos fue mucho más poderoso que la voluntad de los padres y aunque respetaron las decisiones de sus progenitores, nunca dejaron de amarse, Bamoa, consciente del amor secreto que los unía, comenzó a preparar brebajes para que su esposo la amara a ella. Según dicen, esos brebajes lo envenenaron.

–Y ¿qué pasó con la mujer que él amaba?

–Murió al poco tiempo de tristeza y no dejó descendencia.

–Es una triste historia de amor.

–Sí, y al parecer los dos hijos de Bamoa han tenido mala suerte también, sin embargo la hija es infame como la madre, pero el muchacho siempre ha sido diferente y como ha pasado toda su vida comerciando fuera de Pisté, en realidad ha tenido muy poca influencia de la madre. Pero él te ama y tú debes considerar seriamente sus intenciones.

Amayté no contestó y continuó formando con las palmas de sus manos las redonditas tortillas de masa amarillita y luego calentándolas en el comal. No quería que nadie se enterara de la hermosa relación que llevaba con el joven. Tampoco quería casarse porque no quería que la distrajeran de sus obligaciones, las dos princesas requerían de mucha atención y dedicación, rodeadas de malos espíritus todo el tiempo, y si ella se distraía dedicando tiempo a su relación con Lejem Chaak, podía suceder alguna desgracia.

Tenía la suerte de que su suegra se encargaba totalmente de sus tres hijos, por ese lado estaba tranquila, pero en palacio la actividad era muy fuerte. Pero era imposible negar que Lejem Chaak le gustaba y la atraía frenéticamente pero por ahora sólo se conformaba con esos encuentros fortuitos, esporádicos y apasionados.

36. La Protección de un Poderoso Espíritu

La princesa Sa'hamal P'ija parecía estar consumiéndose en vida, por mas pociones, emplastos y ungüentos que le preparaban los médicos de palacio, la frágil mujer parecía ir retrocediendo. Ajal, su madre, aunque no era tan anciana había caído de pronto en un estado de enfermedad que no parecía mejorar, y Amayté le dedicaba más tiempo a la princesita que ahora estaba en la escuela y por las tardes reclamaba actividades con sus compañeros y compañeras de escuela.

Nicté Ha (Flor del Agua) parecía la sombra de la princesita, la seguía incondicionalmente, y físicamente continuaban siendo como dos gotas de rocío. Tenían los mismos gustos, las mismas inquietudes, destrezas, e inteligencia, jugaban con las mismas amiguitas, hasta les gustaban los mismos chicos, pasaban casi todo el tiempo juntas y compartían todos los secretos que se suelen tener a los 10 años de edad.

Lo único que las diferenciaba era el carácter, Nicté Lik (Flor del Viento) era como su elemento, intempestiva, decidida, independiente, cambiante y demostraba poderosas fuerzas de liderato y de convicción. Mientras que Nicté Ha (Flor del Agua) era mansa, suave, obediente, soñadora y muy apegada a su familia. Para esa época ninguna de las dos se percataban de los poderosos e invisibles lazos que las unían.

Por las mañanas, muy temprano Amayté llegaba a palacio a preparar a la princesita para asistir a la escuela para nobles y encaminarla hasta los predios de la misma, siempre acompañadas de un guardia, mientras tanto Etzemé hacia lo mismo con sus tres nietos, y aunque su hogar quedaba bastante cerca de la escuela, hacían como casi todas las madres del pueblo que llevaban, ellas mismas a sus hijos hasta las puertas de la escuela.

Cuando Amayté regresaba de la escuela iba directamente a los aposentos de la princesa Sa'hamal P'ija para preguntarle que deseaba para su desayuno, pero en una ocasión en que llego un poco más tarde de lo acostumbrado, la encontró sentadita en su cama de algodón, tomando atole con tamales. Preguntó quien había traído el desayuno y le indicaron que la propia Tsuutsuy Sak (Paloma Blanca) su cuñada se había compadecido de la pobre princesa y le había llevado la bandeja de alimentos. Pero a Amayté no le agradó esa intromisión. Sabia de los polvos que preparaban "las mujeres serpientes", como ella las llamaba.

Siete días antes, se había celebrado en el palacio una reunión entre el Halach Uinic, sus hijos, y algunos de los jefes de los poblados aledaños, además también estaban presentes dos o tres de los comerciantes de más confianza de palacio, Amayté había entrado en la cocina en el preciso momento en que la cocinera Lool Beh (Flor del Camino) y Tsuutsuy Sak echaban de esos polvos en la copa que luego dieron a Lejem Chaak.

Ellas se pusieron muy nerviosas y escondieron rápidamente la bolsita donde los guardaban. Amayté fingió que no se había percatado de nada, pero en la primera oportunidad que tuvo se lo comunicó al joven mercader y éste se atemorizo de tal manera que no volvió a consumir absolutamente nada dentro de palacio. Pero ahora estaba en peligro la princesa, sabía que ellas querían deshacerse de ella. Se dirigió rápidamente a la cocina a buscar a su amiga Akyaabel (Viento de Lluvia), no la encontró en la cocina y siguió rumbo al patio posterior de la cocina, y ahí vio a la anciana sentada frente a una olla de barro y desgranando maíz.

—Akyaabel (Viento de Lluvia), estoy muy preocupada comenzó a hablar Amayté en voz baja para no ser escuchada por nadie más.

—¿Por qué? – Preguntó la anciana continuando con su trabajo.

—Le han llevado desayuno a la cama a mi princesa , y desconfío enormemente de la siniestra princesa Tsuutsuy Sak y más todavía de Lool Beh. El otro día entré en la cocina en el momento en que echaban unos polvos en la bebida que luego dieron a Lejem Chaak, ellas se pusieron muy nerviosas y yo aparenté no darme cuenta de nada. No me gusta que den ningún alimento a la princesa.

–Querida Amayté, entiendo perfectamente tu preocupación, a mi me han ido desplazando hasta, como puedes ver, encomendarme todas las labores que están fuera de la cocina, sé que no pueden tramar nada bueno, son demasiado malvadas y calculadoras, y yo no tengo ningún poder ante ellas, además creo que han estado echando de esos polvos al alimento de Ajal, mi vieja amiga y compañera de la infancia, la encuentro muy deteriorada de su pensamiento. En ocasiones está muy clara en lo que habla y piensa pero otras veces no entiende nada de lo que se le dice, y parece tener un enorme enredo en su cabeza, eso es característico del maleficio que las mujeres serpientes están trabajando con ella. ¡Y hay que tener cuidado porque su próxima víctima es Sa'hamal P'ija!

–¡Oh, Hunab Ku, Dios de los cielos!.. ¿Qué puedo hacer yo?

–Tú eres joven, astuta y más inteligente que ellas, además eres lo único confiable con que cuentan las dos princesas, principalmente la pequeña y hermosa

Nicté Lik (Flor del Viento) que competirá con el príncipe Yaxkin (Sol Nuevo) por la gobernación de esta ciudad. Debes vigilarla más que a nadie, Amayté, ¡solo te tiene a ti!

–¡No sé cómo puedo hacer!

–Eres buena, y tienes buenas intenciones, no temas, los Dioses te ayudaran, solo debes pedirles que te guíen, y confiar en las instrucciones que te dan ya sea mientras duermes a través de los sueños o con sutiles a la vez que claros presentimientos.

Amayté se levanto del lado de la anciana, muy preocupada y del patio trasero entró a la cocina, pasando al lado del formidable trajín que había a esas horas de la mañana al lado de las estufas de leña, ella iba muy triste, confundida, temerosa, la invadía un sentimiento nuevo para ella, era la impotencia ante fuerzas descomunales que no sabía ni tenía idea de cómo afrontarlas. Lool Beh (Flor del Camino) estaba parada frente a una enorme olla de barro y daba vueltas a su contenido con una gran cuchara de madera, al ver pasar a Amayté, le sonrió con un dejo de triunfo y burla que la joven no supo cómo enfrentar y continuó con su camino.

Llego directamente a la habitación de la anciana Ajal que también estaba tomando sus alimentos sentada en su cama. La anciana sonrió al ver entrar a Amayté, luego de un rato de plática, Amayté entendió que su mente estaba vagando por otros mundos por los que ella no podía transitar. Amayté tembló y una corriente helada le corrió por todo el cuerpo, cada vez se quedaba más sola. Paso por la habitación de la princesa Sa'hamal P'ija y vio que ésta había caído en un profundo sueño.

Salió de palacio llevando en sus manos una hermosa piedra de jade verde que Lejem Chaac (Relámpago) le había traído de regalo en aquellos días, también llevaba un pequeño pebetero con copal y se adentro en la selva caminando hacia el sur por espacio de media hora hasta llegar al inmenso, antiguo y sagrado árbol de ceiba donde decían que solía ir a meditar Itzmaná, Dios de los cielos, del día y de la noche e hijo de la deidad única, el poderoso y omnipresente Dios Hunab Ku.

Se hinco debajo del árbol, encendió su copal y cerrando los ojos trató de escuchar algún ruido que le indicara la presencia del Dios. Después de un largo rato en que sólo se escuchaban los trinos de los pájaros y el silbido del viento al atravesar las ramas del inmenso e imponente ahuehuete, se sintió mucho más serena y comenzó a hablar con el corazón en la mano diciendo:

—Poderoso Itzmaná, hijo de Hunab Ku, Dios de la sabiduría, y de todo lo creado por ti. Tú que conoces todas las cosas por las que estoy pasando, tú que sabes que solo quiero proteger a mi hija Nicté Lik y a la inocente y desgraciada princesa Sa'hamal P'ija (Rocío de la mañana) de las garras de esas malvadas mujeres, tú que sabes que soy la más humilde de tus siervas, y que sabes también que siempre he respetado tus leyes, te hago ofrendas con frecuencia y he peregrinado hasta los santos lugares de tus moradas. Hoy vengo a buscarte desesperadamente para pedirte que me ayudes, que me des fuerza y sabiduría para protegerlas y en tu nombre quemaré este incienso de la tierra.

Luego de un rato en el que sólo se escuchaban los mismos dulces y armoniosos sonidos de la selva, vio como pasaba muy cerca de ella un hermoso quetzal, tan cerca cruzó volando que ella hizo un amago de bajar la cabeza y sintió claramente cómo su larga y hermosa cola rozaba su cabello, fue entonces cuando entendió que esa era la santa y sagrada señal que esperaba para saber que había sido escuchada.

Recogió su incensario y caminó hasta la ciudad atravesándola, pasó por el mercado donde a esas tempranas horas de la mañana había un hervidero de gente mercadeando toda aquella variedad de frutas, animales y artículos de primera necesidad, pero ella siguió de largo hasta llegar al Cenote Sagrado, en esos momentos no había nadie y se paró frente a él diciendo:

– Poderoso y amado Chac, Dios de la lluvia, de la agricultura y de la fertilidad, hoy vuelvo hasta ti, después de tantos kines (años) y es nuevamente para pedirte por esos dos seres que tu lograste que nacieran de mis entrañas. La vez pasada era para pedirte que me ayudaras en el parto pero hoy vengo a pedirte que me ayudes a protegerlas, principalmente a Nicté Lik. Te pido que tu inmenso poder y sabiduría me guie para lograr nuevamente mis objetivos. Tú nunca me has fallado, ¡ayúdame nuevamente!–

Diciendo esto levantó la hermosa piedra de jade que traía en sus manos y elevándola por los aires la dejó caer en el Cenote Sagrado.– Cuando la piedra de jade llego al fondo del cenote, Amayté vio claramente como un pececito sacaba fugazmente su cabecita fuera del agua, ella entendió que el poderoso Dios de la lluvia le respondía, y dando las gracias emocionada se marcho por el mismo camino por el que había llegado.

Caminaba directamente rumbo al palacio, volvió a pasar por la enorme algarabía que se formaba en el mercado, pero ahora era otra persona, ya no tenía miedo, sabía que contaba con dos de los Dioses más poderosos y que ellos la apoyaban sin condiciones, ¡nada ni nadie podría contra ella! Cuando llego al palacio fue directamente a la cocina, hincada frente a un metate estaba la anciana Akyaabel (Viento de Lluvia) moliendo el maíz para preparar la masa de las tortillas. A vuelta redonda de un enorme comal elevado sobre varias piedras, a la altura de una persona parada, había cuatro mujeres jóvenes haciendo tortillas con las palmas de sus manos, y depositándolas cuidadosamente sobre el comal caliente mientras se escuchaban las rítmicas palmadas de las tortilleras mezcladas con sus dulces y armoniosos cánticos. Las seis rústicas hornillas estaban ocupadas con grandes ollas y cazuelas de barro, y ahí parada frente a ellas, moviéndolas con enormes cucharones de madera estaba la arpía Lool Beh (Flor del Camino). Amayté caminó tranquilamente hacia la mujer mirándola fijamente a los ojos. Nunca podremos saber que fue lo que Lool Beh vio en el fondo de los ojos de Amayté, pero lo cierto es que un escalofrió le corrió por todo el cuerpo y una sensación de sequia se apodero de su pérfida boca. Y muy bajito, casi al oído, para que nadie más pudiera escucharla, Amayté, muy serenamente habló así:

— Si tú o alguna otra persona que no sea yo misma, vuelven a darle a cualquiera de las princesas, aunque sea una sola gota de agua, tú, y todas tus aliadas van a arrepentirse de haber nacido… Yo también tengo un poderos espíritu que me protege de ustedes. ¡Ningún tipo de alimento, escúchalo bien!

Antes de salir de la cocina se volvió hacia Lool Beh (Rostro del Cielo) y le dijo en el mismo tono bajito:

— Akyaabel (Viento de Lluvia) es muy anciana para que la tengas ahí hincada preparando la masa, ese es trabajo de una mujer más joven.

Lool Beh se quedo por unos segundos como si estuviera pegada al piso y Amayté salió pausadamente de la cocina.

37

La princesa Sa'hamal P'ija estaba sentada en su cama y Amayté sonriendo entró en la habitación.

–¡Vamos, su alteza, vamos a caminar al patio, el día esta esplendido!... voy a buscar su ropa.

Salieron a dar un paseo por el jardín interior de palacio, los pájaros cantaban y revoloteaban mientras una gran cantidad de mariposas de varios colores volaban de rama en rama. Las dos jóvenes se sentaron debajo de un enorme árbol a disfrutar de la sombra y la brisa que les proporcionaban los Dioses en aquella resplandeciente mañana.

–Princesa,– comenzó diciendo Amayté con seriedad– Necesito decirle algo muy importante.

Sa'hamal P'ija (Rocío de la mañana) percibió la solemnidad de la conversación y asintiendo con la cabeza miró con atención a Amayté.(Rostro del Cielo)

–Hay varias personas dentro de este palacio que no la quieren a usted ni a nuestra querida princesita.

La princesa, se quedo callada y pensativa, luego de unos minutos dijo así:

–Sí, mi madre me lo decía cuando aún no había caído en ese abismo oscuro del que entra y sale constantemente, yo no quería creerle, pero ahora estoy empezando a sospechar que tenía razón. También me ha dicho en infinidad de ocasiones que puedo confiar en ti totalmente, de lo cual estoy segura yo también .

–Me alegra que sea así porque es necesario que usted no tome ningún alimento ni bebida que no salga de mis manos, yo preparo personalmente todo, absolutamente todo lo que usted y su hija consumen, no confío en la mano de nadie. Por eso vengo a palacio bien temprano antes que el sol termine de salir y me voy sólo cuando estoy segura de que la princesita está dormida y ya no consumirá nada, y a usted le dejo su jarra de agua y fruta en su habitación para que nadie intervenga en el manejo de sus alimentos. Pero hoy cuando llegue me encontré con que usted estaba desayunando, me retrase un poco cuando e l guardia y yo llevamos a la princesa a la escuela para nobles y su cuñada aprovecho para llevarle el desayuno.

–Si Amayté, pero ella es buena y me aprecia de corazón.

–Perdone mi atrevimiento princesa, pero no creo que la aprecie de corazón y además en la cocina hay demasiada gente porque a su fiel cocinera Akyaabel (Viento de Lluvia) ya no le permiten ni siquiera hacer tortillas.

–Pero ¿Por qué?

–No lo sé pero tampoco importa, lo importante es que usted y su hija desconfíen de todos en palacio cuando se trate de llevar algo a la boca.

–El corazón me dice que puedo confiar en ti, has sido como una hermana para mí. Voy a seguir tus consejos y esta misma tarde hablare con mi adorada hija que ya tiene

10 kines (años) y puede y tiene que entender que es una princesa y por lo tanto no puede confiar en todos cuantos la rodean. Es la ley que impera en las más altas esferas, es el precio que se paga por nacer en la cúpula.

Terminaron la conversación cuando llego la hora de ir a buscar a la princesa a la escuela para nobles, y Sa'hamal P'ija (Rocío de la mañana) quiso ir con Amayté Rostro del Cielo) y con un guardia a buscarla.

Pasados dos o tres días, una de aquellas mañanas, Amayté (Rostro del Cielo) encontró a Ajal (Despertar) sola en su habitación y comprendió que estaba bastante clara su mente. La anciana le brindo una sonrisa y entonces Amayté se acercó a ella, se sentó en la orilla de la cama y cerciorándose de que nadie la escuchara le hablo así:

–Dime Ajal, por la amistad que tenemos y por lo mucho que te he servido a ti, a tu hija y a tu nieta dime si mi corazón no me engaña, dime si tu cambiaste a mi niña al nacer–
Mientras decía esto un extraño escalofrío recorrió su cuerpo. Tenía miedo de ser insultada, de ser oída, de ser detenida, pero se atrevió valientemente a preguntar.

Ajal la miró fijamente por un lapso de tiempo que le pareció una eternidad, parecía que no encontraba la respuesta, finalmente le dijo:

–Sé que las mujeres serpientes como tu las llamas, están acabando poco a poco con mi vida y con la de mi hija, lo vengo observando hace ya bastante tiempo pero no puedo hacer nada, ellas esperan que tu no estés presente por los alrededores y siempre se las ingenian para hacernos ingerir esos polvos maléficos, también comprendo que mi vida está cerca de su final es por eso que hace algún tiempo que quiero hablar a solas contigo…

–Sí, cambié a tu hija al nacer por la niña que salió medio muerta de las entrañas de mi hija, tenía que hacerlo, tu tenias otra criatura y dos hijos más, mientras que mi pobre hija nunca procrearía linaje y sería echada de palacio para dar entrada a otra mujer que pudiera darle descendencia al príncipe, era demasiado duro para mi hija. Ya tú has visto lo buena que es ella, además no le hacía ningún daño a tu hija, al contrario le ofrecía la oportunidad de llegar a ser la gobernante de esta gran ciudad. Por eso no me opuse a que tú intervinieras en su crianza, sé muy bien que la sangre llama y que igual que tus otros tres hijos la acompañarán y protegerán a lo largo de su vida.–

–¿Alguien más lo sabe?

–Sí, solamente lo sabe Ich-chi'iich (Ojo de Pájaro), pero él jamás hablará, antes lo tienen que matar… Perdóname pero tú eres madre también y sabes que no hay nada que no se pueda hacer por el beneficio de un hijo.

Las dos mujeres permanecieron un lapso indeterminado de tiempo en completo silencio, las dos sumidas en sus propios pensamientos.

–Necesito que hables con Nicté Lik (Flor del Viento), –dijo Amayté rompiendo el silencio– ella te quiere y respeta, necesito que la alertes de que no puede confiar en nadie principalmente cuando de alimentos y bebidas se trata, solo puede confiar en mí. Y descuida que por mi boca nunca se sabrá la verdad, además estaré siempre, que los Dioses me lo permitan, cerca de ella, y lo mismo pasará con mis tres hijos.

Pasaron los días y tanto la madre como la abuela hablaron privada y separadamente con Nicté Lik (Flor del Viento), quien entendió perfectamente su posición de princesa, los peligros a que estaba expuesta y las personas en que podía confiar. Ella era sumamente inteligente e intuitiva, y asimiló para siempre el mensaje de las mujeres que más la querían. Pero una cosa sí le quedo clara, podía confiar en Amayté y en sus tres hijos.

***

Era el primer día de clases en la pirámide del observatorio astronómico en forma de caracol donde me presente aquella lluviosa mañanita antes de que el sol traspasara completamente la montaña detrás de la cual asomaba su dorada cabellera en esa época del año. Antes de subir los escalones me encontré con mi amigo y compañero Amikoo Aaj Beh (amigo guía), nos saludamos correctamente y advertimos que detrás nuestro venían otros tres aprendices como nosotros. Al final del primer grupo de escalinatas nos esperaba, elegantemente vestido uno de los sacerdotes astrónomos más jóvenes del observatorio. Luego de pasar a un salón que tenía las paredes ricamente decoradas con figuras que luego aprendí que era el diagrama de los astros celestes según podíamos observarlos desde aquí.

–Bienvenidos al observatorio astronómico de nuestra ciudad fue lo primero que dijo el joven sacerdote.– Vamos a presentarnos para que podamos conocernos, antes que nada.

Cuando me toco el turno de hablar, dije así:

–Yo soy Iqui Balam (Tigre de la Luna) fui bautizado con ese nombre porque la noche antes de que yo naciera, la luna llena permitió a mi padre ver a un enorme tigre muy cerca de nuestra palapa, yo nací en Xcaret, villa a la orilla del mar y tierra natal de mi madre. Llegue a los muchos kines (días) de nacido a Pisté, aldea cercana a nuestra gran ciudad de Chicen-Itza. Soy mayor que mis dos hermanos. Mi padre falleció en tiempo atrás, pero vivo con mi madre y mi abuela. Me gustan las matemáticas y quiero aprender sobre los astros del cielo.

Cuando le llego el turno a mi amigo y compañero Amokoo Aaj Beh (Amigo Guía) hablo así:

—Fui bautizado con este nombre, debido a que pocos días antes de nacer, mi padre había caído en un profundo barranco mientras cazaba venados en la espesa selva, como estaba solo creyó que moriría pues una de sus piernas se había roto. Pero al amanecer del segundo *kin* (día) apareció de entre la espesura de la selva un espíritu ancestral en forma de quetzal que lo guio hasta nuestra palapa, llegando justo en el momento en que yo llegaba a este mundo. He nacido en las inmediaciones de nuestra ciudad y no tengo más hermanos solo a mis padres y a mi abuelo. Amo profundamente la inmensa bóveda celeste que contemplo cada noche, quiero aprender a leer dentro de sus profundidades.

Luego de que todos los aprendices contaran brevemente su historia personal el joven sacerdote dijo así:

—Bueno pues yo soy el encargado de introducirlos en el nuevo camino que hoy empiezan a caminar. Estamos en este antiguo observatorio en forma de caracol donde hacemos las principales observaciones de la bóveda celeste. Comenzaremos primero a ver cómo están sus conocimientos en matemáticas, ya que son la base para la astronomía.

Y así comencé mi vida alrededor de los astros del cielo y de las matemáticas, ambas ciencias antiquísimas que nuestro pueblo cultivaba con dedicación y esmero, y aunque en ese momento yo aún no alcanzara a comprenderlo, constituía la solida base de nuestra cultura y de nuestra vida diaria.

Ya en mis estudios básicos en la escuela para nobles había aprendido muy bien los números que se basaban en un sistema vigesimal con base de cinco, podía hacer casi cualquier cálculo numérico sencillo o complejo con bastante precisión, sabia utilizar y trazar correctamente el extraordinario y sorprendente número cero que al irse combinando con las barras, cuyo valor era de cinco y los puntos que representan la unidad o *uno* nos permitía hacer casi cualquier operación matemática.

Pero ahora iniciábamos algo más complejo e interesante, y nuestros estudios comenzaron con el *Tzolkin* o calendario lunar, ciclo sagrado de doscientos sesenta *kins* (días) constituido por veinte trecenas de días. Para aprender este calendario pasamos a un gran salón donde se encontraban los sacerdotes a los que llamábamos **vigilantes de los días y** que tenían entre otras obligaciones augurar los acontecimientos terrenales basándose en nuestro ciclo sagrado del *Tzolkin,* así como de nuestro otro calendario solar.

Pasábamos los días sentados frente a aquellos pergaminos hechos de papel de árbol (amate) dibujando cuidadosamente los glifos que correspondían a los veinte días que comenzaban por *Imix* que correspondía al número uno y podía tener dos significados: cocodrilo, o cuerpo de la tierra. Continuábamos con el segundo día llamado *Ik'* cuyos significados eran: viento, aliento, vida o violencia. Y así instruidos y guiados por aquellos templados y sabios sacerdotes llamados **vigilantes de los días.** Íbamos aprendiendo a trazar los complicados glifos de cada uno de los kins (días) y memorizando el significado de cada uno de ellos hasta llegar al *kin* (día) número veinte *Ajau* que significa: Señor, el Dios Sol.

Pero no creas que era sencillo, según avanzábamos en la memorización del trazo, el día, su significado y el número, todo se iba complicando hasta formar una hermosa y perfecta tabla compuesta por veinte hileras (sellos) y trece columnas (tonos). Los días de cada trecena se numeran de forma consecutiva, los días de cada veintena tienen nombres que se repiten cíclicamente y que se encuentran regidos por uno de nuestros Dioses. Y así cada día (*Kin*) está compuesto por la combinación de un *tono* y un *sello.*

Una vez que aprendimos bien esta matriz numérica o calendario lunar, nuestros maestros nos fueron llevando de la mano para jugar con sus esquinas, sumando y multiplicando , y de esta manera aprendimos que éste calendario que combinaba el número 20 de nuestra base numérica con el 13 que es el número de niveles de nuestro cielo, era el que utilizaban las comadronas o parteras para calcular la fecha del parto de nuestras mujeres.

Luego de este ciclo del calendario lunar le seguía el de 105 días que corresponden al tiempo del cultivo del maíz, sumados nuestros dos calendarios completan un año solar.

Cuando dominamos bien nuestros dos calendarios, con sus trazos, significados y correlación con los sucesos de importancia para nuestro pueblo, teníamos la opción de continuar como **vigilantes de los días** augurando los acontecimientos terrenales. Algunos de nuestros camaradas decidieron optar por ese camino, sin embargo mi compañero Amiko Aaj Beh (Amigo Guía) y yo decidimos continuar por el sendero de la astronomía.

Ahora cambiamos nuestro horario de estudio y por lo tanto de vida y llegábamos al observatorio por la tarde cerca del anochecer y permanecíamos ahí hasta la salida del sol. Los sabios que nos habían precedido desde tiempos inmemoriales habían dejado muchos manuscritos, que eran celosa y cuidadosamente guardados por nuestros competentes maestros. En ellos se detallaba con precisión los movimientos cíclicos del sol, la luna, los astros y grupos de astros (constelaciones) que seguían una ruta claramente establecida en su camino por el cielo. Estos conocimientos nos habían permitido constituir nuestros dos precisos calendarios, que integraban las épocas precisas de siembra, recolección, pasos de tormentas, eclipses, viajes de los animales que podían ser cazados, en fin de todas las actividades y celebraciones que rigen la vida diaria de nuestro pueblo. Observábamos y anotábamos la duración de las fases de la luna y las comparábamos con observaciones previas, así como la salida y puesta del sol en diferentes épocas del año o estaciones. Los solsticios y equinoccios eran meticulosamente anotados. Nuestras actividades nocturnas eran alumbradas con antorchas mientras escribíamos pero había que apagarlas cuando observábamos el cielo para poder tener mayor claridad.

Me gustaba tanto mi trabajo y estaba tan absorto en él que apenas me di cuenta de cómo pasaba la vida, mis hermanos crecían, mi madre y mi abuela envejecían, y yo me convertía en todo un hombre. Algunas veces mi hermano me insistía para que fuéramos a jugar a la pelota, y yo accedía ya que esto me ayudaba a relajarme, salir un poco del cielo estrellado y compartir con mi hermano y vecinos como lo hacíamos en nuestra infancia. La pelota era de caucho la que golpeábamos con la cintura, las rodillas, los hombros y los codos para hacerla pasar por un delgado anillo de barro colocado en la pared de la cancha. Era conveniente que los equipos de diferentes edades practicaran muy a menudo ya que en ocasiones había competencias entre escuelas, aldeas o ciudades.

Mi hermano Ikal Noom (Alma de Perdiz) se había dedicado al comercio, no quería estar amarrado a papeles, escrituras ni números excepto los que tenía que hacer para mercadear sus productos. Tuvo la suerte de que el amigo de mi madre Lejem Chaak (Relámpago) estuviera dispuesto a introducirlo en el mundo del comercio ya que por lo general necesitabas de algún familiar que lo hiciera y en nuestra familia no los había.

Mi hermano acababa de llegar de una larga gira de comercio por los blancos caminos del mayab y me invito a presenciar un importante juego de pelota que se daba entre nuestra ciudad y la ciudad amurallada de Mayapan. Yo había estado trabajando mucho por aquellos días con la observación de un grupo de pléyades y decidí pedir autorización a mis maestros para acudir aquella tarde al juego de pelota con el compromiso de presentarme al observatorio una vez terminado el encuentro deportivo. Invité de paso a mi amigo Amikoo Aaj Beh (Amigo Guía) quien aceptó alegre mi invitación.

Sentados en las gradas no tardamos mucho en contagiarnos de la emoción reinante, en el palco de honor donde presenciaban el juego el sumo sacerdote y jefe de nuestro pueblo, el gran Halach Unik y su familia, estaba ocupado en aquella ocasión por los dos príncipes, hijos del gobernante, sus esposas y sus respectivos hijos. Mi hermana Nicté Ha (Flor de Agua) con su pelo trenzado en una sola y gruesa trenza estaba sentada detrás de la princesita Nicté Lik (Flor del Viento) que tenía como de costumbre su negra y abundante cabellera tejida en dos hermosas y gruesas trenzas. Mi hermana me vio y me envió un dulce beso con su manita. La miré por un rato y pensé que había crecido mucho, ya no era una niña pequeña, estaba comenzando a convertirse en una bella mujercita, mire a mi amigo Amikoo Aaj Beh que estaba a mi lado y fue entonces cuando me percaté de que estaba muy enamorado de mi hermanita, pero en esa ocasión no pude averiguar si era correspondido por ella. Al poco rato llego mi hermano acompañado de Lejem Chaak y ambos se sentaron al lado de nosotros. El juego comenzó a ponerse emocionante. Había un empate y la emoción crecía geométricamente, los gritos, silbidos y vociferaciones formaban una ensordecedora algarabía. Yo en lo personal disfruté mucho aquel juego en el que finalmente Chichen –Itzá venció a Mayapan. Los jugadores, exhaustos fueron elevados en ancas por el público exaltado y feliz. Los perdedores corrieron a ocultarse para no ser linchados por la eufórica muchedumbre, luego, entonando himnos de triunfo recorrieron nuestra ciudad llevando a los triunfadores en hombros.

***

Los años habían pasado sin que nos percatáramos de lo mucho que habíamos cambiado, y así llegó el día en que mi hermanita Nicté Ha (Flor de Agua) terminaba su educación en la escuela elemental para nobles, y por supuesto que también terminaba su educación la princesita Nicté Lik (Flor del Viento), amiga inseparable de mi hermana, y protegida de mi madre.

Pedí autorización en el observatorio para poder asistir a la ceremonia donde mi hermana se iniciaba como aprendiz, yo no sabía de qué, fue entonces cuando me percaté de lo alejado que estaba de mi familia, siempre metido entre los viejos pergaminos del observatorio, pero ya lo averiguaría. Mi amigo Amikoo Aaj Beh (Amigo Guía) escuchó que yo quería asistir a dicha ceremonia y me preguntó si él también podía acompañarme, y aunque era una ceremonia pública, por lo general asistían solamente las personas que tenían algún interés o relación con los estudiantes.

Llegamos a la explanada donde se llevaba a cabo el ceremonial, todo estaba igual a aquel lejano día en que me había tocado a mí pasar por ese ritual. Lo único diferente era que en esta ocasión entre las estudiantes se encontraba la princesa Nicté Lik, nieta del Halach Uinik y probablemente futura gobernante de nuestra ciudad. A los padres, tíos y abuelo de la princesa se les preparo un sitial especial en el templo de los guerreros para que pudieran ver la ceremonia desde un lugar privilegiado. Todos ellos vestían con elegantísimos atuendos. Las mujeres, con pulseras y collares de hermosas piedras mientras que los varones lucían soberbios penachos de plumas de pájaros, además de brazaletes y collares de oro. Mi amigo y yo nos reunimos con mi madre y mi abuela en las gradas para los familiares de los graduando. Pudimos notar que estaban muy contentas y orgullosas.

La ceremonia comenzó y todos guardamos silencio. Yo buscaba entre las estudiantes que, formadas en una hilera, esperaban su turno para iniciarse, contemplé a mi pequeña hermanita, tan dulce y cariñosa que había sido siempre, mire a mi amigo que estaba a mi lado y pude ver en sus ojos el gran amor que sentía por ella.

No me explico cómo no me había dado cuenta de el amor que él sentía por mi Nicté Ha, ahora podía comprender muchas cosas, el interés que el siempre había mostrado por acompañarme a mi palapa, las veces que había aceptado sin remilgo comer con nosotros los exquisitos frijoles con tortillas que mi abuela preparaba.

Recordé que él era una de las pocas personas que encontraban que Nicté Ha (Flor del Agua) y Nicté Lik (Flor del Viento) no eran tan parecidas.

– ¡Son totalmente diferentes!– solía decir – tienen algún parecido físico pero sus almas no son iguales, ni el fondo de sus ojos y tampoco su sonrisa, ni sus gestos. Solo tienes que observarlas atentamente y te darás cuenta–

Ahora recordaba que siempre se molestaba cuando se hablaba del extraordinario parecido de las dos. ¡Cómo era posible que yo estuviera tan ciego! Pero tenía que averiguar si mi amigo era correspondido.

Cuando tocó el turno de cruzar el puente a mi hermana, con asombro observamos que la persona que la recibía en el otro extremo del puente colgante, era la Abadesa, o persona de mas jerarquía en el convento de las monjas.

–¡Pero…¿Cómo?– exclamé mirando rápidamente a mi madre y a mi abuela.

–¿Como… que? – Me contestó mi madre serenamente

–¿Quiere ser monja?– Pregunté nuevamente al tiempo que miraba la cara de consternación que tenía mi amigo.

– Sí, quiere ser monja, dijo orgullosa mi abuela.

–Pero eso significa que n podrá casarse ni formar una familia, deberá vivir en cautiverio– dije

– Bueno, no lo veas tan mal, es solo una forma diferente de vivir la vida, de honrar a nuestros Dioses y de velar por el fuego sagrado y eterno para bienestar de su pueblo, de todos nosotros.– argumentó convencida, mi madre.

Mi amigo ya no volvió a estar presente en el transcurso de la ceremonia, tenía la mirada muy lejos, y aunque no dijo ni una sola palabra pude percibir un nudo que se le amarraba en la garganta.

Dejaron para el final a la princesita Nicté Lik, quien iba rica y elegantemente vestida, su huipil blanco estaba bordado de piedras preciosas, sus sandalias eran de oro y en los tobillos llevaba finas cadenas de oro, adornada con collares, brazaletes y aretes también de oro, sujetaba en su cabeza un tocado de oro con incrustaciones de piedras preciosas que combinaban con su hermosos vestido. Hubo un silencio general cuando ella caminó lenta y gallardamente hasta el principio del puente, siempre tan segura de sí misma, siempre sabiéndose hermosa. Pero ella por ser quien era no se dedicaría a ninguna ocupación específica, ella debía pasar por todos los trabajos, tanto de los estudiantes egresados de la escuela para nobles como por los oficios que correspondían a la escuela para plebeyos. Ella sería algún día nuestra gobernadora y debía conocer muy bien a su pueblo. Y algún día, cuando llegara el momento preciso, sería iniciada en las artes secretas y mágicas y pasar unas difíciles pruebas con lo que demostraría que era capaz de dirigir los destinos de esta nuestra gran ciudad de Chichen – Itzá. Tendría que franquear las mismas barreras y pruebas que conducen al Xibalbá y por las que pasaron esos dos gemelos ancestros nuestros que dieron nombre y forma a nuestro pueblo, y era la misma iniciación que había tenido que pasar su abuelo. Antes que ella, por supuesto, su padre incursionaría en esta impresionante experiencia.

La familia real brillaba tanto por sus ricas alhajas como por la alegría que tenían y no podían disimular. Sólo pude percibir una sombra muy sutil de malestar en la princesa Tsuutsuy Sak (Paloma Blanca), esposa del tío de Nicté Lik (Flor del Agua). Miré a mi madre y pude ver unas lágrimas corriendo por sus mejillas, todos sabíamos del gran amor que sentía por la princesita. Mi abuela también estaba radiante de felicidad, pero mi pobre amigo Amikoo Aaj Beh (Amigo Guía) parecía estar muy lejos en tiempo y en espacio.

La princesita fue recibida al otro lado del puente por los máximos representantes de todas y cada una de las escuelas de aprendices, los sumos sacerdotes y la abadesa del convento de las monjas guardianas del fuego sagrado.

La gran ceremonia había terminado y el Halach Uinik (Gobernante y Sumo Sacerdote) había invitado a todos los estudiantes y a sus familias a una fiesta en el jardín mayor del palacio real.

Mi amigo y yo decidimos volver al observatorio, pero de pronto llegó impetuosa y alegre mi hermanita, corrió hacia mis brazos, la elevé por los aires y me dio un beso en la mejilla, luego dio otro beso a mi amigo, a mi madre y a mi abuela.

– ¡Cuánto siento que nuestro hermano Ikal Noom (Alma de Perdiz) no pudiera estar en este día tan feliz para mí, pero bueno, por lo menos nuestro gran amigo Amikoo Aaj Beh (Amigo Guía) ha venido en su lugar– dijo ella con alegría.

Nos convenció a los dos de ir a la fiesta.

El palacio se vestía de fiesta, tanto el Halach Uinik como el príncipe Kitam Ka'ax saludaban y conversaban con todos los presentes. Mientras que su esposa la princesa se veía demacrada, cansada, pero radiante de felicidad, estuvo casi todo el tiempo sentada en una lujosa silla, pero luego de un rato mi madre la acompañó a sus habitaciones. Mi amigo y yo pudimos notar que la otra princesa de la casa, Tsuutsuy Sak y su hermana Chacté, que por cierto traía un niño pequeño en brazos, no parecían muy contentas, hablaban entre ellas y reían pero había algo en las oscilaciones imperceptibles de sus almas que dejaban adivinar un cierto recelo. En ese momento, mi amigo y yo no dimos mayor importancia a ésas señales. Amokoo Aaj Beh solamente estaba interesado en lo que mi hermanita decía y hacía, hablaron, rieron y hasta bailaron juntos cuando los músicos de palacio comenzaron a interpretar conocidas melodías.

En cuanto a mí, me interesaba mucho más lo que hablaba y hacia Mukuy (Tórtola), hermosa y deliciosa criatura, amiga de mi hermana y que había decidido optar por ser **vigilante de los días,** lo que emocionaba muchísimo ya que estaría estudiando en el mismo observatorio donde estaba yo y así podría verla todos los días.

***

La princesa Nicté Lik (Flor del Viento) estaba siempre, durante sus tutorías, acompañada por una sacerdotisa y por un sacerdote. El primer día de su preparación formal comenzó por visitar una pirámide pequeña y muy antigua llamada A Kab – D'zab y que se encontraba un poco retirada de el centro de la ciudad.

En lo alto de la pirámide se encontraba una amplia habitación y fue recibida por un joven sacerdote y una lozana muchacha que era vigilante de los días. Entró en el salón de piedra y quedó asombrada de los dibujos que poblaban las paredes, y las cuales mostraban la historia de la creación del hombre Maya. Una monja salía de la estancia después de haber encendido el incienso de la tierra dentro de los pebeteros de oro que estaban colocados en los cuatro puntos cardinales. Hizo una leve reverencia a modo de saludo hacia la princesa y se retiró.

La sacerdotisa que la acompañaba comenzó diciendo:

—Estas pinturas nos hablan de nuestro más remoto origen. Los Dioses formaron primero a un hombre hecho de tierra y lodo pero esos hombres se humedecían con la lluvia y se desbarataban. Así que los Dioses decidieron acabar con esa humanidad.

— Eso ocurrió antes de que comenzáramos la cuenta de nuestro maravilloso calendario solar— comentó con orgullo la joven **vigilante de los días.**

— Luego, continuó la monja, los Dioses construyeron al hombre de madera, estos hombres y mujeres podían hablar y poblaron la tierra, pero no tenían alma ni entendimiento por lo que fueron destruidos por un gran diluvio. Algunos se salvaron y son los monos que habitan en nuestra selva.

Mientras oía la historia también la iba viendo en los dibujos de las paredes.

— Por último y con la ayuda de nuestra Diosa Madre Tierra, los Dioses tomaron las cuatro variedades de maíz y crearon al hombre.

— Es aquí donde comienza la cuenta de nuestro calendario— dijo la vigilante de los días.

— " De maíz se hizo su carne, de maíz se hicieron los brazos y las piernas, del hombre, solamente masa de maíz entró en la carne de nuestros padres, los cuatro hombres que fueron creados" — esto fue expresado con gran solemnidad por el sacerdote que había recibido a la princesa y a su sequito.

—Y así llegaron a vivir aquí en este hermoso lugar los Itzaes, también llamados Brujos del Agua.— Continuó la sacerdotisa

— Nunca debes olvidar, princesa, que el maíz es el verdadero poder y significado de nuestro pueblo. Es este mismo quien une y da sentido a las familias, el hombre lo siembra, lo cuida y lo recolecta mientras que la mujer lo transforma en el alimento sagrado de todos los día —terminó diciendo el sacerdote.

— Nosotros los vigilantes de los días — dijo la joven— pasamos nuestra vida contando los días y las noches, y uno de nuestros principales fines es el de precisar el tiempo exacto de la siembra y la recolección, no tan solo del maíz, también de la calabaza, el frijol, el chile…

Bajaron de la pirámide y subieron a otra pequeña pirámide que se encontraba muy cerca de la primera, también sus paredes estaban decoradas con hermosas pinturas y en los cuatro puntos cardinales había pebeteros con copal ardiendo.

– Estas pinturas nos cuentan la historia de los Dioses Gemelos

–¿De los Dioses Gemelos? pregunto la princesa

– Si, –dijo el sacerdote, – de Hunahpú e Ixbalanqué, hijos de el Dios

Hun-Hunahpú y la joven y hermosa doncella llamada Ixquic. Ella quedó embarazada por la saliva del árbol de la jícara donde habían depositado la calavera de Hun-Hunahpú quien pudo escapar de los señores de Xibalbá (Infierno) y subir a la superficie de la tierra.

La princesa escuchaba con atención la maravillosa historia mientras iba siguiéndola con sus ojos en las pinturas de la pared.

–Mientras tanto– continuó la sacerdotisa– los gemelos Hunahpú e Ixbalanqué junto a su joven madre Vivian con la esposa de Hun-Hanahpú y dos hijos mayores de éste, quienes se pasaban la vida molestando a los gemelos. Y un día, ya cansados del maltrato de sus hermanos mayores, decidieron finalmente convertirlos en monos.

El sacerdote volvió a tomar la palabra diciendo:

– El padre de los Gemelos les construyó una cancha para que juga y decidieron llamar a los Gemelos para tenderles una trampa y deshacerse de ellos.

– Después de muchas pruebas y trampas que se les pusieron en su visita al inframundo, los Dioses Gemelos lograron vencer inteligentemente a los Señores de Xibalbá y los Dioses Gemelos se convirtieron en El sol (Hunahpú) y en la luna (Ixbalanqué)

– Pero esta historia te será contada en todos sus detalles algún día, antes de tu iniciación final como gobernadora de nuestra ciudad.

– ¿Mi iniciación final?

– Si, princesa, todos los gobernantes y principales señores de nuestras ciudades deben, en su dia, pasar por la iniciación que pasaron nuestros Dioses Gemelos.

– ¿Todos los Halach Uinick?

–Sí

– ¿ Mi abuelo entre ellos?

– Así es, princesa.

– ¿Y en qué consiste esa iniciación?

– Deben bajar al Xibalba o inframundo, y superar las pruebas de cada uno de los nueve infiernos, para luego subir a la tierra victoriosos y tener derecho a visitar los trece cielos.

– Y, ¿si no se pasa la prueba?

– Pues el candidato muere y se busca a otro descendiente del Soberano para que intente la iniciación.

Nicté Lik quedo petrificada, nunca había escuchado todas historias y mucho menos que ella tendría algún día que transitar por los nueve infiernos pasando diferentes y difíciles pruebas. El color se le fue de sus hermosas mejillas. Pensó que si no podía con la prueba, su primo Yaxkin se alegraría, ya que entonces el quedaba como candidato para la gobernación.

– Pero no pienses en eso, princesa, te falta mucho tiempo para llegar a ese día, antes deberá pasar la prueba tu padre. dijo la sacerdotisa

– Además, cuando llegue el momento estarás preparada. Aún falta mucho tiempo. Estas al principio de tu educación y poco a poco te iremos formando para que asimiles y superes todas esas pruebas.

– Pero los Dioses Gemelos eran dos, ellos no superaron las pruebas solos, iban siempre juntos. ¿Por qué debo ir yo sola o porqué mi padre tiene que pasar por todo eso él solo?

– No, princesa, tienes derecho a ir acompañada de otra persona de tu mismo sexo y a la que tú misma puedes escoger.

– ¿Y a esa persona se le prepara igual que a mí?

– Por supuesto. Tu padre, por ejemplo ha escogido desde hace muchísimos años a su propio hermano, tu tío. En su momento los dos deberán bajar al inframundo y esperamos que regresen de él victoriosos, porque esa será la señal de que están capacitados para gobernar con sabiduría y justicia a nuestra gran ciudad.

Por ese día ya era demasiado para la princesa quien pidió ir a su casa para descansar y meditar en todo lo que había aprendido durante ese día que además estaba muy caluroso.

Llegó a palacio cansada y sudando, ya que habían tenido que caminar por largo rato. En su casa la esperaban su madre y su fiel Amayté con todo listo para que se diera un refrescante baño en el pequeño cenote del patio de palacio. Y luego a comer en compañía de las dos mujeres.

– Amayté, como está tu hija Nicté Ha?

– Esta muy bien, princesa, en el convento de las monjas.

– Me hace mucha falta hablar con ella

– A mí también me hace falta, princesa, pero son los designios de los Dioses.

– Algunas veces es posible cambiar los designios de los Dioses.

– Si, hija– contesto la madre– pero para eso debe existir la voluntad de las personas, y tú amiguita Nicté Ha escogió ese oficio.

– Pero, ¿ella está consciente de que no podrá casarse ni tener hijos?

– Sí, contesto Amayté, pero ella estará a prueba por algunos años, donde aun pueda cambiar de opinión, pero el momento llegara en que deba iniciarse formalmente y entonces ya no podrá salirse de ese compromiso.

– No entiendo, dijo Nicté Lik

– Que ella tendrá la oportunidad de conocer bien el oficio de sacerdotisa cuidadora del fuego sagrado, pero no estará iniciada, tendrá un tiempo razonable para pensarlo y decidirse, y siempre podrá cambiar de opinión hasta el momento de su iniciación, luego del cual ya no puede dar marcha atrás.

– Debemos convencerla de que se salga, yo la necesito. Hoy me has dicho que cuando me llegue la hora de ocupar el lugar de gobernadora he de pasar por pruebas muy difíciles, tendré que bajar a recorre los nueve infiernos y a ver a los Señores del Xibalbá, pero como eso le ocurrió a nuestros Dioses Gemelos, tenemos derecho a entrar en esos mundos acompañadas de otra persona de mismo sexo. Yo no puedo pensar en nadie mejor que Nicté Ha, que aunque no es mi hermana de sangre, sólo es de espíritu. Ella es la persona que yo escogería.

–Pero, si para ese entonces, ya ha sido iniciada como sacerdotisa, no podrá acompañarte, hija, dijo la princesa madre.

Amayté se quedó muy pensativa, la princesita necesitaría ayuda, mucha ayuda cuando le tocara el turno de gobernar a la ciudad, y la mejor amiga y compañera que podría encontrar era su hija Nicté Ha. Ella trataría de convencerla de que cambiara de oficio. Aunque no podía contar con la ayuda de su suegra, ya que para la anciana mujer, el mejor oficio al que debía dedicarse una mujer era el de Sacerdotisa del Fuego Sagrado. Pero a ella, personalmente, le entristecía que no tuviera hijos y no pudiera casarse. Intentaría hacerle cambiar de opinión y sabía que la princesita también lo haría.

–Yo hablaré con ella, quizá no se ha dado cuenta de lo que conlleva el oficio que eligió –dijo Amayté.

***

La próxima experiencia por la que debía pasar la princesita era la del convento de las monjas a la que llegó escoltada por uno de los sacerdotes que al llegar a la puerta se despidió y le dijo que su educacion en el convento quedaría en excelentes manos, duraría varias semanas y que ya se volverían a ver cuando finalizara. En la puerta de entrada la estaban esperando varias sacerdotisas que la recibieron alegremente y la llevaron a recorrer todas las estancias y pasillos de aquella hermosa y antigua construcción de piedra. Luego del recorrido, se acomodaron debajo de la sombra de una enorme ceiba y fueron turnándose para hablarle detenidamente de la historia de su pueblo:

–"Nuestro gran Dios Itzmaná (Sustancia del Cielo) forjó nuestra grandiosa cultura Maya. Fue él quien dio nombre a todas las cosas, descubrió las virtudes que tienen las plantas para curarnos de nuestros males físicos y fue él quien creó para nosotros el alfabeto, los jeroglíficos y los números. comenzó una de ellas.

–Hace muchos, muchos Katunes (cientos de días) nuestra tribu *Itzá* nombre dado en honor a Itzmaná, vivía en este mismo territorio y el gran Halach Unic de aquellos lejanos días decidió caminar con su pueblo durante muchos, muchos días y llego a establecerse en un lugar llamado Syan Caan donde erigieron una grandiosa ciudad y se mezclaron con otros pueblos diferentes a los de la cultura Maya. continuó otra sacerdotisa

–Pero sucedió que luego de vivir muchos Katunes ahí comprendieron que la bóveda celeste que habían dejado atrás era mucho más clara y por lo tanto podían observar mejor el movimiento de los astros, fundamental para nuestro diario vivir, sembrar, recolectar y base de nuestra grandiosa cultura. Y entonces, el Halach Unic de aquellos tiempos decidió volver a esta tierra que había permanecido vacía por todo aquel tiempo y luego de una peregrinación de 40 años, nuestro pueblo los *Itzaes* (Los Brujos del Agua) volvimos a ocupar este maravilloso y único lugar. fueron las palabras de otra monja.

–Si los Dioses lo permiten, tú serás algún día la máxima autoridad de este pueblo y debes conocerlo en todas sus formas y maneras. Tampoco debes olvidar que nuestra cultura Maya tiene otros grupos o tribus, hermanos nuestros, como los *Xiú*, los *Cocom*, los *Putún* de los que te hablaremos en otras ocasiones." –dijo la primera sacerdotisa que había iniciado la conversación.

La princesa permaneció varios meses entre las monjas, era tratada como si fuera una más de los aprendices. Pero grande fue su alegría cuando se le asigno compartir la habitación con tres jóvenes más, y entre ellas se encontraba el último aprendiz que había llegado, la misma Nicté Ha quien también se llevo una agradable sorpresa. Sin embargo se saludaron muy fríamente de acuerdo al estricto y solemne protocolo de las sacerdotisas.

Muy temprano, antes de que el Sagrado Dios Sol apareciera en el firmamento ya las sacerdotisas habían realizado algunas de sus primeras actividades del día. En el momento en que el sol dejaba ver los primeros rayos todas ellas estaban en el patio central del convento preparadas para el ritual mañanero de "saludo al sol" que incluía bellas melodías tocadas y cantadas por ellas mismas y una danza que interpretaban todas juntas.

A lo largo de los días en que Nicté Lik (Flor del Viento) estuvo en ese convento tomó clases de música, de canto y de danza. Aprendió todos los rituales diarios que se llevaban a cabo en honor al Fuego Sagrado, al Dios Sol, a la Diosa de la Luna, al Dios de la Lluvia, a la Sagrada Diosa y Madre Tierra y así hija, la Diosa del Agua, al Dios del Maíz, y en fin a todos los otros dioses de su cultura. Aprendió los rituales, melodías, danzas y ofrendas que le correspondían a cada uno de ellos.

Se le hizo hincapié en la importancia de preservar el Fuego Sagrado. Fue introducida en el aprendizaje de los instrumentos musicales que utilizaban las monjas para todas las actividades, festividades y situaciones especiales. Además debía memorizar las fiestas importantes de nuestro pueblo enmarcadas y claramente identificadas en los dos calendarios que regían nuestra vida diaria.

Una de aquellas noches en que ya habían terminado todas las actividades del día, y se les permitía salir a observar la hermosa bóveda celeste, se encontraban Nicté Ha y Nicté Lik tumbadas en el pasto en compañía de otras novicias y aprendices en un espacio de solaz y relajación que se les cedía diariamente, riendo y hablando jocosamente. Fueron retirándose una a una las jóvenes quedando finalmente las dos amigas y aprovechando la oportunidad de hablar a solas Nicté Lik (Flor del Viento) dijo:

– Querida Nicté Ha, nosotras somos, como nos han dicho repetidamente, nuestras propias madres, dos almas gemelas. Nacimos el mismo día, tu naciste en Pisté unas horas antes que yo. Pero cuando fueron a darnos el bautismo, los sabios sacerdotes consultaron con las estrellas e identificaron que éramos almas gemelas, por tal razón escogieron nuestros nombres tan parecidos.

–Si, Nicté Lik, mi madre me lo ha contado en varias ocasiones.

– Siempre hemos sido más que amigas, casi como hermanas, nos podemos comunicar con solo una mirada y muchas veces pensamos las mismas cosas a la misma vez.

– Sí, eso es verdad

– Ahora que están preparándome para ser gobernante de nuestra ciudad me han explicado que en un momento decisivo de mi vida tendré que descender a los nueve infiernos y entablar relaciones difíciles así como superar complicadas pruebas en las profundidades de los Señores del Xibalbá

– ¡Oh!...

– Si, es algo terrible, pero para lo cual los Dioses me han elegido y además se me preparará para ese momento.

–¡Pobre de ti, Nicté Lik!

–Sí, pero tengo derecho a ir acompañada de otra persona de mi mismo sexo, como veras tiene que ser una persona muy cercana a mí y en la cual yo tenga total confianza

– ¡Si, lo entiendo!

– La única persona en que podría confiar es en ti, querida amiga, necesito que estés conmigo para superar esas difíciles pruebas.

Al ver que Nicté Ha no respondía y continuaba con la vista clavada en la bóveda celeste, la princesa continúo hablando así:

–Pero para eso debes recibir la misma educación que me están dando a mí, pasando por todos los oficios de nuestro pueblo.

–Yo no podré acompañarte ya que como novicia apenas puedo salir por unos pocos días, siempre al comenzar la luna nueva, que es la que me toca a mí.

–Si ya lo sé, pero además tú no has pensado que como sacerdotisa del fuego sagrado nunca podrás casarte ni tener hijos.

– Lo he pensado....

Fueron interrumpidas por el sonido grave de la caracola que anunciaba el fin de la jornada para todas las habitantes de convento, era hora de ir a dormir

Las aprendices y novicias que aún no se habían iniciado formalmente en el sagrado y solemne ritual del Fuego Sagrado, podían ir a sus casas cada mes y permanecer en ella por espacio de tres días. En la próxima salida a su casa Nicté Ha estuvo dialogando ampliamente con su madre y con su abuela.

Era una fresca tarde y se encontraban, como en muchas ocasiones la abuela Etzemé formando envases de barro con sus manos mientras que Amayté su madre trabajaba en su rústico telar.

–Abuela, dime, que debo hacer

– Solo lo que te dicte tu espíritu interior. Escucha con atención lo que él te dice, nunca falla.

–Y tu madre, ¿Qué piensas?

– Es muy importante lo que te dice tu abuela, pero antes de escuchar lo que te dice tu espíritu interior debes considerar varias cosas.

– ¿Qué cosas?

– Primero que una vez iniciada formalmente, ya no podrás echar para atrás, es un oficio muy hermoso pero exige de sacrificio total ya que renuncias a casarte y tener hijos, por lo que debes estar muy segura de esa decisión.

Nicté Ha (Flor del Agua) estaba tirada sobre el pasto mirando hacia arriba y sus ojos seguían la copa frondosa del árbol. Guardaron silencio las tres mujeres y pudieron escuchar la suave brisa moviendo la copa del árbol y los pájaros cantando como si compitieran por el que más fuerte gorjeara.

– Nicté Lik estuvo hablando conmigo, ella me necesita, cada vez esta más sola. Su madre muy enferma, su abuela ya no sabe ni quien es ella misma, y las arpías que la rodean solo esperan a ver como se cae. Solo cuenta contigo, madre, ella lo sabe y algunas veces teme perderte.

– Mientras yo viva ella nunca me perderá

–La princesita quiere que yo me salga del convento y la acompañe. Ella tiene derecho a que una persona de su mismo sexo sea educada junto con ella para cuando le lleguen los momentos difíciles. Me ha pedido en varias ocasiones que reconsidere y me vaya con ella.

–Hija, si tu verdaderamente lo deseas, yo te apoyaré, tu sabes mejor que nadie que la princesita es la hermanita que tu no tuviste. Se ha criado juntas, se conocen muy bien, y yo siento mucha pena por ella, ¡esta tan sola!

–Sí, pero es importante que realmente quieras hacerlo– dijo la abuela tampoco debes sacrificarte por ella, que después de todo es una princesa de sangre noble y quizá en algún momento se olvida de todos los sacrificios que tú hagas por ella.

Nicte Há continúo mirando el cielo azul a través de las ramas del árbol, pensando, pensando y tratando de escuchar a ese espíritu interior que su abuela tanto mencionaba.

***

Y así Nicté Lik (Flor del Viento) llegó una de aquellas despejadas mañanitas, al despuntar el alba, acompañada de varias personalidades al observatorio en donde mis compañeros y yo habíamos estado observando el cielo durante toda la noche. Pero cuál sería mi sorpresa, al ver que venía acompañada de mi hermanita Nicté Ha (Flor del Agua). Mire rápidamente a mi amigo Amikoo Aaj Beh que dibujaba esquemas celestes en la misma mesa donde yo trabajaba. El rostro se le iluminó cuando vio a mi hermanita, era una expresión que nunca había visto en su cara, siempre tan sobria. Ella vino alegremente a saludarnos y rápidamente nos notificó de su decisión de abandonar el convento para ser la dama de compañía de la princesa. A partir de ese momento mi amigo fue otra persona, ya no era el cabizbajo, melancólico y escueto sacerdote que observaba detalladamente las estrellas sin que otra actividad le interesara. Su actitud cambio de un solo golpe guiada por la esperanza y la alegría de vivir.

Se les llevo por todos los salones y pasillos para que pudieran palpar con sus propios sentidos el latir de aquellos muros de piedra donde se albergaban tantos códices de papel de amate, archivados cuidadosa y precisamente y donde además vivían aquellos austeros y parsimoniosos sacerdotes que ocupaban sus días y sus noches midiendo el paso del tiempo y el movimiento de los astros celestes.

Instalaron al cortejo Real en uno de los salones para comenzar su introducción a nuestros conocimientos, guiados por cuatro de los más sabios y experimentados sacerdotes. Y así hablaron:

—Princesa, —dijo uno de los maestros— sin agricultura no podríamos sobrevivir, nuestros sacerdotes llevan una minuciosa cuenta del paso de los días para tratar de predecir, con la mayor exactitud posible, los tiempos adecuados para la siembra y la recolección así como influir en la orientación de nuestros centros ceremoniales. Dentro de este observatorio viven los dedicados y sabios sacerdotes que observan constantemente los cielos y también viven aquí las personas que se dedican a contar los días. No podemos perder *ni un solo día*, ya que ese leve retraso causaría inconmensurables errores en nuestros elaborados y exactos cálculos matemáticos.

—La principal razón de los concilios que celebramos en diferentes épocas, y donde se reúnen todos los pueblos de nuestra cultura es constatar que todos estamos en sincronía con el día y la hora en que vivimos, además siempre se intercambian observaciones de los movimientos de los astros.

—Después de muchos siglos y muchos escrutinios hemos dividido el movimiento que da nuestra Madre Tierra alrededor de nuestro Dios Sol y enmarcamos éste recorrido en dos calendarios que rigen día a día nuestras actividades. El primer calendario es el que nos da el tiempo exacto de este recorrido y que es el de 365 *kins* (días) (un *Tun* y cinco *Kins*) .

—El segundo calendario es el *Tzolkín* que representa el ciclo sagrado de 260 días constituido por veinte trecenas o trece veintenas, como quiera ser visto. Los días de cada trecena los numeramos de manera consecutiva y cada una de las veintenas la dedicamos a uno de nuestros Dioses. La combinación de ambas series da origen a un ciclo de 260 *Kins* (días).

Y así la princesita tuvo que hacer una inmersión en los dos calendarios que regían la vida del pueblo que algún día ella gobernaría. No era necesario que aprendiera a dibujar todos y cada unos de los glifos que formaban el *Tzolkín* pero lo que sí se le obligaba era a entender perfectamente el sincronario o matriz horizontal y vertical que se formaba con este calendario.

Los sacerdotes y algunas personas que llamábamos "*vigilantes de los días*" debían por obligación y por necesidad aprender los cerca de 700 glifos que daban forma a nuestra escritura. Ellos eran los indicados para augurar los acontecimientos terrenales basándose en el ciclo de nuestro calendario sagrado. Los sacerdotes, como mi amigo Amokoo Aaj Beh (Amigo Guía) y yo nos habíamos inclinado por las observaciones celestes, habíamos heredado de nuestros predecesores el conocimiento de las posiciones y movimientos del sol, la luna, marte, y venus con relación a nuestra Madre Tierra.

Pasábamos los días y las noches claras calculando los eclipses, equinoccios y solsticios. Pero todos los sacerdotes, tanto unos como otros, debíamos aprender la otra escritura más complicada de los ideogramas que formaban conceptos mucho más complejos y que se combinaban con símbolos fonéticos. También había jóvenes tanto mujeres como v arones cuyo oficio era solamente vigilar los días y eran ellos en realidad, los que hacían casi todo el trabajo, y debían estar en constante comunicación con los escribas y escultores que creaban las estelas en piedra donde se iba anotando paso a paso la historia de las ciudades y de cada uno de los gobernantes. Todos estos conocimientos no permitían también descifrar, con la ayuda de los Dioses, el nombre que cada uno de los niños de nuestra cultura debía llevar durante su peregrinar en este hermoso mundo.

–Algún día, princesa, se empezará a escribir su propia estela para bien y orgullo de nuestro pueblo Le dijo uno de los sacerdotes.

Pero por ahora le queda un largo camino de aprendizaje replicó otro.

La princesa era muy inteligente y estuvo con nosotros por muchos meses, pero no se le obligo a aprender a cabalidad ni los glifos, ni los ideogramas y mucho menos la forma de hacer cálculos matemáticos sofisticados y difíciles. Se pretendía que ella tuviera una idea muy clara del lugar donde estaba el cerebro pensante de su pueblo. Así como en el convento de las monjas residía el alma sutil de nuestro pueblo, en el observatorio estaba el cerebro.

Lo que sí debía llevarse muy claro era aquel antiquísimo proverbio de nuestros antepasados y que estaba escrito a la entrada de nuestro observatorio que dice así:

"El tiempo es redondo, trece veces veinte años y después siempre se volverá a comenzar".

***

La vida de mi amigo y la mía cambió y ahora por las tardes en que la princesa y mi hermana estaban libres íbamos a verlas. Yo accedía de buena gana porque sabía la felicidad que le brindaba a mi amigo. Además de que la mayoría de las ocasiones invitaban a la hermosa Mukuy (Tórtola) a nuestras reuniones.

Una de aquellas calurosas y radiantes tardes, en que habíamos terminado nuestro trabajo del día fuimos directamente a palacio, no era fácil entrar pero yo preguntaba por mi madre Amayté, la nana de la princesa, y al poco rato aparecía ella en la puerta y nos invitaba a entrar. Fuimos directamente al patio interior donde se encontraban la princesa y mi hermanita dándose un refrescante baño en el cenote interior del palacio. La princesa Sa'hamal P'ija estaba sentada a la sombra de un árbol mientras que mi madre tejía en su telar. Nos invitaron a sentarnos en el pasto debajo del árbol, al poco rato mi madre se alejo a la cocina y al cabo de un rato volvió con exquisitos manjares para nosotros.

Pasamos una tarde inolvidable, la princesa S'hamal P'ija se mostró muy interesada en nuestro trabajo dentro del observatorio y hasta creo que aprendió muchas cosas que no sabía. Mientras que mi amigo Amikoo Aaj Beh sólo tenía ojos para mi hermana y hasta me pareció que ella comenzaba a percatarse del amor que él le tenía y que a ella no parecía disgustarle.

Antes de que nuestro Dios Sol se escondiera detrás del horizonte, nos despedimos. Ahora que mi hermanita vivía con la princesa y mi madre casi nunca iba a casa por lo que decidió traer a vivir con ellas a mi abuela Etzemé.

De cuando en cuando llegaba de sus largos viajes de negocios mi hermano Ikal Noom (Alma de Perdiz) con su instructor y amigo Lejem Chaak (Relámpago) quien seguía profundamente enamorado de mi madre que ahora, en estos tiempos de aparente serenidad parecía corresponderle como nunca antes. Y siempre se las ingeniaban para sacar algunos momentos, sobre todo en las noches cuando su hija y la princesita dormían, para dar largos paseos por la ciudad dormida y llegar hasta el Cenote Sagrado, hablando y riendo como dos jóvenes enamorados.

Sin embargo Amayté no bajaba la guardia y mantenía a raya a la princesa Tsuutsuy Sak (Paloma Blanca) y a Lool Beh (Flor del Camino) quienes le temían de una manera asombrosa, decían que ella manejaba a los espíritus que les tiraban las ollas calientes al piso, o hacían volar las cucharas de madera antes de que ellas las cogieran para menear los alimentos. Nosotros nunca creímos estas historias pero lo cierto es que las arpías mujeres, no se atrevían casi ni a mirar a las princesas. Mientras que mi madre se reía y divertía de las historias que ellas hacían.

– Nada de eso es cierto, decía sonriendo mi madre pero prefiero que lo crean así, estoy más tranquila.

***

La princesa Sa'hamal P'ija estaba cada vez más débil y enferma. De nada servían las pócimas que los médicos le daban, Su esposo, el príncipe se desesperaba, hubiese dado todo lo que le pidieran por sanar a joven esposa, incluso mando a traer a un sacerdote-médico y adivino de la ciudad de Uxmal. El anciano y sabio sacerdote tenía mucho prestigio en toda la comunidad Maya. Estuvo un buen rato evaluando las condiciones de la princesa, luego del cual hablo así al joven príncipe:

– La princesa está muy enferma, su espíritu ha comenzado a debilitarse porque su hora de partir esta cerca. Es muy poco lo que podemos hacer por ella. Sin embargo le dejare preparada una infusión que en algo contribuirá para alargarle un poco la vida.

El príncipe quedo destruido, había amado a su mujer desde que tenía uso de razón, y aunque le había sido infiel en algunas ocasiones, muy a su pesar, nunca había dejado de quererla. Si los Dioses le hubiesen concedido el privilegio de tener una mujer con buena salud, ¡Cuantas cosas habrían realizado juntos! . Le hubiese fascinado tener una esposa que le esperara despierta, alegre e interesada cuando volvía diariamente de sus ocupaciones fuera del palacio, como hacia normalmente su cuñada Tsuutsuy Sak, pero en vez de eso, la princesa había estado constantemente enferma, débil y muchas veces con la mirada ausente. Pero sin embargo le había dado aquella hermosa, saludable y alegre hija, que era exactamente todo lo contrario a su madre.

De pronto una sombra que mezclaba el arrepentimiento y la alegría le recorrió por todo el cuerpo. Era la sombra de Chacté, hermosa, fogosa, con aquel pequeño hijo que comenzaba a robarle el corazón.

Como su esposa dormía decidió salir al patio interior de palacio a sentir la brisa fresca de la noche que en esos momentos comenzaba, mientras que el Médico-Adivino fue directamente a la cocina donde lo recibió la princesa Tsuutsuy Sak junto con Lool Beh para obsequiarle con deliciosos platillos. De esta manera se enteraron también de que a Sa'hamal P'ija le quedaban los días contados. En cuanto a la hermosa Chacté, se había ido a instalar a unas habitaciones olvidadas y un tanto remotas dentro del enorme palacio junto con su hijo. Y conservaba ella sola las llaves que daban acceso al sótano y al cual nadie llegaba. Había llevado con ayuda de su hermana y su nana un colchón de algodón donde jugaba y retozaba con el príncipe cada vez que podía embriagarlo o convencerlo de acompañarla.

Estaba el príncipe en el patio interior, triste, meditando, necesitaba estar solo. Había pasado mucho tiempo, ya casi todos los sirvientes y demás habitantes del palacio se habían retirado a descansar. Incluso su fiel sirvienta Amayté había dejado a las princesas durmiendo cuando escucho que llegaba su buen amigo Lejem Chaak (Relámpago). Cruzó unas breves y rápidas palabras con el joven comerciante, y lo vio alejarse con una sonrisa en los labios y en compañía de su amada Amayté.

—No son príncipes, ella es solo una sirvienta, pero cuanta felicidad puede ofrecerle a mi amigo. Es un hombre afortunado— pensó.

No había pasado mucho tiempo cuando apareció Chacté.

—¡Hola!, —dijo ella

—Hola

—¿Por qué estás tan sólo?, pudiste llamarme para acompañarte.— dijo ella insinuante.

El ambiente se lleno del olor a perfume que la mujer solía usar. El príncipe quería estar solo, tenía deseos de llorar, no estaba para juegos ni caricias.

–Chacté, necesito estar sólo, no tengo deseos de nada que no sea pensar, meditar.

–Está bien, respeto tus decisiones sólo permite que te traiga un poco de chocolate caliente para que te reconforte.

–No tengo deseos de tomar nada.

–Vamos, no seas necio, solo un poco te ayudara a relajarte, a reflexionar mejor.

–Está bien, tráeme un poco.– dijo, más bien con deseos de que se fuera y le dejara tranquilo.

En la cocina, Lool Beh ya tenía el chocolate preparado con aquellos polvos que ella bien sabia preparar.

–Toma, bebe esto, ya verás cómo te reconforta.

El joven príncipe comenzó dando grandes sorbos a su chocolate con agua, especies y chile, que era la manera en que se preparaba. Chacté fue un momento a velar a su pequeño hijo quien estaba custodiado en todo momento por su joven nana. Cuando volvió al patio interior de palacio encontró al príncipe en el mismo lugar donde lo había dejado. Estaba mucho más relajado e incluso la recibió con una pícara sonrisa. Ella se acerco y comenzó a darle masaje en la espalda, los hombros, y fue bajando las caricias hasta que el príncipe la tomo de la cintura y la besó. Entonces una fuerza más poderosa que él lo obligó a bajar casi corriendo las escaleras que llevaban hasta su escondite. Chacté llevaba las llaves que permitían el acceso al nido de amor, pero en la excitación, olvidó cerrar la puerta luego de que los dos entraron a la alcoba.

Mientras tanto Sa'hamal P'ija había despertado de su último sueño, no había nadie cuidándola, ni siquiera el guardia que se suponía lo hiciera, estaban tan acostumbrados a que ella nunca despertara por la noche. Se sintió enferma, la invadió de pronto una profunda angustia, tenía mucho miedo, algo en su interior le decía que la hora de su partida estaba muy cerca. No quería morir estando tan sola. Con mucha dificultad se levantó, se puso una delicada manta tejida que le había hecho su fiel Amayté y comenzó a caminar por los pasillos oscuros y desiertos del palacio, buscando a alguien, cualquiera que pudiera acompañarla en aquellos momentos de ansiedad que la invadían.

Recorrió todo el palacio, los patios interiores, la cocina, nadie, nadie estaba despierto a esas horas de la noche. ¡Cuánto deseaba encontrarse con su marido, su muy amado Kitam Ka'ax para que la acompañara en esos momentos de temor y angustia!. Seguramente que él debía estar en algún lugar del palacio, a esa hora no podía estar en ninguna otra parte. Solo podía escuchar el canto de los grillos y aves nocturnas. De pronto escuchó muy lejano un prolongado jadeo, trató de seguir el lugar de donde venían los sonidos. Como no llevaba antorchas tenía que ir acostumbrándose poco a poco a la oscuridad total. Los jadeos y discretas risitas, parecían venir del sótano, lugar cerrado siempre y cuya llave había custodiado por años Akyaabel (Viento de Lluvia). Ella misma sólo recordaba haber bajado en una sola ocasión acompañando a una sirvienta a buscar manteles de algodón bordado para una gran fiesta.

Siguió sigilosa y con gran dificultad bajando las desiguales escaleras, comenzó a ver una débil claridad que generaba una antorcha, siguió bajando, los jadeos y discretos gritos eran cada vez más claros y fuertes. Llegó hasta los pies de la cama sin que los amantes se percataran de su presencia, se quedó helada, paralizada, su mente no podía ni pensar. Esperó a que el clímax de la pareja llegara a su pico sin moverse ni hace ruido. Cuando el príncipe cayo extenuado, sudoroso y jadeante al lado de Chacté, vieron con horror a Sa'jamal P'ija parada como sonámbula mirándolos. Clavó su mirada en el joven príncipe, era tan expresiva, que podían sentirse cientos de palabras saliendo de sus ojos. Sin embargo no abrió la boca y se desvaneció sobre sus propios pies. Todo había pasado tan rápido, los amantes se vistieron velozmente, el príncipe levantó del piso a su mujer y trató de reanimarla, y mientras caminaba con ella en los brazos rumbo a las habitaciones de su esposa, la besaba, le hablaba, le pedía perdón a la vez que la bañaba en lágrimas incontrolables.

***

Mucho antes de que la chachalaca chillara anunciando el triunfo del Señor Sol sobre los Dioses de la Oscuridad, se escuchó roncar a las caracolas tocando los sonidos clásicos que anunciaban la muerte de alguno de los miembros de la Familia Real. Todos los habitantes de la ciudad y de los pueblos hasta donde llegaba el sonido pensaron que se trataba de la muerte del anciano Halach Uinik.

En esos momentos Amayté y Lejem Chaak se encontraban el escondite que habían encontrado mucho tiempo atrás en una diminuta caverna cercana a uno de los pequeños cenotes de la ciudad. La habían acondicionado con antorchas, un colchón de algodón y un brasero para quemar copal. Podían optar por ir a la casa de Amayté que en esos tiempos no estaba habitada, pero se suponía que nadie sabía de los encuentros íntimos de la pareja, aunque ya empezaba a ser un secreto a voces. Sin embargo aquella diminuta cueva era más romántica, estaba al lado de un pequeño y poco visitado cenote, además de que les hacía experimentar la sensación de clandestinidad que aderezaba sus juegos eróticos.

Cuando Amayté despertó de su profundo sueño con el ronco sonido de las caracolas, presintió de inmediato que se trataba de su princesa. Se vistió a gran velocidad y salió corriendo, se fue tan rápido que su joven amante no pudo alcanzarla.

***

Era una princesa, esposa del que sería muy pronto el Halach Uink de la Sagrada ciudad de los "Brujos del Agua" por lo que debía tener un funeral digno de su clase. Todos los preparativos fueron coordinados rápidamente por el Sumo Sacerdote y la regente de las monjas. El cuerpo fue embalsamado por los expertos que se encargaban de esos menesteres. Al día siguiente muy temprano la pompa fúnebre partió hacia la pirámide donde seria enterrada. Después del sarcófago donde descansaban los restos de la que fuera Sa'hamal P'ija iban a paso lento su esposo y su hija, la princesita Nicté Lik, ambos llorando desconsoladamente. Detrás iban los miembros de la Familia Real así como los sirvientes y guardias de palacio. Ajal (Despertar) había perdido por completo la mente por lo que no pudo asistir y en cuanto al Halach Uinik estaba muy anciano y ya no podía caminar, así que tampoco pudo acompañar al cortejo fúnebre.

El sarcófago fue bajado cuidadosamente por las infinitas escaleras que conducían a la cámara mortuoria, solo se permitió bajar a los sirvientes que cargaban el féretro , a dos sacerdotes y a unas pocas personas más. Chacté quería bajar, la primera, a despedir a la princesa pero el príncipe Kitam Ka'ax (Jabalí del Monte) clavando una penetrante mirada en sus ojos, no se lo permitió. Sólo bajaron su esposo, su adorada hija y su fiel Amayté.

Para Nicté Lik (Flor del Viento) era una experiencia aterradora, primero se trataba de su bondadosa y dulce madre, luego aquel lugar donde era difícil respirar, vio impresionada cómo los sirvientes acomodaban alrededor del sarcófago toda serie de alimentos, agua piedras de jade verde, artículos de oro que había usado en vida mientras que dos sirvientes sostenían en sus manos dos blancas palomas que al final del ritual serian dejadas en el sepulcro para que guiaran al espíritu de la princesa al país de los muertos.

El príncipe Kitam Ka,ax (Jabalí del Monte) tomó del alhajero de noble madera un esplendido y reluciente collar de oro con piedras preciosas y una pequeña corona que hacia juego con el collar y se los dio a su hija diciendo: – Úsalos y consérvalos por siempre, son los regalos que yo le di a tu madre el día en que nos casamos. Sólo a ti y a tu descendencia corresponde usarlos.

Uno de los sacerdotes leyó del códice de papel de árbol que llevaba consigo, todo lo que la princesa debía saber para librarse de los malos espíritus, recorrer ilesa los nueve infiernos y por último llegar triunfante a caminar por los trece cielos donde finalmente encontraría a los bondadosos y protectora Dioses Benévolos.

La ciudad de Chichen-Itzá declaró tres días de duelo durante los cuales el mercado no se abriría, en las escuelas no habría clases ni se llevarían a cabo ningún tipo de audiencias ni celebraciones.

***

Por fin la princesa Nicté Lik (Flor del Viento) terminó el largo proceso que la llevó a recorrer todos los oficios y faenas que realizaba su pueblo. Estuvo unos días con los artesanos que producían la cerámica, el hilado, los muebles, las redes, etc. Y otros días con los artistas, principalmente pintores y escultores que se dedicaban a preservar la historia de su pueblo. Escuchó serenamente todas la preocupaciones y temores de todos éstos humildes y fieles servidores de la Familia Real y que formaban la base firme y amplia donde se asentaban las clases sociales dominantes. Pudo experimentar de cerca el imprescindible trabajo de los agricultores, base fundamental de su pueblo. Llegó hasta donde los constructores de caminos aplanaban, con enormes cilindros de madera, los blancos sacbes de piedra blanca. Pudo hablar de cerca con constructores de templos y pirámides.

Nicté Lik había madurado mucho. Ya habían pasado tres tunes (años) desde que su madre partiera al mundo de los muertos. Ella llevaba siempre la corona y el collar que su padre le entregara en la sepultura de su madre. Desde ese día ella había comenzado a ser una mujer. Ajal su abuela también había partido al mundo de los muertos. Mientras que su abuelo el Halach Uinik estaba muy anciano y ya se comenzaba a hablar de que el príncipe Katam Ka,ax debía pasar por el ritual que lo llevaría a asumir las riendas de la ciudad.

En cuanto a Chacté estaba más descarada en su relación con su padre, e incluso dormía muchas noches en la cama que había sido de su madre. Pero Nicté Lik sabía que no podía esperar nada bueno de esa mujer ni de su hermana y mucho menos de la maléfica nana de ambas. Estaba consciente de que al mayor descuido la envenenarían para dejar libre el camino al supuesto hijo de su padre con Chacté o a su insoportable y melindroso primo Yaxquin (Sol Nuevo).

Ella valoraba en toda su amplitud la seguridad y compañía que le proporcionaban su fiel nana Amayté y Nicté Ha (Flor del Agua), su inseparable alma gemela. Ellas representaban el apoyo sin el cual ella se encontraría perdida e indefensa. También contaba con Etzemé, aún cuando desde la muerte de su madre todas ellas habían vuelto a vivir a su antigua palapa, la que había pertenecido a los bisabuelos de Nicté Lik y por lo tanto ahora era de su propiedad, razón por la cual nadie había osado echarlas de ella, aún cuando sabía que Tsuutsuy siempre había estado interesada en la vieja palapa porque quería traer a vivir ahí a una prima que era de otro pueblo bastante lejano.

Una noche se encontraban en el gran comedor de palacio los dos príncipes, Tsuutsuy Sak, Chacté, y la princesa Nicté Lik, además de dos embajadores enviados especialmente de las vecinas ciudades de Uxmal y Mayapan.

Amayté (Rostro del Cielo) y Lool Beh (Flor del Camino) servían los platos a los comensales. Las dos mujeres se cruzaban una con otra entrando y saliendo de la cocina. Lool Beh, ahora se sentía fortalecida por la relación, de todos conocida entre Chacté y el príncipe. El próximo paso sería hacer que el príncipe se casara con ella para que entonces tuviera todos los derechos de una princesa y futura esposa del Halach Uinik. Ya encontrarían la forma de deshacerse de Nicté Lik y de Amayté.

Pero por el momento Amayté aún seguía respaldada por la princesa Nicté Lik a quien su padre el príncipe, daba todo su incondicional apoyo. Lool Beh no se hubiera atrevido jamás a servir los platos que consumía la princesa, ella sabía que eso estaba totalmente a cargo de Amayté quien se encontraba ahí precisamente para eso. Luego de la comida, todos los comensales pasaron a un gran salón de palacio destinado para las recepciones importante.

Se les obsequió con Balché mientras acordaban una serie de asuntos importantes. Nicté Lik (Flor del Agua) quiso retirarse de la reunión pero su padre no se lo permitió. Y llevándola aparte, para que nadie pudiera escucharlo dijo:

—Hija, debes comenzar a involucrarte activamente en todos los asuntos de esta ciudad . Los embajadores especiales de las ciudades hermanas de Uxmal y Mayapan vienen a planificar el próximo concilio de nuestros pueblos Mayas que se llevará a cabo en la lejana ciudad de Tikal. Mi padre, como bien sabes, ya está muy anciano y enfermo, yo estoy fungiendo los deberes de él además de que en cualquier momento puede morir y yo tendré que superar las pruebas que me permitan coronarme como Halach Uinik. Es muy probable que tú debas ir al concilio en representación de nuestra ciudad. Yo no debo abandonar la ciudad, tu tío Chak Mo'ol tiene varios asuntos importantes que concluir además de que en algún momento tendrá que acompañarme al Xibalbá, de lo contrario yo no podría salir con vida de los infiernos. Y en cuanto tú primo Yaxin (Sol Nuevo) no creo que tenga las agallas suficientes para ir al congreso, además de que es a ti a quien corresponde ese lugar.

–Sí padre, haré todo lo que tú me ordenes, prometo que no te voy a defraudar.

Solamente a ella se le permitió presenciar aquella importante reunión entre varones , lo que causo que Chacté y Tsuutsuy Sak se retiraran con una mueca de enfado en sus bocas.

Durante la tertulia, se hablo de la necesidad de formar una alianza entre Uxmal *la maravillosa,* Mayapan *la valerosa* y Chichen Itzá *altar de sabiduría* para protegerse de las incursiones de tribus salvajes que venían del poniente y estaban amenazando la integridad del antiguo y civilizado pueblo Maya. Este proyecto había sido largamente acariciado por los abuelos de los actuales gobernantes de estas ciudades, pero nunca se había logado formalizarlo.

Dentro de unas cuantas lunas se llevaría a cabo el próximo y tan esperado concilio de todas las ciudades Mayas. Esta vez se realizaría en una lejana, hermosísima e importante ciudad llamada Tikal, pero el viaje era bastante largo, con suerte ocho a diez kines (días) de camino. Además había que atravesar barrera natural que dividía los pueblos del norte y del sur de la península Maya donde no había pueblos ni personas, solamente la selva indomable e impenetrable poblada por feroces bestias. Sin embargo era de mucha importancia que alguna de las Ciudades-Estado que formaban la alianza de esas tres ciudades, estuviese presente en el congreso. En estos momentos, debido a problemas internos de Uxmal y Mayapan les era imposible asistir al congreso, por lo que Chichen Itzá asistiría en representación de las tres ciudades.

Luego de lo cual celebrarían un concilio interno entre estas tres ciudades para ponerse al día de los últimos asuntos científicos y políticos tratados en Tikal. Por otro lado se debía aprovechar aquella temporada de sequía cuando los caminos estaban secos para poder transitar con mayor facilidad. La princesa Nicté Lik (Flor del Viento) iría al congreso acompañada de varios sacerdotes, algunas de las monjas, escribas, pintores, vigilantes de los días, sirvientes y guardias.

Al día siguiente se comenzaron los preparativos para la gran expedición. Nicté Lik quería que Nicté Ha y Amayté fueran con ella, pero ésta última decidió que no sería tan importante su presencia. Pediría a la princesa que llevara entre los sacerdotes a Iqui Balam (Tigre de la Luna) y a su amigo Amokoo Aaj Beh (Amigo Guía). Ella confiaba que entre ellos, los guardias y sirvientes que ella mima escogería, irían bien protegidas sus niñas y así ella podría por fin, después de tanto tiempo, hacer un viaje con Lejem Chaak a un lugar encantado en la costa llamado Xel Ha (Lugar donde nacen las aguas). Viaje que tantas veces habían acariciado juntos, ahora era la oportunidad de hacerlo y aprovecharían para casarse allá muy lejos donde Bamoa no pudiera verlos, y de esta manera unir sus vidas y sus almas para siempre, aún más allá de la muerte. Y en cuanto a Etzemé, que estaba aún muy fuerte, saludable y tenía su mente completamente clara, la mandaría durante ésos días a Pisté con sus otros hijos y nietos para que también descansara de todos aquellos años que llevaban trabajando sin parar.

Llegó el gran día de la partida. Amikoo Aaj Beh (Amigo Guía) no tenia palabras para agradecer la intercesión de Amayté para que él pudiera ir a ese gran concilio, lo mismo pasaba con Iqui Balam ya que al ser de los sacerdotes más jóvenes, no se les permitía todavía asistir a esos concilios.

Pero eso sí, tuvieron que comprometerse seriamente con Amayté a cuidar en todo momento y ante toda circunstancia a la princesa y a su hija. Promesa que hicieron de buena gana. Iqui Balam solo sentía tristeza porque Mukuy (Tórtola) no iría a la convención y por lo tanto estarían muchos kines (días) sin verse. Pero por otro lado apreciaba enormemente la oportunidad de asistir a uno de esos tan importantes e históricos congresos.

Salieron un poco después de que la chachalaca gritara anunciando el nuevo día. Desde la puerta de palacio les decía adiós Amayté, el príncipe Kitam Ka'ax y otro grupo de fieles servidores. Llevaban un enorme séquito que comenzó a caminar alegre y rápidamente. El príncipe había dado a Nicté Lik varios morrales con granos de café que servirían como moneda para todos los gastos que pudieran tener. Estos morrales se le dieron a custodiar a Iqui Balam y a Amikoo Aaj Beh.

Caminaron durante varios *kines* (días) que los *vigilantes de los días* llevaban meticulosamente anotados. Algunas veces podían quedarse a pernoctar en los refugios del camino, pero al atravesar la barrera natural de selva virgen debían pernoctar al atardecer en cuevas que los viejos y experimentados guías conocían o en algunos claros del bosque en casas improvisadas hechas de pieles de animales. Caminando, caminando llegaron por fin a las inmediaciones de Calakmul donde comenzaron nuevamente a encontrar muchos pueblos y refugios. Pero la caravana iba preparada. Llevaban unos cuantos sirvientes que se turnaban para abrir camino, con sus largos y afilados cuchillos de obsidiana, entre la espesa maleza de la selva. Los guías conocían también algunos cenotes donde podían bañarse y refrescarse.

Por las noches, mientras atravesaban la indomable selva, las sirvientas prendían el fuego y con sus comales y harina de maíz preparaban exquisitas y calientes tortillas, además de frijoles y chile. También llevaban frutas, chocolate y un poco de balché, éste último, se suponía que era sólo para los sacerdotes mayores que iban encargados de la caravana, pero algunas noches Iqui

Balam (Tigre de la Luna) pudo robarse una de las botellas y junto con su amigo bebérsela mientras la mayor parte del grupo dormía.

Amikoo Aaj Beh (Amigo Guía), no quería beber más porque cuando lo hacía experimentaba un poderoso e incontrolable deseo por Nicté Há (Flor del Agua), comenzaba a tener alucinaciones viendo a la hermosa joven totalmente desnuda bañándose en uno de los cristalinos cenotes. Y entonces sus venas se dilataban y su corazón galopaba velozmente. Así que le dijo a su amigo que ya no bebería más durante el viaje, puso el pretexto de que si se embriagaban, alguien podría hacer daño a las dos jóvenes. Recordaron el compromiso que sellaron con Amayté y durante todo el viaje de ida Iqui Balam no volvió a robar botellas de Balché.

Más o menos a la hora más importante para los mayas (tres de la tarde) el Cortejo Real procedente de la Ciudad Sagrada de Chichen Itzá llego a la imponente ciudad de Tikal. La princesa y los más jóvenes de su comparsa quedaron sin aliento ante la majestuosidad de aquella ciudad. Entraron por la calzada principal y escucharon caracolas, tambores y timbales anunciando su llegada. Nicté Lik (Flor del Viento) iba caminando con gallardía, y elegancia al frente de su comitiva. Sabía representar solemnemente a la ciudad que se conocía con el nombre de *Altar de la Sabiduría o Los Brujos del Agua.*

El cortejo fue recibido por el Halach Uinik de la ciudad de Tikal y a continuación los acomodaron en un enorme palacio donde había habitaciones para todos y también para otras delegaciones que ya estaban llegando al concilio.

Nicté Lik compartió su habitación con su inseparable amiga. Luego de organizar sus ropas y demás pertenencias con ayuda de las sirvientas, decidieron ir a darse un baño a uno de los ríos subterráneos que estaban a pasos del palacete donde encontraron mucha algarabía y jolgorio. Eran personas de otras ciudades que al igual que ellos representaban a alguna de las ciudades del pueblo Maya.

Los adultos de la comitiva de Chichen Itzá se dieron un baño rápido y se alejaron a descansar, estaban muy agotados por el largo viaje y algunos de ellos, durante el viaje, no habían podido ni siquiera darse un baño. Pero los cuatro jóvenes, decidieron seguir disfrutando un rato más del agua con otras personas con quienes charlaban alegremente. Nicté Lik (Flor del Viento) así como Iqui Balam (Tigre de la Luna) hicieron amistad con varias personas que se encontraban en el cenote, mientras que Amikoo Aaj Beh (Amigo Guía) y Nicté Ha (Flor del Agua) se dedicaron a nadar dentro del cenote, y sin darse cuenta comenzaron a rozar sus cuerpos semi desnudos que apenas atravesaban por la pubertad y así experimentaron el enorme placer de hacerlo. Antes de que pudieran pensarlo se encontraban besándose apasionadamente, solos, en un recodo del rio, al principio fue más bien un susto el que les corto la respiración pero de ahí en adelante procuraban aprovechar cada una de las contadas oportunidades que se les presentaban para besarse y acariciarse dulcemente sin que nadie pudiera observarlos.

Una vez limpios y bien vestidos, los cuatro jóvenes llegaron al palacete donde tenían organizado un gran banquete de bienvenida. En una enorme explana frente a una de las pirámides más importantes de la ciudad se colocaron muchas mesas pero siempre dividiendo a los invitados según su rango y ocupación. Los dirigentes o gobernantes con sus homólogos así como de igual manera los sacerdotes y las sacerdotisas. Iqui Balam y Amokoo Aaj Beh fueron acomodados con los sabios sacerdotes de las otras ciudades. Nicté Lik, que llego elegantemente vestida luciendo con donaire el bellísimo collar y la corona que había heredado de su madre, fue a sentarse a la mesa principal donde se acomodaban a los gobernantes y dirigentes de todas las Ciudades-Estado. Entre estos principales solo había dos mujeres, la princesa de Bonampak, y Nicté Lik, todos los demás eran varones.

Mientras tanto Nicté Ha estaba en una mesa contigua a la princesa con todos los ayudantes personales de los gobernantes y desde donde Amikoo Aaj Beh no le quitaba la vista.

En la conversación de la mesa, la princesa Nicté Lik se enteró de que al día siguiente, cuando comenzaran formalmente los trabajos del concilio, llegaría, procedente de tierras Mexicas, un joven príncipe que deseaba relacionarse con el pueblo Maya.

–No veo cuál es la necesidad de recibir a un príncipe de esa raza de barbaros y salvajes– Dijo uno de los Gobernantes– con los que nuestros abuelos han librado muchísimas batallas.

–Sí, tienes razón,– continuó diciendo otro de los dirigentes– pero los tiempos cambian, ellos necesitan de nuestro tinte añil (azul), de la goma de nuestros árboles, de la cochinilla, (parásito del nopal) con lo que sacamos el color rojo. De nuestras plumas de quetzal, de nuestras guacamayas. Mientras que nosotros necesitamos fuertemente de su obsidiana con la cual construimos nuestros cuchillos y lanzas

–Nos necesitamos unos a los otros, estoy de acuerdo, pero no es necesario que vengan a uno de nuestros concilios, porque lo único que quieren es adquirir todos nuestros conocimientos– dijo otro de ellos.

–Quieren hacer buenas relaciones con nuestros pueblos, el concilio coincide con el tiempo de sequia y como ellos vienen de muy, muy lejos es ésta la mejor época para cruzar por esos caminos.– Dijo el Halach Uinik de Tikal– Mañana temprano comenzaremos con nuestra convención, pero el príncipe Mexica no tardara muchos días en venir, yo calculo que pueda llegar mañana. Estoy satisfecho de haberlos prevenido de la llegada del príncipe. Podemos hablar ahora sin la presencia de él.

–Es muy necesaria para nosotros la obsidiana– dijo uno de los más viejos gobernantes que estaban entre los comensales– creo que debemos comenzar a tratar de entendernos con ese pueblo de bárbaros pero que también tiene muchas cosas que quizá nosotros debamos aprender. Los tiempos han cambiado, debemos aclimatarnos a las nuevas tendencias. Oremos a nuestros Dioses y encendamos incienso de la tierra para que nos ayuden a entender a ese pueblo. Es ésta una oportunidad para intentarlo y dejar atrás las guerras de nuestros abuelos.

La conversación continuó tocando muchos otros puntos interesantes, como el intercambio de maíz, frijol, calabaza, chile, tomates, aguacates, piña, miel, amaranto, mamey, algodón, ropas tejidas y bordadas, conchas, balché, goma de los arboles que producía el pueblo Maya, mientras que los Mexicas poseían la tan valiosa obsidiana, negra o verde, el jade verde que consideraban que tenia poderes mágicos, copal y vasijas de cerámica. Mientras hablaban todo estiban consumiendo los deliciosos manjares, jugos naturales de frutas y bebidas espirituosas que varios sirvientes se ocupaban de servir afanosamente. En la explanada había músicos y bailarinas alegrando a tan distinguidos invitados y estuvieron tocando casi hasta la media noche.

La princesa Nicté Lik se retiro temprano a su habitación mientras que los otros tres jóvenes se quedaron por ahí disfrutando de la música, de la fresca noche y de la extravagante fiesta que superaba todas sus expectativas.

Nicté Ha y Amikoo Aaj Beh aprovecharon para bailar y cantar contagiados por toda aquella gente. Luego se fueron caminando y besando rumbo al palacete donde pernoctarían con su grupo.

Amikoo Aaj Beh (Amigo Guía) llego feliz a la habitación que compartía con su amigo Iqui Balam (Tigre de la Luna), pero no se atrevió a hablarle de su dicha, la mujer que él amaba desde que era un niño, ahora lo amaba a él también. Pensó que al regresar a Chichen Itzá, le propondría matrimonio y entonces hablaría con su amigo y con Amayté.

Por suerte la madre de su amada Nicté Ha practicaba las nuevas costumbres, al igual que los padres de él. Si no hubiese sido así, ambos jóvenes estarían comprometidos en matrimonio desde su más tierna infancia. Pero a ésta nueva generación se les permitía desposarse con la persona a quien ellos escogieran libre y voluntariamente. Con todos estos pensamientos se fue quedando dormido.

***

Las reuniones comenzaron muy temprano, los *vigilantes de los días* de todos los pueblos se afanaban en constatar que todos los pueblos y ciudades corrían por el mismo día, el mismo mes y el mismo año. En la mesa contigua se reunían los sacerdotes-astrónomos, y si alguno había observado una nueva estrella o movimiento de estrellas nuevo, lo compartía con los otros grupos. Los dos sacerdote-médicos que llevaban eran hombres jóvenes quienes de la misma manera se reunieron con sus con sus pares para compartir sus experiencias.

Los gobernantes hablaron de muchas cosas, debían hacer Sacbes o caminos que unieran la barrera de selva virgen que separaba el norte y el sur del pueblo Maya. Recordaron la importancia de que el pueblo Maya se comunicara acertadamente con sus Dioses, ya que el día que perdieran esta capacidad, perderían todo el control de la vida y del mundo, lo que destruiría la selva, los ríos y las ciudades. Al cabo de un rato volvieron a tocar el tema del Príncipe Mexica y su séquito.

Ya había pasado la hora sagrada para los mayas, estaban casi a punto de terminar los trabajos de aquel día cuando de pronto, los guardias que se encontraban en lo alto de las pirámides comenzaron a hacer sonar las caracolas anunciando que un nuevo cortejo se acercaba. Casi todas las personas que se encontraban en el concilio alcanzaron a subir a alguna pirámide para observar el camino por donde llegaba príncipe Mexica. Todos los Halach Uinik se acomodaron en la pirámide principal en donde terminaba la calzada principal de la ciudad.

La exótica comparsa se movía rítmicamente, muy pronto comenzaron a entrar a la ciudad de Tikal. Lo primero que impacto a los más jóvenes fue las ropas y accesorios tan diferentes al de ellos que usaba aquel pueblo de salvajes. Los primeros en pasar las puertas de la ciudad fueron los soldados, una gran cantidad de ellos, perfectamente vestidos y armados con lanzas de obsidiana negra y verde con las que formaron una valla para que siguieran entrando sus compañeros. Les seguían unos músicos con un ritmo muy vivaracho que encendió la alegría de inmediato, detrás de ellos venían muchas jóvenes y hermosas bailarinas moviendo sus esbeltos cuerpos al ritmo que los músicos les tocaban. Finalmente, gallardo, esbelto, joven, apuesto, fuerte, apareció en la calzada el Príncipe Mexica, sus ropas también eran diferentes de las que usaban los príncipes del pueblo Maya.

Se acercó airoso hasta la pirámide donde se encontraban los regentes Mayas comandados por el Halach Uinik de Tikal. Todos guardaban silencio. A una señal, el joven príncipe subió lenta y elegantemente por todos los escalones de la pirámide, La preciosa y amplia capa bordada con hilos de oro que colgaba de sus hombros arrastraba detrás de él, le seguían los sacerdotes que también subieron escalinatas.

Nicté Lik no podía creer que existiese un hombre tan guapo, tan varonil, desde que lo vio por primera vez su corazón aprendió a latir de otra manera. El príncipe se postro con garbo ante los Gobernantes y Dirigentes del pueblo Maya.

– Soy el príncipe Itzacoyotl (Coyote Blanco) vengo de las lejanas tierras por donde el Señor Sol, mi Dios, se retira diariamente. Represento a todas las ciudades Mexicas. Nos separan muchos días de selva espesa, pero traigo intensiones de construir puentes de comunicación entre nuestros pueblos, además de intercambiar alimentos, objetos y conocimientos.

– Eres bienvenido príncipe,– dijo el anfitrión – Llegas en la ocasión en que celebramos un concilio entre nuestras Ciudades- Estado para intercambiar todo lo que tú has mencionado. También nosotros deseamos establecer relaciones con los pueblos que están hacia el poniente. Sabemos que podemos compartir con ustedes muchos objetos, muchos alimentos y muchos conocimientos. Por el día de hoy ya habíamos terminado los trabajos. Serás guiado hasta tus aposentos, al igual que a toda tu comitiva. Esta noche tendremos una fiesta y mañana podrás hablar con todos los dirigentes y gobernantes que se encuentran reunidos aquí.

El joven tenía su vista clavada con determinación sobre su interlocutor, pero cuando se despidió de todo aquel imponente grupo de hombres principales que vestían con gran elegancia, su mirada se tropezó con la de Nicté Lik (Flor del Agua). Ambos sostuvieron sus miradas con asombro. Fue un amor a primera vista. A ambos le latió el corazón a un ritmo acelerado y la respiración pareció detenerse por un instante.

Todos fueron bajando lentamente de la pirámide, al igual que las otras personas que estaban en otras pirámides. Como el grupo de los Mexicas era tan grande los llevaron a otro palacete que se encontraba a cinco minutos de la ciudad, era bastante grande y ahí podrían acomodar a todos los huéspedes. Además los tendrían más alejados y vigilados, no debían olvidar que eran unos salvajes.

Casi todos los visitantes de la ciudad convergieron en el cenote para bañarse, había tanta gente que a la princesa Nicté Lik y a sus tres acompañantes les costó conseguir una entrada al agua que no estuviera ocupada, ya dentro del cenote, los dos varones nadaban hacia lo lejos compitiendo entre ellos, mientras que las dos jóvenes mujeres se quedaron charlando en la orilla.
–¿ Viste que guapo es el príncipe Mexica?– preguntó a modo de secreto Nicté Lik (Flor del Viento)

– Sí, es muy guapo.– dijo secamente Nicté Ha

–Clavo su negra y penetrante mirada en mis ojos y el corazón experimento una emoción que nunca antes había sentido.

–Ten cuidado Nicté Lik, no olvides que tu eres una princesa que representa a la ciudad que llaman *altar de sabiduría* y el joven príncipe representa a la tribu de barbaros con los que nuestro pueblo ha peleado por muchas ruedas de Katunes (siglos)

–Todo eso lo sé muy bien, y solo te digo que es muy guapo, que me intimido.

–Pues yo te digo que tengas cuidado para no caer en sus tentáculos, porque arruinaría tu vida.

–Pero que exagerada eres, nada de eso pasara, solo tengo que aceptar que me gusto mucho.

***

Bamoa (Espiga) observaba el poblado de Pisté desde el balcón que daba vuelta a su casa sobre la loma, pensaba en todos los años que había vivido en aquella casa y en aquel pueblo, se sentía vieja, por lo menos tenia la dicha que le daba su adorado nieto Jaats Séeb (Rayo Veloz), pero aún le quedaba un proyecto importante por resolver.

Su hijo Lejem Chaak aún no se había casado, no tenia descendencia y ella poseía tantos bienes materiales para poder dejar a más de un nieto. Le extrañaba mucho que aquellas pócimas que ella personalmente preparaba, no hubiesen causado el efecto esperado, no se explicaba por qué el joven no acababa de caer a los pies de Saasil Uj (Luz de Luna). Nunca le habían fallado sus brebajes. Quizá fuera que los Dioses estaban enojados con ella. Debía tomarse un buen tiempo para honrarlos y obsequiarles con toda clase de ofrendas.

Sin que lo advirtiera, llego por su espalda su hijo Lejem Chaak, y le dio un beso en la mejilla. ¡Qué apuesto y gallardo era su hijo! pensó– era igual a su padre a quien ella tanto había amado. Ahora que el joven era todo un hombre se parecía cada vez más a su difunto marido, no tan solo físicamente, también en su carácter despreocupado, su alegría perpetua y su enorme bondad para todos los seres humanos. Sintió de pronto una inmensa tristeza, sabía que él nunca la había amado.

– Madre, mañana, antes, de que la chachalaca nos despierte, partiré hacia donde nace diariamente nuestro Dios, el Señor Sol.– anunció alegremente el joven.

–Oh,… avisare rápidamente a las sirvientas para que preparen el desayuno y los itacates para el camino. – dijo la madre, levantándose de su asiento para ir a la cocina, pero su hijo la detuvo dulcemente.

–No madre, no te preocupes por nada, no necesitaré nada, ésta misma noche, cuando el sol comience su descenso me voy a la casa que Amayté aún conserva en Pisté. Desde ahí partiremos los dos solos rumbo a Xel Ha, ahí, ante los Dioses uniremos nuestras vidas y nuestros destinos para toda la eternidad. Pasaremos varios kines (días) por allá, luego volveremos a Chichen Itzá y viviremos en una palapa que están construyendo para nosotros ceca del palacio.

Por un buen rato Bamoa no pudo articular palabra, no era posible que aquello que escuchaba fuera verdad, más bien parecía una pesadilla. Luego de un interminable silencio dijo, tratando de mantener su serenidad:

—Hijo, querido hijo, tu eres un rico y noble comerciante, no entiendo porque quieras unir tu vida a esa desgraciada, viuda y pobre sirvienta. Yo acariciaba la esperanza de que unieras tu destino a Saasil Uj (Luz de Luna), hermosa, joven y noble mujer que quedó viuda muy joven y que aún no ha procreado descendencia.

—Madre, querida madre, dijo el joven sentándose a su lado y abrazándola tiernamente. Debes adaptarte a los nuevos tiempos, cada vez son más los jóvenes que deciden por ellos mismos la persona con la cual vivirán por el resto de su vida, mientras los Dioses lo permitan. Excepto por supuesto los gobernantes y dirigentes de las ciudades, quienes aún deben celebrar sus esponsales basados en las conveniencias de su pueblo.

—Tú eres noble, hijo, además muy rico, deberías calcular mejor a quien heredarás esos bienes que te han sido concedidos antes de que nacieras.

—No madre, eso se lo dejo a los príncipes y princesas, que se deben completamente a su pueblo, yo encontré a la mujer que siempre, siempre busqué, los Dioses han querido que la encontrara tarde, pero ahora que ella me corresponde y que está quedando libre de la responsabilidad de sus hijos, ya que ellos han crecido, me voy a unir en matrimonio a ella. No me importa lo que tú y mi hermana K'uyche (Amapola) piensen. Y el mejor regalo que pueden darme es aceptarla, pero si no lo hacen, no me importará.

Estuvieron sentados un rato más en completo silencio. Bamoa pensaba en el matrimonio que habían acordado sus propios padres para ella. Su difunto esposo siempre había estado enamorado de otra mujer, y ella guardaba en su corazón el recuerdo de un joven y valiente cazador que llego un día de Uxmal cuando ambos estaban en su primera juventud y que luego despareció súbitamente dejando solamente su recuerdo.

Amayté entró a la casita que tenía en Pisté, al empujar con fuerza la puerta, comprobó que por varios *tunes* (años) nadie había entrado en ella. Sin embargo el techo de paja se veía recientemente cambiado. Estaba sucia de polvo pero todas las cosas que había dejado se encontraban en el mismo lugar. Cuantos recuerdos le llegaban de golpe, los juguetes de madera y paja de sus hijos tirados en un rincón donde las lagartijas iban dejando huella de su paso, una muñequita de trapo de su hija tirada en el piso, más allá los apero de labranza de Sayab (Manantial), —pobre hombre, pensó, cayó en las redes macabras del los espíritus malignos. En cambio ella había sido bendecida espléndidamente por sus Dioses, los mismos a los que tantas y tantas veces se había dirigido y que siempre, siempre le habían respondido.

Ya la noche había caído en su totalidad, solo tenía la luz de la luna llena que le ayudaba a terminar de poner orden en su casa. Aún no había terminado de limpiar por completo cuando oyó pasos que se acercaban haciendo ruido al pisar las hojas secas de el patio, sintió un poco de temor pero pronto vio la figura gallarda y lozana de Lejem Chaak entrando por la puerta, ella dejó caer lo que tenía en las manos y caminando lentamente hacia él se dejo caer en los fuertes y viriles brazos del joven.

Cuando la chachalaca graznó ya Bamoa estaba sentada en el balcón de su casa mirando hacia el camino que llevaba al sol naciente y muy pronto vio a la joven pareja caminando solos, felices, cargados ligeramente con sus pertenencias. Se quedó mirándolos hasta donde el recodo del camino se lo permitió.

En palacio, mientras tanto, Chacté (Madera Roja) se había adueñado totalmente de la habitación que en otros tiempos perteneciera a Sa'hamal P'ija (Roció de la Mañana). El príncipe aún no había accedido a casarse con ella, pero se había comprometido a hacerlo una vez fuera embestido de la ropas y el majestuoso penacho de plumas de quetzal de su moribundo padre, el actual Halach Uinik. Todo el control de la cocina y por ende de la servidumbre total de palacio había caído en las perversas manos de Lool Beh (Flor del Camino) . La princesa Tsuutsuy Sak (Paloma Blanca) sólo acariciaba por ahora el deseo de que su hijo Yaxkin (Sol Nuevo) se convirtiera en sucesor de su cuñado como Halach Uinik.

Aquella tarde en el patio interior de palacio conversaban las tres viles, el sol brillaba con todo su esplendor, los pájaro y mariposas revoloteaban mientras se escuchaba el rítmico caer del agua de la fuente. El pequeño Yuux Seeb (Venado Veloz), hijo de Chacté y el príncipe Kitam Ka'ax corría por ahí persiguiendo a una enorme iguana.

–El próximo paso será deshacernos de Nicté Lik, –dijo Lool Beh

–Quizá sea más fácil de lo que había planeado– contestó la princesa.

–¿Qué es lo que estas pensando? – preguntó intrigada Chacté

–Que los emisarios enviados por el Halach Uinik de Mayapan y que llegaron a palacio ayer para hablar con Kitam Ka'ax, traían la encomienda de exponerle la conveniencia de unir en matrimonio a Nicté Lik (Flor del Viento) con el príncipe Koj Boox (Puma Azabache). Esta posibilidad se había venido dialogando desde que la niña era muy pequeña, pero el príncipe aún no había tomado la decisión final. Esto me lo contó mi esposo, el príncipe Chak Mo'ol.

–¿Y Kitam Ka'ax que dijo? –preguntó con mucho interés Chacté.

–Está totalmente de acuerdo con esa unión, tiene la certeza de que, una vez consumado el matrimonio, su hija deberá ir a vivir al palacio de Mayapan con Koj Boox. Será la esposa del Halach Uinik y esa alianza fortificara a ambas ciudades haciéndolas muy poderosas y contando también con la asociación de la ciudad de Uxmal la cual tiene una pequeña princesa que en un futuro se podría comprometer con Yaxkin (Sol Nuevo) o con Yuux Seeb (Venado Veloz).

–Bueno eso es mucho mejor de lo que hubiésemos planificado,– dijo muy complacida Lool Beh.

–Eso deja el camino libre para que mi Yuux Seeb (Venado Veloz) pueda aspirar algún día a ser el sucesor de su padre como Halach Uinik –comentó , feliz Chacté.

Pero ese comentario no fue del agrado de la princesa Tsuut-suy Sak. Comprendió inmediatamente que ahora la competencia de Yaxkin (Sol Nuevo) era precisamente el hijo de su hermana. Lool Beh, que era muy astuta pudo leer el pensamiento de la princesa y trató de mirar el fondo de sus ojos, pero ésta no se lo permitió y dijo:

–Bueno, vamos a prepararnos para la pequeña celebración que tendremos esta noche en honor de los emisarios de Mayapan y sus mujeres.

–Sí,– contestó Chacté, sin percibir las miradas de las otros dos mujeres.– el príncipe Kitam Ka'ax me pidió que estuviésemos todas presentes en la cena de esta noche.

***

Durante la conferencia llevada a cabo al día siguiente de que el Príncipe Mexica llegara a Tikal, y que era también la última del concilio, le fueron presentados al extranjero, todos los gobernantes y/o Halach Uinik presentes. La princesa Nicté Lik llegó ligeramente retrasada al salón donde se llevaban a cabo los trabajos. Ya todos los dirigentes habían llegado. Todos posaron su mirada sobre la gentil, graciosa y hermosa princesita que se acercaba al grupo con ese donaire y seguridad que la caracterizaba.

El príncipe Mexica la miraba atentamente mientras se acerca al grupo y en ese momento pudo percibir claramente que aquella era la mujer que le acompañaría por el resto de su vida. Desde las profundidades de su corazón escuchó el mensaje diáfano, de que aquella hermosa mujer de ojos de leopardo y elegancia inigualable era la mujer que los Dioses de su pueblo le tenían reservada. ¡No le cabía la menor duda! Cuando él había nacido, los sabios sacerdotes de su pueblo habían pronosticado que se desposaría con una mujer llegada de tierras muy lejanas y que los dos influirían poderosamente sobre el destino de su pueblo. Esto se lo había contado alguna vez su anciana abuela y ahora lo recordaba.

Cuando ella llegó a la mesa, el Halach Uinik de Tikal la presentó así:

225

– La princesa Nicté Lik (Flor del Viento), es nieta del Halach Uinik de la ciudad de Chichen Itzá. Viene en representación de su sabio y anciano abuelo y de su joven padre, el príncipe Kitam Ka'ax (Jabalí del Monte) el cual no pudo asistir a nuestro concilio debido a que se prepara para la dura prueba que realizara próximamente luego de la cual será coronado como el próximo Halach Uinik de la ciudad conocida como *altar de la sabiduría o Brujos del Agua.*

Ella se fue a sentar graciosamente al asiento que le tenían reservado. La mirada del príncipe Mexica la tuvo clavada durante casi toda la reunión. Ella sentía también una poderosa y extraña atracción por aquel joven y apuesto príncipe. No sabía porque le intimidaba tanto aquella negra mirada, incluso se sentía un poco nerviosa y las cosas se le caían de las manos. Sin embargo el joven nunca se sonrió con ella, solo la miraba con fuerza y ella esquivaba en todo momento aquella poderosa mirada.

La reunión terminó y el anfitrión del evento se dirigió así a los gobernantes ahí presentes diciendo:

–Los trabajos de este concilio terminan durante este día, nuestros sacerdote, astrónomos, médicos, vigilantes de los días, escultores de monolitos históricos y en fin, todos los que nos han acompañado a celebrar y compartir esta magna actividad han intercambiado ya muchos y muy valiosos conocimientos e incluso por vez primera en nuestra historia, también nos hemos alimentado de experiencias llegadas de muy lejos del lugar donde las águilas habitan. Estamos acoplándonos a los nuevos tiempos, y esperamos que este concilio sirva para afianzar más nuestras relaciones como pueblo Maya y a la vez compartir con nuestros amigos los Mexicas todas las cosas materiales y no materiales que nos sea posible y nos fortalezcan a todos. El mensaje final que debemos llevarnos todos los que participamos en esta convención es aquel mismo que heredamos de nuestros ancestros y que exhortamos a todos ustedes a grabar en todos los altares y monumentos que se construyan de aquí en adelante en sus ciudades y que hoy les obsequiamos inscrito en papel de amate con signos de oro y que dice así:

"cuando cae un árbol cae una estrella, cuando se acabe la selva acabaremos nosotros con ella"

***

Lejem Chaak y Amayté habían hecho un viaje inolvidable, disfrutando de cada momento que estaban juntos, besándose por el camino o cantando viejas canciones. Pernoctando en los refugios del camino pero esta vez con espacios privados que el rico comerciante pagaba con alegría. Al llegar al último refugio del camino, luego de darse un baño se sentaron alegres a comer en uno de los puestos de comida.

– Mañana llegaremos a tu pueblo de Xcaret dijo el joven

– Sí, estoy muy ansiosa por llegar, no he sabido de mi familia desde hace mucho, mucho tiempo– dijo ella

– Desde que he dado con viajar hacia el poniente– contestó él– ahora ya no puedo traerte noticias. Pero descuida, pronto llegara tu hijo Noom Ikal (Alma de Perdiz) del último viaje a donde lo he mandado acompañado de mis sirvientes. Y ahora volveremos a viajar hacia donde el sol nace.

– ¿Volveremos?

– Bueno, tu hijo Ikal Noom (Alma de Perdiz) ha resultado un extraordinario y astuto comerciante, siendo tan joven yo le he concedido todos los poderes para tomar cualquier decisión al estar mercadeando, y créeme que muchas veces lo hace mejor que yo. Por ahora no pienso viajar más, a menos que tenga que enseñarle a Ikal Noom alguna nueva ruta. Pienso dedicarme en cuerpo y alma a disfrutar de la presencia de la mujer que amo. A menos que ella quiera viajar conmigo.

– No, – dijo sonriendo Amayté– prefiero quedarme en Chichen Itzá, ahí tengo a mi hija y a la princesita que tanto me necesita.

–Te necesito más yo.

–Yo también te necesito pero hasta que las dos se hayan casado, yo tengo que estar muy pendiente de ellas.

–Está bien, puedo esperar, siempre y cuando me dejes dormir en tu cama todas las noches, contemplar contigo las hermosas estrellas de nuestro cielo y disfrutar de la salida del sol.

Por lo demás puedes continuar cuidando de las dos jóvenes. Pero ahora dime, ¿cuándo vamos a celebrar nuestra boda?

—Me gustaría hacerlo en Xcaret con mi familia

—Y luego iremos a Xel Ha ¿verdad?

—Sí, luego de recibir la bendición de los Dioses iremos *al lugar donde nacen las aguas.*

—Pero ahora, amor mío iremos a jugar un rato en la cama que he reservado para nosotros. Esta noche es para mí. Y no pienso compartirla ni siquiera con las estrellas.

***

Era la última fiesta en la que se despedirían todos los emisarios venidos de diferentes ciudades del Mayab. Todo estaba preparado para la gran celebración y todos habían sido invitados, incluso los sirvientes.

Nicté Lik, quien ahora se peinaba con sus negros cabellos recogidos sobre su cabeza, lo que permitía que la hermosa corona y el collar heredado de su madre pudieran lucir mejor, y además le añadían donaire a su personalidad. Mientras que Nicté Ha había cambiado también su peinado por dos hermosas y bien tejidas trenzas negras que remataba siempre con algún adorno.

Se preparaban ambas mujeres para ir a la celebración y mientras Nicté Ha (Flor del Agua) soñaba con pasar todas aquellas horas con Amikoo Aaj Beh (Amigo Guía) disfrutando de la fiesta y quizá con un poco de suerte podrían esconderse por un ratito entre la maleza para poder sentir nuevamente aquellos besos calientes y apasionados que el joven le daba.

Nicté Lik (Flor del Viento) se sentía un poco consternada, el príncipe Mexica la había puesto nerviosa, pero de ninguna manera permitiría que éste extranjero, venido de tierras salvajes e incivilizadas, la volviera a intimidar. No, ella iría a la fiesta, sí, pero ni siquiera pensaba intercambiar una mirada con aquel osado hombre.

Salieron las dos jóvenes hermosamente arregladas, siempre bajo la supervisión de alguna sirvienta y de algún guardia, caminaron algunos minutos hasta la explanada frente a la pirámide principal de Tikal en donde se llevaría a cabo la celebración para todos menos para los Gobernantes y los Sacerdotes quienes debían presentarse en el salón principal del palacio real que quedaba a una corta distancia de la explanada.

Amikoo Aaj Beh recibió a las dos jóvenes que llegaban bonitas y radiantes

Y en esos momentos llego corriendo Iqui Balam que sumándose alegremente al grupo continuó caminando la corta distancia que los separaba del gran palacio.

Cuando Nicté Lik (Flor del Viento) y sus acompañantes entraron en el salón de fiestas, ya el príncipe Mexica estaba en el fondo del mismo, con un jarro de balché en la mano y luciendo su extraño y elegante atuendo. Tenía clavada la mirada en la puerta de entrada esperando verla entrar.

Los cuatro jóvenes dejaron fuera a los guardias que los acompañaban e inmediatamente después se aceraron a ellos varios sirvientes con bandejas en las manos colmadas de deliciosos platillos y de bebidas espiritosas (Balché y Sakab). Aunque también había chocolate.

Entablaron rápidamente conversación con algunas de las personas que se encontraban en el salón, pero casi en seguida el príncipe Mexica se acercó directamente a la princesa, parándose frente a ella y regalándola con una flor y una hermosa y cautivadora sonrisa.

Por más fuerte que ella quiso hacerse no pudo evitar bailar y charlar con el príncipe toda la noche. Los bailes que ellos ejercitaban eran en grupo, no se acostumbraba a bailar en parejas. Pero la alegría que inundó a todos los presentes era contagiosa y por primera vez en su vida, las dos jóvenes, Nicté Lik y Nicté Ha bebieron balché y se embriagaron.

Pero en la fiesta todos estaban ebrios. Tanto los gobernantes como sus sirvientes y acompañantes. Iqui Balam hizo buena amistad con un grupo de sacerdotes que hablaban y reían alegremente. Nicté Ha y Amokko Aaj Beh desaparecieron de la vista de todos, pero en realidad nadie estaba pendiente de nadie, el balché hacia su trabajo.

En cuanto a Nicté Lik y el príncipe Mexica salieron a sentir la frescura de la noche. Hablaban y reían como si se conocieran de muchas vidas anteriores.

–Hablas muy bien nuestra lengua,– dijo ella

–Sí, mi nana era de tu raza y me enseño su lengua. Lo que me ha servido mucho, por eso me envían siempre a negociar con tu pueblo.

–Me gustaría aprender tu lengua.

–La aprenderás, y no tan solo eso sentirás dentro de ti todo el fuego de la cultura de mi raza.

–¿Que quieres decir con todo eso?

–Que serás mi mujer y reinarás conmigo en mi ciudad.

–Ja,ja, ja

–No te rías, me lo ha dicho con claridad mi corazón. Ayer cuando te vi entrar al concilio supe de inmediato que eras la mujer de mi vida. Una voz interior, que nunca antes había escuchado me dijo, sin lugar a dudas, que eras para mí.

Diciendo esto trato de besar a la joven quien se rehusó a ello.

–Tu voz interior te ha mentido, somos de pueblos y razas diferentes y así como tú, yo también me debo a un pueblo al que algún día gobernaré.

–No, el mensaje fue claro y definitivo. Tú naciste para mí y yo para ti. ¡¿Acaso tú no lo puedes sentir?!... Nos conocemos desde la eternidad, desde el principio de los tiempos. Hemos nacido para estar juntos y vivir felices. No sé cómo van a desarrollarse las cosas, pero estoy totalmente convencido de que serás para mí. ¡Y si es necesario luchar, lo haré en cualquiera de las circunstancias que sea necesario!.

Ella también sentía que aquellas palabras del príncipe le llegaban al fondo de su corazón, percibió la sinceridad de su voz y se dejó arrastrar suavemente por él, detrás de unos arbustos para poder sentir el aliento de su y el calor que irradiaban sus manos. Se besaron y acariciaron durante el resto de la fiesta hasta que los tres acompañantes de la princesa la echaron de menos y vinieron a buscarla.

–Vamos princesa, –dijo Iqui Balam, mirando con recelo al príncipe Mexica,– los guardias y las sirvientas nos esperan afuera para escoltarnos hasta nuestros aposentos.

–Está bien, voy en seguida, espérenme en la puerta, por favor.

Los tres jóvenes obedecieron y se encaminaron hacia la puerta de salida del palacio.

–Esta noche Nicté Lik, cuando todos tus sirvientes duerman, deberás salir al patio, yo te estaré esperando, por favor, quiero estar a solas contigo y no temas que no te haré ningún daño.

–No sé si pueda

–Sí podrás, solo debes proponértelo. Podremos conversar a solas a la luz de la luna. La señal será cinco canticos idénticos a los que hace el cenzontle, y tú sabrás que soy yo que te espera afuera.

Sin decir nada más, la princesa caminó con gallardía hasta la salida del palacio donde la esperaban sus tres amigos. Mientras caminaba, iba despidiéndose de todas las personas que encontraba a su paso.

Contó todo lo sucedido a su amiga y confidente Nicté Ha, quien se escandalizo de la osadía del príncipe.

–Es un osado y vanidoso, se nota que viene de tierras indómitas, donde impera la ley de la fuerza. Es lo que hemos escuchado desde siempre de ese pueblo impetuoso y colérico. Espero que ahora no olvides todo esto. Tu eres una princesa, te debes a tu pueblo. Perteneces a una raza civilizada. Ese joven príncipe quiere poseerte para luego abandonarte y decir que las mujeres de nuestra raza somos fáciles y deshonestas.

Recuerda, querida amiga, las palabras de tu nana, mi madre: "la honestidad es el mejor tesoro que puede poseer una mujer, será respetada por todos sus descendientes, por todo su pueblo y los Dioses la bendecirán y protegerán por siempre"

Mientras descansaban en silencio en sus respectivas camas de algodón, Nicté Lik meditaba en las palabras de su amiga, aún podía sentir en su piel el fuego de los besos del atractivo y cariñoso príncipe. Mientras afuera, Ixchel, Diosa de la luna continuaba con su recorrido por el firmamento cargado de estrellas. El canto del cenzontle se escucho por cinco veces, luego de un rato cantó por otras cinco tandas más, y así estuvo cantando hasta que la chachalaca chirrió alertando a todos de que el día estaba comenzando.

A esa hora salió la comitiva representativa de *Los Brujos del Agua* o Chichen Itzá. El espectáculo era inolvidable para todos los que pudieron contemplar aquella mañanita a las delegaciones partiendo hacia sus ciudades. Aparte de los Mexicas, la comitiva de Nicté Lik, era la que venía del lugar más distante y fue también la que salió primero de todas. En lo alto de las pirámides, cientos de personas apostadas en ellas volaban al aire pañuelos blancos de algodón en señal de despedida. Debían darse prisa, la época de lluvias estaba pronta a comenzar lo que haría muy dificultoso el viaje de regreso. Pero aquel día el sol comenzó a brillar con todo su esplendor hasta bien entrada la tarde, cuando por fin, la caravana decidió parar a pasar la noche en descampado.

Habían pasado muy temprano por el último refugio a la salida de la ciudad de Calakmul y los sacerdotes que dirigían al grupo decidieron seguir caminando y aprovechar la luz del día. Les llevaría varios días atravesar la espesura de la selva y rogaban a los Dioses que no comenzaran las lluvias.

***

Eran las primeras horas de la tarde cuando Amayté y Lejem Chaak habían llegado a Xcaret. Una vez pusieron los pies en el sacbe que llevaba a su casa, la joven comenzó a correr, como lo hacía siempre que llegaba a su pueblo natal. Y él la siguió divertido, sintiendo en sus cuerpos la brisa del mar envuelta en una nube de sal.

Encontró a su anciana madre comiendo a esa hora, triste, sola sentada en la mesa de su cocina con la vista perdida en la inmensidad del mar color azul turquesa.

Fue tanta la emoción de ver a su hija que temieron que pudiera hacerle daño. Nunca se esperaba ver llegar a su hija y mucho menos acompañada del distinguido joven.

Se enteraron de la muerte reciente del padre lo que causó mucho dolor y llanto a Amayté. Sin embargo la madre se alegró mucho de que vinieran a casarse. La soledad es el peor de los males, les dijo, ellos eran jóvenes y era menester prepararse para los tiempos de vejez, si es que los Dioses así lo permitían. Al poco rato llego Suuk Ha (Agua Mansa) la querida prima de Amayté. Comenzaron desde ese mismo instante a planificar la boda de los jóvenes. Era verdad que estaban de luto, el padre había muerto solo dos lunas atrás. Pero de manera sencilla, muy sencilla llevarían a cabo el ritual que sería agradable ante los ojos de los Dioses .

El día acordado muy temprano en la mañana llegaron a casa de Amayté, la prima Suuk Ha y el esposo, además de otros familiares y vecinos.

El novio lucía un Patí (pantalón de manta) y una capa del mismo material ambos nuevos, y acompañado del esposo de Suuk Ha comenzaron a caminar al frente de la comitiva. El novio llevaba en las manos un recipiente de oro que haría las veces de incensario y el esposo de la prima cargaba un pequeño morral de manta donde había cuatro mazorcas de maíz de los cuatro colores. Justo detrás de ellos caminaban, una al lado de la otra, Suuk Ha (Agua Mansa) y Amayté (Rostro del Cielo) quien estrenaba un hermoso huipil de algodón bordado con pequeñas conchas del mar y llevaba en las manos un ramo de flores.

Detrás de los cuatro jóvenes iban otras personas, entre ellas la madre de la novia.

La comitiva nupcial se encaminó hacia donde estaba el Sagrado Santuario de las Mariposas, lugar encantado donde ellas nacían, se procreaban, cambiaban su estado de capullo a mariposa, y era también aquel maravilloso lugar donde iban a morir. Era una loma llena de diminutas cuevas desde donde se veía el mar, y podía apreciarse la *pequeña caleta* significado de Xcaret en donde nadaban y se reproducían los amigables delfines.

Caminaron hasta una de las cuevas, los varones quitaron la roca que hacía las veces de puerta de entrada. Una vez todos adentro se acercaron hasta donde se alzaban varios monolitos. El primero era el de Hunab Ku, deidad única, luego el de su hijo Itzmaná, más allá Ixchel, a unos cuantos pasos de distancia se levantaba el de Kukulcan y por último , pero no menos importante, el tan amado y temido Dios Chaac.

Suuk Ha (Agua Mansa) era la casamentera de la región. Llevaba un pequeño libro de kopo hecho de papel de árbol con todos los cánticos que debían recitarse para una ceremonia como aquella. Comenzó por leer los versos que recordaban a los hombres que sus cuerpos estaban hechos de maíz y que era éste el símbolo de unión entre el hombre y la mujer. Entonces la casamentera ordenó al novio a que se postrara ante la figura de Hunab Ku (Deidad Única) con las cuatro mazorcas de maíz en las manos.

Continuó leyendo la mujer:

—El hombre ama y prepara la tierra, al igual que a su mujer, las riega, las cuida, las fertiliza, quita las malas hierbas de su finca, y luego espera el tiempo señalado por los Dioses para recolectar los frutos obtenidos de su trabajo y dedicación.— a una señal suya, Lejem Chaak depositó las cuatro mazorcas de maíz ante la estatua de piedra del dios poderoso.

La casamentera continuo leyendo:

—La mujer recibe todos esos cuidados y sacrificios para convertir la milpa del hombre en un santuario de amor y oración, transformara el fruto obtenido por su marido en el pan diario que llevan a la boca. — A una señal Amayté entregó a Lejem Chaak (Relámpago) las flores que llevaba en las manos. Lugo los dos jóvenes se hincaron ante el Dios Itzmaná (Dios de los Cielos) y el novio puso frente a éste el cuenco de oro que llevaba en las manos.

La casamentera continuo leyendo:

—Si los Dioses bendicen esta unión, y este compromiso con la tierra, serán premiados con abundante descendencia y cuantiosas cosechas. Y la hoguera de su amor nunca dejara de arder— A otra señal de Suuk Ha (Agua Mansa) el novio encendió el pebetero con el incienso de la tierra que levaba dentro.

–Siempre deberán pedir la protección de Ixchel (Diosa de la Luna y protectora de las parturientas) y del poderoso Chaak (Dios de la lluvia, los truenos y los cuatro puntos cardinales). Así como del no menos importante Kukulcán (Dios de los vientos)

Y ante cada uno de estos Dioses se puso una piedra de jade verde.

La joven casamentera continuó diciendo:

–Y ahora aquí, ante todos estos testigos besarán dulcemente sus labios en señal de la unión de sus almas y de sus cuerpos por todos los días que los Dioses les permitan vivir en este mundo.

Era el beso más hermoso que una mujer pudiera recibir. Los testigos abrazaron a los novios, la madre de ella no podía controlar las lágrimas. Salieron de la cueva, el novio llevaba en sus manos el incensario ardiendo y ella llevaba las flores. Bajaron la loma y caminaron hasta la pequeña caleta. En aquellos días había muy pocos habitantes en el poblado, todos había visto crecer a Amayté, la habían visto alejarse con su primer esposo, y luego la vieron llegar esporádicamente a visitar a sus padres. También habían sido testigos todos ellos, del sufrimiento y soledad de sus progenitores y del arrepentimiento del padre por haber comprometido a su hija con un extranjero, lo que la llevo a formar a su familia lejos de aquellas hermosas y cristalinas playas.

Por esta razón toda la comunidad de Xcaret, fue invitada a la fiesta nupcial y todos habían contribuido con algún alimento o bebida para celebrar junto a los novios. Acomodaron mesas delante de la pequeña caleta donde los delfines jugaban con los niños que nadaban con ellos. Los novios pusieron en el pebetero y las flores sobre una de las mesas las cuales estaban llenas de pescado frito, del el fruto del árbol del pan de pinole y panecillos de maíz con miel, de carne pibil, tamales además, por supuesto de la bebida espiritosa llamada balché. Entre todos los vecinos organizaron una orquesta para celebrar aquella unión. La fiesta se prolongo hasta que el Dios Sol comenzó su camino descendente.

***

La caravana de Chichen Itzá comenzaba a hacer los preparativos para pasar la noche al descampado cuando vieron acercarse corriendo y jadeando de cansancio a un emisario del príncipe Mexica. Llegó hasta donde se encontraban los sacerdotes y la princesa para darles un recado de su señor.

– Me envía mi señor Itzacoyotl (Coyote Blanco) príncipe de Teotihuacan. Les pide, en nombre de los Dioses de nuestro pueblo que nos permitan unirnos a su caravana durante los días que debemos atravesar la indomable selva. La temporada de lluvias está muy próxima a comenzar. Tenemos planes de visitar las ciudades que quedan más allá de donde la selva impenetrable se cierra al paso de los hombres. Mi señor quiere llegar hasta las ciudades de la costa, pero nuestros guías no sabrían salir de la enmarañada espesura a no ser que ustedes nos ayuden a salvarla. Una vez alcancemos los caminos de piedra blanca nos separaremos y nuestro señor quedará muy agradecido de su ayuda. Además podemos contribuir con alimentos y brazos jóvenes para abrir brechas durante el viaje.

Los dos sacerdotes de mayor edad y jerarquía dialogaron brevemente con la princesa y decidieron aceptar la proposición de Mexica. Era mejor tenerlo de aliado para atravesar la parte indómita de la selva, pero eso sí, había que alertar a toda la comitiva para que no confiaran en ellos y mantuvieran los ojos muy abiertos en todo momento. Era de todos sabido que aquel era un pueblo primitivo e incivilizado. Y una vez alcanzaran nuevamente los blancos caminos del Mayab se separarían amistosamente .

Acordaron con el mensajero que estaban dispuestos a guiar a su comitiva siempre y cuando ambos grupos mantuvieran una distancia razonable, ayudaran en el arduo trabajo de abrir caminos y se separaran amistosamente una vez salvada la espesura de la selva.

Los Mexicas estaban a solo un cuarto de día de distancia por lo que cuando llegara la noche ellos ya debían estar ahí. El emisario tomó agua que llevaba en su guaje y volvió corriendo por el camino de regreso hacia donde estaban su señor y su grupo.

La princesa, al igual que el resto del grupo, pernoctaba en una especie de casa de campaña hecha con pieles de leopardos, pumas, venados, tapires o jabalíes. Comenzaba a lloviznar muy sutilmente y metidas ahí en la improvisad habitación charlaban las dos jóvenes mientras les avisaban que las sirvientas tenían preparada la comida.

–¡Te lo dije, Nicté Lik, es un osado, mira como ha organizado los hechos para cruzar con nosotros la parte espesa y peligrosa de la selva!

– No es que lo planificara, Nicté Ha, es sólo que necesita cruzar al otro lado y sus guías no conocen el camino. Se dio la casualidad que nuestro grupo es el único que venía de el norte.

– No seas ingenua, ¡Las únicas intenciones que tiene ese salvaje son las de adueñarse de ti! Pero ya el sacerdote que nos guía ha dado la orden para que **todos** evitemos en lo posible compartir con ellos. Mantendremos nuestras caravanas separadas.

Nicté Lik sabía que su compañera tenía razón, todo había sido un pretexto para volver a verla. Ella tenía muchos sentimientos dando la vuelta por su corazón. Por un lado no podía evitar la enorme atracción que el joven ejercía sobre ella, y por otro lado estaba consciente de que a su padre no le agradaría una relación más allá de lo protocolario, con aquel pueblo de hombres brutales. Sin embargo sabía que era imposible negarse a la realidad de que los Mexicas se acercaban cada vez más al pueblo Maya, intercambiaban objetos y alimentos útiles a las dos razas, lo más importante de ellos era la obsidiana. Ya se hablaba de valientes guerreros Mexicas que se habían casado con algunas princesas Mayas y comenzaban a influir poderosamente en las costumbres y creencias de ese pueblo.

En esos momentos se escuchó el sonido alegre de los timbales invitando a toda la caravana a comer. Se sentaron todos alrededor de los comales encendidos a comer tortillas, frijles y chile.

Terminaban de comer, ya en el cielo se veía la primera estrella y la luna creciente cuando divisaron a la caravana de Mexicas acercarse. Se instalaron a considerable distancia de los mayas quienes charlaban y reían mientras esperaban la hora de dormir.

Habían encendido varias fogatas alrededor de las cuales tenían instalados los improvisados albergues para evitar que se aceraran las bestias que poblaban la selva. A lo lejos podían escuchar los bramidos salvajes y feroces de los jaguares, los pumas, jabalíes y tapires que protestaban por la osada intromisión de los humanos en su territorio sagrado.

Durante todos los días que estuvieron cruzando la enigmática selva, caminaban al frente los Mayas y detrás venían lo Mexicas. Si no encontraban cuevas por el camino se instalaban los dos grupos al anochecer y la línea que los dividía era la que formaban las sirvientas y cocineras de cada grupo con sus respectivos comales. Algunas veces hubo intercambio amistoso de alimentos o bebidas entre los dos grupos, pero siempre estaban vigilados por los sacerdotes Mayas que no celebraban ninguno de aquellos canjes. Durante todas aquellas noches Nicté Lik escucho varias veces el cántico quíntuple del cenzontle. Pero los guardias se turnaban para vigilar atentamente todo el campamento y por supuesto el lugar donde ella y su compañera dormían.

La última noche ya casi estaba la luna llena cuando Nicté Lik volvió a escuchar el canto del cenzontle. Como eran las primeras horas de la noche decidió salir a sentarse fuera de su casa de piel de leopardo y pudo ver a lo lejos al joven príncipe Mexica, apostado sobre una roca, mirando hacia donde ella estaba, se miraron de lejos y él imito el canto del cenzontle por cinco ocasiones. Los dos sonrieron a distancia ya que estaban fuertemente custodiados. Luego el príncipe comenzó a tocar una flauta dulce por mucho tiempo hasta bien entrada la noche.

***

Bamoa (Espiga) había llegado muy temprano al palacio acudiendo a la llamada de Lool Beh (Flor del camino). Se reunieron en una mesita de la cocina y hablaron a solas.

– Bamoa, necesito tu ayuda. Es preciso que Yaxkin el hijo de mi señora, sea el próximo sucesor de Kitam Ka,ax como Halack Uinik. Hemos oído de unos planes que se vienen amasando muy secretamente desde que Nicté Lik era muy pequeña para casarla con uno de los príncipes de Mayapan. Necesitamos que este plan se lleve a cabo y que ella se vaya a vivir a esa ciudad. Esto también contribuirá para que Chacté pueda encontrar la paz y la felicidad al lado del príncipe.- dijo Lool Beh

– Nos afanaremos para que esos planes se lleven a cabo, pero a cambio te pido que me ayudes a envenenar a Amayté, no han dado resultado todos los planes que hemos llevado a cabo para que Lejem Chaak se enamorara de Saasil Uj. Y ahora, los dos se han ido al mar, a la tierra que la vio nacer para casarse. ¡Ella aún es joven y yo no quiero imaginar que pueda procrear descendencia con mi hijo! Esta situación me ha mantenido sin dormir por muchas noches

–No sabíamos nada de eso, pensamos que Amayté y Etzemé se habían ido a Pisté a descansar mientras llegaba la comitiva que fue a Tikal

– No, se han ido a unir sus vidas en matrimonio, aún a pesar de que yo me opuse a ello.

– No te preocupes, amiga, yo te ayudaré y tú me ayudarás. Vamos a establecer un plan de las pócimas que debemos usar para ambos casos.

Mientras tanto Amayté y Lejem Chaak habían llegado al lugar fantástico donde nacen las aguas llamado Xel Ha. Alquilaron una rústica palapa de pescadores a la orilla de aquellas azules y tibias aguas. Y permanecieron ahí, los dos solos por muchos días, pendientes solamente a la salida y puesta del sol. Nadaron con delfines, incursionaron por los arrecifes y se amaron todos y cada uno de los días que estuvieron en aquel maravilloso santuario.

Ya estaban cerca los días en que debían regresar a Chichen Itzá. Pero no querían ni penar en ello. Lo único bueno era que ahora irían a vivir a una casa que el joven había construido para ella muy cerca del palacio. Y todas las noches debían encontrarse en ella.

***

El último día de aquella larga y pesada caminata les cogió la lluvia, pero siguieron caminando aún cuando los dos grupos estaban extenuados de aquella ardua travesía hacia el norte. Por fin, ya al anochecer llegaron muy cerca de la ciudad de Cobá y encontraron su primer refugio. Los dos grupos celebraron la llegada. Habían atravesado la selva indómita y por fin llegaban nuevamente a la civilización. El refugio era muy grande y pudo admitir a la mayoría de los integrantes de ambos grupos. Los soldados no cupieron por lo que se les preparo una tienda a las afueras del refugio. Pero lo que sí había para todos era un refrescante y delicioso baño en varios de los cenotes cercanos al refugio. Se separaron en pequeños grupos y todos fueron a bañarse en diferentes cenotes. Amikoo Aaj Beh y Nicté Ha pronto se internaron en el cenote nadando y jugando. Iqui Balam había hecho amistad con una de las escribas de otro pueblo y pronto se fueron metiendo entre risas y juegos dentro del inmenso cenote. Y ahí quedaron solos pero a la vez rodeados de mucha gente el príncipe Mexica y la bella Nicté Lik.

— Por fin puedo hablar contigo— dijo el joven— he tratado en innumerables ocasiones de hacerlo, pero con tantos ojos sobre ti, no me lo habían permitido.

—No me habías dicho que pensabas visitar el norte de mi tierra

—No lo pensaba, pero era lo único que me ayudaría a verte y estar cerca de ti. Yo espero que esta noche, acudas al canto del cenzontle.

— No puedo hacerlo, estoy muy vigilada y además no es correcto.

—No temas yo no voy a hacerte daño, solo quiero estar a solas contigo. Los soldados celebrarán esta noche el éxito de la travesía por la indomable selva, se embriagaran y tu podrás acudir a mi llamado. Por favor, te amo y quiero estar contigo a solas.

No terminó de hablar cuando la princesa hecho a nadar hacia el interior de cenote, él la siguió divertido con el juego y así estuvieron nadando por mucho rato. Ella no se lo dijo pero aquel apuesto joven ocupaba los pensamientos de ella de día y de noche. Sus negros y dominantes ojos se habían clavado en su alma para el resto de su vida. Sí, ella también sentía esa fuerte atracción que los unía desde el principio de los tiempos.

Ya todo el refugio dormía, era bien entrada la noche, los guardias dormían con el balché que tenían en la cabeza y el cenzontle había cantado cinco veces por varias ocasiones. Mientras Nicté Ha dormía plácidamente al lado de la princesa, ésta se puso la ropa de su compañera y también uso las dos trenzas que usaba Nicté Ha tratando de ser confundida con su amiga.

Salió sigilosa del refugio, muy cerca de el follaje colindante con el refugio se encontraba el príncipe quien al verla la tomo por la cintura y se la llevó a un diminuto claro del bosque, puso un petate en el piso y sin decir palabra comenzó a besarla y acariciarla, y ella voluntariamente sin ninguna resistencia le entregó todo su cuerpo. Continuaron amándose hasta que la chachalaca tiro el primer graznido, entonces ella se levanto de golpe pero antes de que saliera corriendo él la beso diciéndole.

—Iré a tu ciudad, hablare con tu padre y serás mi esposa.

Pero ella salió corriendo, las pocas personas que la vieron pensaron que era

Nicté Ha. Cuando llego al rústico aposento de piel de leopardo, su compañera estaba despierta y muy alarmada.

— ¿Dónde has estado toda la noche Nicté Lik? Te eché de menos pero no salí a buscarte porque me percate de que te habías llevado mis ropas para hacerte pasar por mí. Pero estaba punto de salir a buscarte.

—¡Qué bueno que no lo hiciste! nadie debe saber que no pase la noche aquí.

—¿Estuviste con el príncipe, verdad?

— ¡Oh Nicté Ha! he pasado la mejor noche de toda mi vida, lo amo, lo amo, es tan dulce y cariñoso… no me arrepiento de nada.

— ¡Pero cómo te has atrevido!, tu eres una princesa, te debes a tu pueblo.

– Soy una princesa pero también soy una mujer.

– El solo quiere burlarse de ti

–Estas equivocada, el me ama, nos hemos amado desde el principio de los tiempos, ahora estoy segura de ello. El llegará a Chichen Itzá y hablara con mi padre para que nos casemos.

–Tu padre se morirá de tristeza, el no te lo permitirá.

–No veo porque no

–Porque no permitirá que la ciudad de Chichen Itzá sea dirigida a su muerte por un Mexica.

–Pues entonces me iré a la ciudad de él, pero de algo estoy bien segura. ¡Lo amo!

Al llegar a la ciudad de Cobá, los dos grupos se despidieron, los Mexicas, a través de sus sacerdotes agradecieron la hospitalidad y ayuda de los Mayas. Ellos querían llegar hasta las ciudad de Xel Ha. Mientras se despedían, el príncipe se acerco a Nicté Lik y le dijo.

–Dentro de tres lunas iré a verte a Chiche Itzá

Dos días después, antes de que el sol cayera, llego la comitiva a la ciudad de los Brujos del Agua. Fueron recibidos con un rápido y sencillo agasajo luego del cual todos los integrantes se esparcieron por la ciudad y pueblos limítrofes hacia sus respectivas casas.

Al terminar de comer, el príncipe Kitam Ka'ax llamo a su hija y la llevo al patio interior de palacio para hablar a solas con ella.

–Hija, sé que representaste a tu pueblo con toda la dignidad de una princesa. Ahora quiero decirte algo muy importante de lo cual tú no has tenido conocimiento. Las dos ciudades-estado más importantes que tenemos cerca de nosotros son Mayapan y Uxmal, tu sabes que muchas veces tu tío Chak Mo'oly yo hemos tenido que visitar.

Durante todos estos años hemos sentido la necesitad de formar una alianza para poder enfrentar los cambios y los problemas. Ahora más que nunca tenemos esa necesidad ya que como tú sabes las tribus bárbaras que habitan por donde el sol se oculta, están invadiendo nuestras tierras. Si estas tres ciudades nos unimos seremos más fuertes y podremos ayudar mejor al resto de las ciudades y pueblos de nuestra raza.

Desde que tú eras muy pequeña hemos venido casi sin darnos cuenta y sin poderlo evitar, comprometiéndote a ti y a Koj Boox (Puma Azabache) hijo mayor del Halack Uinik de Mayapan, en matrimonio.

—Pero padre, los tiempos modernos han ido desplazando esa terrible costumbre, ahora cada día más jóvenes eligen libremente a la persona con quien compartirán por el resto de su vida.

—No estamos hablando de los jóvenes del pueblo, tú eres distinta, tú naciste princesa de un pueblo, te debes a él y no tienes otra opción. Yo he comprometido mi palabra con el gobernante de Mayapan. Si tuviese que romper el compromiso podría hasta desatarse una guerra con esa ciudad hermana.

—Yo no quiero casarme con alguien a quien no conozco.

—Pues tú no tienes elección, hija, igual que yo tengo que pasar por las pruebas que me conducirán al puesto de Halach Uinik. En dos días más comenzaré mi recorrido por el Xibalbá. Una vez haya regresado victorioso. Recibiremos la visita del Halach Uinik de Mayapan que vendrá a mi coronación y a la misma vez formalizaremos tu compromiso con su hijo, el príncipe Koj Boox. (Puma Azabache)

Nicté Lik se encerró en su habitación y no volvió a salir de ella por el resto de la tarde, lloraba y lloraba sin consuelo.

El abuelo de Nicté Lik , el anciano Halach Uinik agravó, y vinieron los médicos de todas las regiones cercanas a tratarlo con brebajes, emplastos, cataplasmas, pero el Gran Halach Uinic empeoraba. Había llegado el momento de la gran prueba para el joven príncipe Katam Ka'ax de atravesar el Xibalba, salir airoso y demostrar que él era capaz de dirigir los destinos de su pueblo.

Muy temprano en el día convenido por los sumos sacerdotes, el joven príncipe y su hermano Chak Mo'ol fueron llevados a lo alto de la gran pirámide llamada

"El Castillo" donde permanecerían por varios días en total ayuno, oración y meditación siempre guiados por los Sumos

Sacerdotes que se turnarían para que los príncipes no estuvieran solos en ningún momento. Entre otros sacrificios, debían hacer pequeñas perforaciones en las orejas, la lengua y los testículos para ofrecer a los Dioses su sangre como prueba de su confianza y obediencia.

Una noche oscura cuando comenzaba el ciclo de la luna nueva, los dos príncipes fueron conducidos por un estrecho camino, iban con los ojos vendados y al llegar a la entrada de una cueva les quitaron los vendajes y se vieron parados de frente a una monumental piedra que tapaba la entrada a la caverna, la enorme piedra tenía labradas en el centro dos imágenes, la primera era la de Ixtab (Diosa del suicidio, de las mujeres que mueren de parto, de los muertos por sacrificios). La segunda era la de Ah Puch (Dios de la muerte que domina el noveno y último infierno llamado *Mictlán* y que está habitado por demonios) A vuelta redonda de estos temidos Dioses había varias calaveras, en señal de que éste era el umbral del inframundo por el que tendrían que pasar y del cual debían salir victoriosos como lo hicieran en su momento los dos Dioses Gemelos, antepasados suyos y todos los gobernantes de las ciudades Mayas. Antes de entrar en el túnel fueron rociados por aguas bendecidas del cenote sagrado y asperjados con hierbas que les alejarían a los malos espíritus.

–Dentro de nueve *kines,* (días) cuando comience la luna a crecer nuevamente estaremos aquí esperándoles. Mucha suerte queridos príncipes, y recuerden que han sido preparados a lo largo de sus vidas para ésta expedición, conocen todos los obstáculos que irán encontrando en todos y cada uno de los nueve infiernos. También les hemos explicado cómo salir victoriosos de cada uno de ellos. Confiamos en que saldrán con vida. Recuerden que deben llegar hasta Mictlán y vencer a Ah Puch, no se dejen engañar por los dulces cantos de Ixtab.– y diciendo esto, unos hombres dieron vuelta a la piedra y todos pudieron ver un túnel completamente oscuro por donde entraron los jóvenes príncipes llevando cada uno de ellos una antorcha encendida, un machete afilado de obsidiana negra, y morrales con agua y alimentos que debía rendirles por los nueve días que estarían recorriendo el Xibalbá. La piedra volvió a cerrarse y los Sumos Sacerdotes se retiraron a orar porque los príncipes pudieran salir victoriosos.

Mientras tanto en el palacio donde residían las esposas e hijos de los príncipes toda la familia y servidumbre se mantuvo en ayuno y oración constante mientras los sirvientes se encargaban de que todos los pebeteros de los Dioses estuvieran siempre encendidos con incienso de la tierra. También en el convento de las monjas se formaron turnos de guardia para que en todo momento hubiera alguien implorando a los Dioses por el éxito de el viaje al inframundo del futuro Halach Unic.

Nicté Lik tanto como Nicté Ha se mantuvieron en todo momento orando, y sólo se turnaban en contadas ocasiones para dormitar brevemente.

Pero por fin pasó el tiempo propuesto y el día y a la hora señalada cuando el cielo de la selva maya se pintaba con tonalidades rosada anunciando la aurora de un nuevo amanecer, los Sumos Sacerdotes llegaron frente a otra caverna por donde terminaba el recorrido, por el inframundo, movieron la piedra que tenia grabada la figura de Itzmaná, y tuvieron que esperan unos cuantos minutos, que les parecieron una eternidad, hasta que por fin vieron a los dos príncipes acercarse a la puerta, cansados, exhaustos, llenos de lodo, pero vencedores de la muerte y triunfadores de la vida. En seguida, un hombre parado frente a la salida de la cueva, tocó la caracola en señal de que los príncipes habían superado la prueba y vencido a los señores de Xibalba (infierno). Pudo escucharse un eco de alegría que venía de todos los rincones de la ciudad que esperaba atenta y en silencio la señal para salir eufórica por las calles a celebrar.

En palacio, el anciano Halach Uinic, que no obstante su avanzada edad y la enfermedad que lo consumía, estaba pendiente a lo que sucedía, dejo caer unas lágrimas de felicidad por sus mejillas, al escuchar el ronquido grave de la caracola. Mientras que las princesas, sirvientes y demás familiares y amigos se abrazaron, gritaron de felicidad y comenzaron la fiesta. Al poco rato llegaron los príncipes, agotados, pero vencedores, fueron recibidos por sus hijos, esposas y sirvientes con gran algarabía. Se dieron un baño, comieron y luego de visitar el aposento del padre se fueron a descansar.

Mientras la ciudad se preparaba para la gran celebración, las monjas iban y venían dando órdenes a los sirvientes, los sacerdotes escribían en grandes hojas de papel amate. Los vigilantes de los días anotaban meticulosamente sus datos. Los escribas recibían instrucciones de otros sacerdotes.

Al día siguiente, cuan do el sol comenzaba a salir, empezó la gran fiesta donde el nuevo Halach Uinic sería instalado en su trono, la gente llegaba de todos los puntos cardinales de la ciudad, a ocupar su lugar en la gran explanada frente a la pirámide de "EL Castillo". Había un lugar reservado para la familia real que llego vestida con todo el lujo que la ocasión ameritaba. También los sacerdotes y nobles tenían reservada una área especial. Cuando ya la multitud se aglomeraba y esperaba pacientemente, sonaron docenas de caracolas acompañadas de sonajas, flautas y tamboras. A lo lejos vieron llegar a su viejo Halach Uinic cargado por varios hombres en una especie de silla de madera ricamente adornada, el anciano traía puesto en la cabeza su hermoso y soberbio penacho de plumas de Quetzal entretejido con oro y piedras preciosas. Al frente y detrás caminaban los músicos, luego de los cuales estaban las bailarinas que danzaban alegremente precediendo a los príncipes que venían detrás caminando como todos los demás pero ricamente vestidos.

Fueron subiendo poco a poco a la gran pirámide todos los músicos, las bailarinas, el Halach Uinic y los príncipes. Mientras que en lo alto de la pirámide los esperaba un grupo impresionante de sacerdotes elegantemente vestidos con aquellas túnicas de color azul añil. La ceremonia comenzó con la invocación de los Dioses protectores del pueblo, luego el Sumo Sacerdote de mayor jerarquía recito unos versos leídos de un antiquísimo pergamino que otro joven sacerdote le detenía para que el anciano pudiera leerlo.

Entonces comenzó el antiguo ritual en el que se transfería el enorme penacho, las pulseras de oro, el gran medallón de jade verde con la imagen tallada de

Hunab Ku (Deidad Única), y también el anillo de jade del mismo color y que tenia labrada la imagen de Itzmaná (Señor de los Cielos, y de la Sabiduría) todos estos representaban los símbolos del poder que el padre entregaba al hijo. El joven príncipe, ahora nuevo Halack Unic debía recitar otra serie de poemas leídos también de un viejo pergamino, en los que se comprometía a gobernar con prudencia, sabiduría, respeto y compasión a su pueblo. Luego incendio un enorme pebetero que tenia al frente postrándose ante el fuego que simbolizaba su sumisión ante la voluntad todopoderosa de los Dioses.

Terminado todo este protocolo comenzó la fiesta que duraría por tres días consecutivos sin parar, había comida y bebida para todos y los grupos de música se sucedían uno tras otro. Al segundo día de la fiesta, los guardias que velaban constantemente las inmediaciones de la ciudad vieron venir corriendo a un joven mensajero procedente de otras tierras, lo supieron cuando notaron que vestía diferente a ellos. EL joven pidió hablar con el gobernante de la ciudad, pero fue recibido por el Sacerdote de más alta jerarquía. Dijo que venía en representación de Itzacoyotl (Coyote Blanco) príncipe de Teotihuacan y que deseaba presentar sus respetos al Halach Uinik.

Como los sacerdotes que habían ido al concilio ya lo conocían, hablaron con el Halach Uinik para que lo recibiera.

–Entendemos, señor, que los Mexicas han sido un problema para nuestro pueblo desde hace muchos tunes (años) pero los tiempos cambian y se impone la necesidad de abrirnos a su comercio. Es mejor por las buenas que a la brava, como ellos acostumbran a hacerlo. Necesitamos la obsidiana que ellos tienen en abundancia.– dijeron al gobernante los sacerdotes.

No estaba totalmente de acuerdo en acoger en su palacio a esa tribu de salvajes pero no tenía otra opción, así que dio su autorización para que se les albergara.

No quedando más remedio recibieron al príncipe de Teotihuacan, que llegó como acostumbraba con su exótica caravana a presentar sus respetos y exponer sus intenciones de mercadear productos con el señor de Chichen Itzá.

Cuando Nicté Lik vio entrar a su amado príncipe por el pasillo interior de salón de los festejos de su palacio, quedo paralizada de la emoción, por un momento pensó que era un sueño. El joven fue muy discreto y apenas si la miro para no levantar sospechas ante su padre.

Todos los Mexicas fueron instalados en un palacio que estaba a las afueras de la ciudad y que se utilizaba siempre para recibir a los extranjeros y sus grupos.

Después de unas horas todos los Mexicas se habían unido al pueblo para celebrar al nuevo Halach Uinik, el balché cumplía con su trabajo, los músicos y danzarinas hacían el suyo y así cuando nadie se dio cuenta Nicté Lik y el joven Teotihuacano se perdieron de la vista de todos y fueron a esconderse a una pequeña cueva que había a los alrededores donde volvieron a entregarse una y otra vez.

— Pediré a tu padre que me conceda la dicha de ser tu esposo

—No, no se te ocurra porque te echarían de aquí a la fuerza. Estoy comprometida con el príncipe de Mayapan, mi padre ha dado su palabra para unir a nuestros pueblos y formar una alianza poderosa para luchar contra los de tu pueblo.

— No, eso no es posible, Nicté Lik, tu naciste para mi, serás mía a cualquier costa

—Por ahora no hagas ningún intento, deja ver cómo van pasando las cosas

— Sí, por ahora solo quiero escuchar tu respiración y probar la miel de tus labios.— dijo mientras la besaba apasionadamente.

—Debemos volver a la fiesta, nos echaran de menos y tendremos problemas.

***

El príncipe Mexica se fue prometiendo a la joven que volvería. Pasados varios días, muy temprano en la mañana, el palacio real se preparaba para recibir a la caravana procedente de

Mayapan la cual era comandada por el propio Halach Uinik y su hijo el príncipe Koj Boox (Puma Azabache). Todos los sirvientes de palacio trabajaban afanosamente esperando a tan importantes visitas. Mientras que los sacerdotes, escribas, y vigilantes de los días preparaban su papel de amate para redactar los códices.

Nicte Lik se vestía con la ayuda de Amayté quien comenzó a notar que el abdomen de la princesa estaba más abultado de lo normal.

–Nicté Lik, princesa, ese abdomen está demasiado abultado, dime , acaso… ¿estás embarazada?– preguntó Amayté

Por toda respuesta la princesa se hecho a llorar.

–¡¿Quién es el padre?!

– No puedo decírtelo

–¡Pues vas a tener que hacerlo porque estas en un grave problema!

En esos momentos entro Nicté Ha a la habitación y Nicté Lik no dejaba de llorar

– La princesa está embarazada– dijo gravemente Amayté

– Sí, lo sabia

–¿Quien es el padre?

Nicte Ha dudó por un instante delatar a su amiga pero ya no quedaba otro remedio, estaba en un verdadero aprieto y nadie mejor que Amayté para ayudarla.

–El príncipe Mexica

–¡OH, poderoso Dios Itzmaná!.... ¡No puedo creerlo!– gimió Amayté quien tuvo que sentarse para soportar la terrible noticia y mirando a la princesa preguntó

–Sí, es verdad. Yo lo amo y el vendrá a buscarme para llevarme a su tierra

–¡El sólo se ha burlado de ti, entiéndelo! –dijo enojada Nicté Ha

– No, el me ama, y volverá a buscarme.

–Pero tú debes desposarte con el príncipe de Mayapan. Tú sabes que yo estoy de acuerdo con los nuevos pensamientos y detesto el arreglo de los matrimonios por los padres pero en tu caso es diferente, tu eres una princesa y las necesidades de tu gente son más importantes que las tuyas propias.

–Pero Amayté, yo lo amo y no quiero vivir la vida sin él, no me importa nada sin su compañía.

No pudieron seguir hablando porque escucharon el ronco sonido de las caracolas anunciando la llegada de la importante comitiva de Mayapan.

– Bueno, por ahora vamos a terminar de vestirte, ya pensaremos en una solución– dijo Amayté

–Nadie debe enterarse, por favor …– suplicó Nicté Lik

–Por supuesto que nadie debe enterarse, sería fatal para ti. Con el odio que te tienen las mujeres serpientes que habitan en el palacio, con la palabra empeñada de tu padre, ¡no!, nadie excepto nosotras debe saberlo hasta que se nos ocurra algo…. Vamos, vamos que debes presentarte al salón de recepciones– terminó Amayté

Esperaban sentados en los elegantes sillones que estaban en el fondo del salón de recepciones, el nuevo Halach Uinik de Chichen Itzá y su hermosa hija, la princesa

Nicté Lik. Entró por el pasillo la soberbia procesión de Mayapán y al final de ella venían soberbio el Halach Unik con su joven hijo el príncipe Koj Boox (Puma Azabache)

Los dos jóvenes príncipes recorrieron sus cuerpos con la mirada.

–Por lo menos es hermosa– pensó el Koj Boox

–Es más gallardo y apuesto mi príncipe Mexica – ponderó ella.

La ceremonia comenzó, los gobernantes caminaron juntos hasta la sala real y detrás iban los jóvenes príncipes. Se sentaron los cuatro acompañados de sus sacerdotes y de los escribas a exponer todos los beneficios que traería a ambos pueblos la unión de los jóvenes, ellos por supuesto no abrieron la boca para nada, luego se acordaron y anotaron los pormenores de la ceremonia nupcial. Las fechas más idóneas las establecieron los sacerdotes-astrónomos. Se acordó que la princesa iría a vivir a Mayapan donde reinaría junto con Koj Boox (Puma Azabache) y la descendencia de ambos llegaría a ser la que gobernara a Mayapan y quizá también a Chichen Itzá si esto fuera necesario. La unión de ambos representaba un gran avance en la relación de ambas ciudades lo que fortalecería sus posiciones políticas ante el pueblo Maya y ante las tribus de Mexicas que cada vez hacían más incursiones en su territorio.

La fiesta comenzó, los músicos y danzarinas llegaron para alegrar a los comensales. Había todo tipo de comidas y bebidas. Los dos jóvenes tuvieron la oportunidad de conversar largamente.

Solamente los más allegados a Koj Boox sabían que éste estaba muy enamorado de una humilde pero hermosa y dulce joven de Mayapan, pocos sabían de ella y muchos menos tenían conocimiento de que esperaba un hijo de Koj Boox. Pero aunque él la amaba con locura, tenía, al igual que Nicté Lik, una responsabilidad que cumplir con su padre y con su ciudad.

***

Era tan parca la relación de Nicté Lik con su madrastra, con su tía y con la nana de ambas que no se dieron cuenta del embarazo de la joven princesa. Todos los días al amanecer llegaban Amayté y Nicté Ha que ahora vivían en la palapa que Lejem Chaak construyera muy cerca del palacio. Amayté se encargaba de preparar todos los alimentos de la princesa. Así como organizar sus vestidos, y en fin asistirla en todas y cada una de sus necesidades. Sabía que Lool Beh (Flor del Camino) no perdería la mínima oportunidad de hacerle algún daño. La taimada mujer acechaba constantemente por si Amayté se descuidaba por un instante.

La fecha de la ostentosa boda se acercaba, Nicté Lik se pasaba vomitando por los rincones escondiéndose de todos, ocupaba largas horas durmiendo. El padre comenzaba a desesperar porque su hija en lugar de asistir a algunas reuniones importantes en su compañía, se pasaba en su habitación durmiendo. Empezaba a sospechar que había heredado la enfermedad de su Sa'hamal P'ija y esta idea lo abrumaba enormemente.

–Ella no era así, – decía para sí el Halach Uinik– será que está triste porque debe casarse sin amar a Koj Boox– Bueno, eso ya se le pasará.

Amayté sacó cuentas y se percato de que para los días de la boda, Nicté Lik estaría dando a luz a su hijo. La alarma se apodero de ella. Entonces llamó a Nicté Ha, a su hijo y sacerdote Iqui Balam y a su suegra Etzemé quien ahora vivía en Pisté, los reunió en su palapa una noche en la que su esposo Lejem Chaak estaba fuera de la ciudad mercadeando en compañía de Ikal Noom.

Todos se extrañaron del misterio y solemnidad de la convocatoria.

–Cuando tu naciste, Nicté Ha– comenzo diciendo Amayté– venias acompañada de mi propio vientre por tu hermana. Pocas horas después la princesa Sa'hamal P'ija también daba a luz, en un parto bastante traumático, a una niña que no duro más de una hora viva, muriendo en los brazos de su abuela y comadrona Ajal, que también había sido mi comadrona. Ella, sin perder tiempo, fue a mi palapa y mientras yo dormía cambio a Nicté Lik, tu hermana por la criatura muerta. Nunca nadie me creyó, ni siquiera tu padre, pero mi corazón me lo confirmaba cada vez que yo veía a la niña. Sin embargo, antes de morir, en los últimos días claros de Ajal pude hablar a solas con ella y me confirmó lo que yo siempre sospeché. Nadie lo sabe excepto Ich-chi'iich (Ojo de pájaro) pero él jamás hablará.

Todos guardaron silencio por un rato.

–Ahora lo veo claro, es por eso que tú la has protegido desde que era muy pequeña.– dijo Iqui Balam.

–Sí, y es por esa razón por la que no fuimos a vivir a Xcaret cuando tu padre murió

–Es por eso que somos tan parecidas– comentó Nicté Ha– y por lo que tú has insistido en peinarnos diferentes.

–Pero ahora– continuo Amayté– Nicté Lik, su hermana de sangre, está en un grave problema, está embarazada de un hijo del príncipe de Teotihuacan.

– ¡Nunca me agrado el extranjero ése!, ¡si lo encuentro haré que lo pague!– dijo Iqui Balam levantándose de su asiento.

–Con lo que no arreglarás nada– dijo serenamente Etzemé– sólo complicaras más las cosas.

–Cada día que pasa es más obvia su preñez.– continuó Amayté– Durante los días estipulados en que se llevará a cabo la boda ella debe estar dando a luz. En el palacio esta observada constantemente por Chacté, la princesa Tsuutsuy Sak, y la taimada Lool Beh. Todas la odian y están pendientes al primer paso en falso de Nicté Lik para hacerla caer al piso.

–El nuevo Halach Uinik ha comprometido su palabra para la unión de su hija con el joven príncipe para el bien de ambas ciudades y la cancelación del compromiso podría incluso generar una guerra entre las dos ciudades hermanas, esos compromisos son muy delicados.– opinó Etzemé

–Bueno, tenemos que pensar en la forma de ayudar a nuestra hermana, porque incluso podría ser castigada con la muerte dijo Iqui Balam– ya se han dado casos como este en la historia de nuestra cultura Maya, y para sofocar el cólera de Mayapan podría llegarse a esa terrible decisión.

– La única salida que yo veo es que Nicté Ha, se haga pasar por Nicté Lik– dijo solemnemente Etzemé.

–¡Oh, no!, yo no. Se lo advertí varias veces. Yo no tengo porque pagar su culpa. Yo estoy enamorada de Amikoo Aaj Beh. Pensamos casarnos luego que pase la boda de Nicté Lik

–Esa boda no se celebrará, ella va a estar dando a luz para esos días– dijo muy triste Amayté.

–Es un enorme sacrificio el que le piden a Nicté Ha y a mi amigo, es una decisión muy delicada– comentó Iqui Balam

–Sí ,pero lo que le espera Nicté Lik es mucho peor– dijo la abuela Etzemé

Nicté Ha comenzó a llorar seguida por Amayté.

–No es tiempo de llorar, debemos actuar con rapidez– continuó diciendo la abuela

–Piensen en otra opción, por favor– suplicó entre sollozos Nicté Ha

–La otra y única alternativa es llevarla a Xcaret, allá estará atendida por mi anciana madre y por mi prima Sulik Ha que además de casamentera es comadrona, Allá será muy feliz, y su hijo nacerá envuelto en los brazos de personas que nos quieren.

–Yo también la acompañaría– dijo la abuela.

–Bueno eso está muy bien, pero y aquí,... ¿Qué es lo que va a pasar en la ciudad de Chichen Itzá?– dijo Iqui Balam– Por supuesto que la boda será suspendida y ¡quizá las furias se desencadenen de tal manera que todos nosotros corramos peligro de ser ejecutados, por complicidad!

–No olvidemos la influencia de Chacté y de Tsutsuy Lik, ellas no desperdiciarán la ocasión para vengar tantas rabias acumuladas a lo largo de todos estos años– dijo la abuela. En ese caso todos debemos irnos a Xcaret

–Pero la venganza llegará hasta allá, Xcaret no está tan lejos que la furia de palacio no la alcance.

Mientras todo esto se especulaba Nicté Ha lloraba y lloraba en silencio, escuchando todas la opiniones. Ella y sólo ella tenía en sus manos la solución. Pero… y su amado Amkoo Aaj Beh …¿y todos los planes que habían tejido juntos para dedicar sus vidas uno al otro hasta que la muerte los separara?. Tanto que ella se había guardado para entregarse únicamente a su amado. Y ahora por la liviandad de su hermana debía sacrificarlo todo.

–Bueno, esto que hemos hablado no debe salir de aquí, nadie excepto nosotros debe saberlo. Tampoco Nicté Lik debe saberlo. Ella conserva un hermoso recuerdo de Sa'hamal P'ija y no quiero que lo contamine. En cuanto a ti, mi querida Nicté Ha, no vamos a obligarte a tomar una decisión tan radical. También entiendo que sería la mejor y más fácil para todos, pero a costa de un enorme y doloroso sacrificio tuyo y de Amikoo Aaj Beh. – dijo Amayté– Llevaré ofrendas a los Dioses para que nos permitan ver la mejor solución, que nos den otra alternativa, ellos nunca me han fallado y estoy segura de que en esta ocasión tampoco lo harán.

***

Dos días después de ésta conversación estaba Amayté ayudando a la princesa Nicté Lik a vestirse para una recepción donde ella acompañaría a su padre. Se reunirían con unos enviados especiales del Halach Uinik de Uxmal. Ella debía estar presente porque se trataban los asuntos referentes a la triple alianza de las ciudades-estado en la que ésta ciudad también participaría.

Nicté Lik vomitaba incontrolablemente, mientras Amayté la observaba con el vestuario en la mano. Le preocupaba mucho el color amarillo que su hija tenía en la cara además de las profundas ojeras. Sabía que la angustia por la que pasaba era peor que el mismo embarazo. Mientras la miraba rogaba a sus Dioses que las ayudaran.

–No puedo, Amayté, no puedo ir a ningún lugar, y menos a una recepción oficial– decía entre sollozos.– No puedo controlar el vómito.

En esos momentos entró en la habitación Nicté Ha y dijo:

–Tu padre esta esperándote en el jardín interior de palacio, quiere entrar contigo del brazo a la recepción, me ha dicho que te des prisa.

Nicté Lik se tumbó desesperada en la cama y por toda respuesta comenzó a llorar.

– No puede ir, se siente muy mal dijo visiblemente preocupada Amayté.

Quizá esa era la contraseña que los Dioses le enviaban a Nicté Ha y sin pensarlo más, sabiendo todas las consecuencias que le acarreaba dijo.

– Madre, ayúdame a vestir, yo iré en lugar de mi hermana.

Nicté Lik estaba vomitando nuevamente por lo que no escucho aquello de *mi hermana*. Amayté sonrió complacida y mientras ayudaba a su hija a vestirse con el hermoso hipil de algodón y recogía sus negros y lustrosos cabellos en un moño por encima de la nuca dijo:

– Gracias hija, sabía que lo harías.

Cuando Nicté Lik se percató de lo que pasaba, fue a buscar la pequeña corona y el collar que heredara de su madre y que llevaba puesto siempre que iba a alguna recepción oficial. Se los entregó a Amayté para que ella a su vez los acomodara en el cuello y la cabeza de Nicté Ha

—Nadie puede dudar de que tú eres Nicté Lik, hija,— dijo la madre feliz cuando terminó de arreglar a la hermosa joven— son como dos gotas de agua.

Antes de salir de la habitación Nicté Lik abrazó a su hermana mientras unas lágrimas resbalaban por sus mejillas y entre sollozos le dijo:

—Gracias, haces por mí lo que solamente hubiese hecho una hermana. Aunque no somos hermanas de sangre, se que nuestras almas vienen caminando juntas desde el comienzo de los tiempos. Conozco perfectamente todas las cosas a que renuncias al dar este paso, pero el amor que caracteriza tu corazón y los lazos invisibles y poderosos que nos unen te lo imponen. Estoy segura de que nadie notará que no soy yo.

Nicté Ha salió de la habitación imitando el donaire con el que caminaba siempre su hermana y nadie, ni siquiera su padre se dio cuenta de que no era Nicté Lik.

Inmediatamente Amayté puso las ropas de manta de Nicté Ha a la princesa, la peinó con dos negras trenzas rematadas con cintas de colores mientras pensaba en el buen tino que había tenido desde que ellas eran pequeñas, de peinarlas de forma diferente. Lo que las hacía parecer diferentes a los demás.

Salieron las dos mujeres de la habitación, pasaron por el salón de recepción y vieron que el Halach Uinik estaba ya reunido con los emisarios extranjeros. La dos hermanas se miraron y cruzaron una emotiva sonrisa. Amayté y su hija salieron de palacio, llegaron hasta la palapa de ésta donde Etzemé las recibió con lágrimas en los ojos y comprobó la preñez que ya era difícil de ocultar.

Al día siguiente, después de que la chachalaca graznara iban de camino a Xcaret Nicté Lik, la abuela Etzemé y el joven sacerdote-astrónomo, Iqui Balam. Llevaban una carta que Amayté dictó y que había escrito Iqui Balam dirigida a su madre y a su prima en la que les suplicaba ayudaran a Nicté Lik

***

El día de la boda en mientras las caracolas anunciaban que una nueva unión matrimonial acababa de efectuarse ante los ojos piadosos y complacidos de los Dioses, en ese mismo instante en una ciudad a orillas del mar una niña daba su primer grito de llegada a este mundo.

Una hermosa y elegante princesa daba un beso a un joven príncipe, ante multitud de personas que los acompañaban, mientras rodaba una lágrima por sus mejillas. En tanto que una lágrima rodaba también por las mejillas de una joven madre que, asistida por sus dos abuelas y una experta comadrona, traía al mundo a una hermosa y saludable niña.

También en ese mismo momento un joven y triste sacerdote sentado a orillas de un cenote presenció un espectáculo espontaneo, rarísimo y hermoso de la naturaleza, una invasión de flores que venían flotando por el agua desde el interior del río subterráneo a la misma vez que el viento traía una lluvia espectacular de flores que lo arroparon.

No pudo evitar que unas lágrimas corrieran también por sus jóvenes y hermosas mejillas.

Nombres Mayas

Amayté - Rostro del Cielo
Sayab - Manantial
Nicté Ha - Flor del Agua
Nicté Lik -Flor del Viento
Iqui Balam -Tigre de la Luna
Ikal Noom -Alma de Perdiz
Etzeme -Granate

Ajal -Despertar
Ich-Chi'iich -Ojo de Pájaro
Sa'hamal P'ija - Rocío de la Mañana
Kitam Ka'ax -Jabalí del Monte

Tsuutsuy Sak -Paloma Blanca
Chak Mo'ol -Garra de Tigre

Yaxin -Sol Nuevo
Chacté -Madera Roja
Lool Beh - Flor del Camino

Bamoa - Espiga
Lejem Chaak - Relámpago
K'uyche - Amapola
Jaats Séeb - Rayo Veloz

Akyaabel - Viento de lluvia
K'ay Nicté Canto a la Flor
Mukuy - Tórtola
Saasil Uj - Luz de Luna
Sulik Ha Agua Mansa
Yuux Seeb Venado Veloz
Jaats Séeb Rayo Veloz
Koj Boox – Puma Azabache

Chichen Itzá - Altar de Sabiduría / Los brujos del Agua / Boca del pozo
Mayapan - Valerosa
Uxmal – Maravillosa
Cobá – Agua agitada por el viento
Xcaret – Pequeña Caleta
Xel Ha – Lugar donde nacen las aguas

Nombre Azteca

Itzacoyotl – Coyote Blanco - Príncipe de Teotihuacan